Berliner Weiße mit Schuss

Bibliografische Information der Deutschen Nationalbibliothek

Die Deutsche Nationalbibliothek verzeichnet diese Publikation in der Deutschen Nationalbibliografie; detaillierte bibliografische Daten sind im Internet über http://dnb.d-nb.de abrufbar.

Alle Rechte vorbehalten.
Dieses Werk, einschließlich aller seiner Teile, ist urheberrechtlich geschützt. Jede Verwertung außerhalb der engen Grenzen des Urheberrechtsgesetzes ist ohne Zustimmung des Verlages unzulässig und strafbar. Das gilt insbesondere für Vervielfältigungen, Übersetzungen, Mikroverfilmungen, Verfilmungen und die Einspeicherung und Verarbeitung auf DVDs, CD-ROMs, CDs, Videos, in weiteren elektronischen Systemen sowie für Internet-Plattformen.

© berlin.krimi.verlag im be.bra verlag GmbH, Berlin-Brandenburg, 2012
KulturBrauerei Haus 2, Schönhauser Allee 37, 10435 Berlin
post@bebraverlag.de
Lektorat: Gabriele Dietz, Berlin
Umschlag: Umschlag: Ansichtssache, Berlin,
unter Verwendung eines Fotos von Uwe Friedrich, Berlin
Satzbild: Friedrich, Berlin
Schrift: Stempel Garamond 10/13,5
Druck und Bindung: GGP Media GmbH, Pößneck
ISBN 978-3-89809-526-6

www.bebraverlag.de

Thomas Knauf

Berliner Weiße mit Schuss

Ein Prenzlauer Berg Krimi

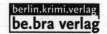

Kurz & Klein

Wäre er als Preuße geboren, könnte er diese Ansammlung von Dörfern, Berlin genannt, aus Pflichtgefühl lieben. Als Sachse aber betrachtete er die Dinge je nach ihrem Gebrauchswert positiv oder negativ, in diesem Fall sowohl als auch: Wenn schon Provinz, dann Berlin.

Inzwischen war John Klein ein echter Spree-Athener geworden, eine Mischung aus Franz Biberkopf und Harald Juhnke. Wie sie hatte er eine Karriere nach unten gemacht und war als Ermittler bei der Vermisstenstelle gelandet. Vor die Wahl gestellt zwischen Entzugsklinik und Selbstständigkeit, entschied er sich für Letzteres, da Berlin deutlich mehr Kneipen besitzt als Privatdetektive. Im Prenzlauer Berg waren er und sein Partner konkurrenzlos, seit andere Detekteien den lukrativeren Sicherheitsdienst vorzogen.

Zuerst hielten die Bewohner der Metzer Straße das Firmenschild Kurz & Klein *für das eines Abrissunternehmens oder einer Änderungsschneiderei. Dass sein westdeutscher Partner schwul war, er hingegen Ostalgiker und leicht homophobisch, störte ihre Teilhaberschaft nicht im Geringsten. Von sprachlichen Missverständnissen abgesehen – 9 Uhr 45 war für Klein drei viertel neun, für Kurz Viertel vor zehn; eine Tasse Kaffee eine Tasse Kaffee und nicht Latte oder Olé –, waren der übergewichtige Melancholiker und das schmalbrüstige Nervenbündel ein ideales Paar. Jeder hatte seine Klientel. Kurz die Versicherungsbetrüger und Urkundenfälscher, er die delikaten Fälle wie Ehebruch, Erpressung, Wiederbeschaffung entlaufener Hunde, Katzen und anderen Getiers. Alles in allem eine Tätigkeit mit niedrigem Stressfaktor und gleitender Arbeitszeit.*

John Kleins Welt war wie sein Name, überschaubar und geläufig – die Gegend um den Kollwitzplatz von Ecke Schönhauser, wo das Leben nach Currywurst und Benzin schmeckt, bis Bötzow-Eck und Nikolai-Friedhof, wo der Hund begraben ist. Ein Bermudadreieck gescheiterter Existenzen und provinzieller Selbstdarsteller, umweht vom Mythos falscher Legenden, seit am Wasserturm die Freibeuterflagge der Besitzständler wehte. Zu denen John Klein nicht gehörte; er wohnte seit Jahren zur Miete im selben Haus, besaß zwei Anzüge von der Stange, ein Bankkonto ohne Dispo und einen Hund namens Seneca. Wie sein Herr ließ der andalusische Straßenköter sich ungern an die Leine legen oder herumkommandieren, was nicht nur die störte, die einiges auf dem Kerbholz hatten, sondern ihm auch beruflichen und privaten Ärger einbrachte.

Eile war für den Detektiv ein Fremdwort, nichts tun auch Tun, und stillsitzen eine andere Form der Bewegung. John Klein fand, dass er als Polizeiermittler oft genug in die falsche Richtung gerannt war. Der Erfolg eines Privatdetektivs fußt nicht auf Schnelligkeit, vielmehr auf Intuition und Überlegtheit. Der Rest ist Erfahrung und die Fähigkeit, jedes vorschnelle Urteil über Mensch und Dinge anzuzweifeln. Darin konnte John Klein nach dreißig Dienstjahren so leicht niemand etwas vormachen, nur er sich selbst. Denn ein Irrtum des Melancholikers ist es, zu meinen: »Nichts kann mir passieren, was mir im Traum nicht längst passiert ist.«

1

Eine halbe Stunde vor Mitternacht verließ Touré Kibala mit hunderten glücklichen Konzertbesuchern die Max-Schmeling-Halle. Auch er strahlte nach der dreistündigen Show, die Peter Gabriel wie immer mit der Anti-Apartheid-Hymne *Biko* beendet hatte. Wiegenden Schrittes ging Touré in Richtung Mauerpark. Obwohl es dort um die Zeit für Afrikaner nicht sicher war, wo war es das schon nachts in Berlin, wollte er lieber zu Fuß gehen als Samstagnacht auf der Schönhauser Allee mit besoffenen, bekifften oder normal bescheuerten Deutschen auf die letzte U-Bahn warten. Außerdem war er nicht der Einzige, der den Weg zur Bernauer Straße durch den Park nahm, nur der einzige Schwarze, so schien es ihm im matten Licht des Halbmondes, der wie eine zusammengefaltete Laterne am Himmel hing. Nachdem er ein gutes Stück gegangen war und dabei immer wieder leise *»Biko, Biko, because Biko ... the man is dead«* vor sich hin sang, musste er pinkeln. Weit und breit kein Baum, kein Strauch, also entleerte er seine Blase auf der Wiese unterhalb des Cantian-Stadions. Er hatte die Hose noch nicht zugeknöpft, da hörte er hinter sich Stimmen.

»Guck dir die Negersau an. Wagt es, in einen deutschen Park zu schiffen.«

»Wo deutsche Kinder spielen und Deutsche sich sonnen.«

»Müssen wir dem Affen wohl einen Knoten in den Schniepel machen ...«

»Damit er sich merkt, dass Neger hier nicht pissen dürfen.«

Touré versuchte nicht, mit den beiden Jugendlichen zu diskutieren, er verließ sich auf seine schnellen Beine und rannte los. Hinter sich vernahm er das Getrappel von schweren Springerstiefeln, doch sie würden ihn nicht einholen und bald schlappmachen, denn Touré war Kenianer, Ausdauerlaufen war ihm quasi in die Wiege gelegt. Auf der Bernauer Straße konnte er in ein Taxi springen oder, wenn keins vorbeikam, ins Polizeirevier flüchten. Was er nur im äußersten Notfall tun würde, denn seine Aufenthaltsgenehmigung war seit einem Monat abgelaufen.

Wäre ich bloß mit der U-Bahn gefahren, dachte Touré und drehte sich im Laufen nach seinen Verfolgern um. Dabei übersah er das Plastikband vor einer Baugrube und riss es im Fallen mit sich. Das fliehende Tier spürt keinen Schmerz, doch Touré schrie auf, als das Sprunggelenk seines linken Fußes brach. Er versuchte sich aufzurichten und hörte den kurzatmigen Gesang: »Häschen in der Grube, sa-haß und schlief …« Einer der beiden Jugendlichen fuchtelte mit einem Butterflymesser vor seiner Nase herum. Der Afrikaner tastete mit den Händen in der Erde nach einem Stein oder Knüppel, um sich zu verteidigen, und stieß auf einen harten, länglichen, leicht gebogenen Gegenstand. Er zog ihn heraus und hielt ihn den Angreifern entgegen, erntete aber nur höhnisches Gelächter, als der Knochen knapp über seiner Faust brach. Touré grub weiter im Erdreich und förderte etwas Rundes hervor. Seine Angreifer ließen entsetzt von ihm ab, als er den Totenschädel hochhielt und etwas auf Suaheli rief, das wie ein böser Fluch klang.

Der Kenianer hob den Kopf und blickte über den Rand der Baugrube. Seine Verfolger waren verschwunden. Er schaute auf den Totenschädel in seiner Hand und murmelte auf Französisch die Worte Hamlets, seiner Lieblingsrolle, die er vor Jahren in Paris bei Peter Brook gespielt hatte: »*Sein oder nicht sein. Das ist hier die Frage … Sterben, schlafen, nichts weiter! Und zu wissen, dass ein Schlaf das Herzweh und die tausend Stöße endet.*«

* * *

Als er das erste Mal erwachte, war es noch dunkel. Er zog die Decke über den Kopf und dachte: Dieser Tag kann auch ohne mich auskommen. Zwei Stunden später kroch John Klein aus seinem Bett und fühlte sich wie der aufs Rad geflochtene Dieb auf dem Gemälde von Pieter Breughel. Das Bild passte weder in die Zeit noch gab es Auskunft darüber, wieso er diese Nacht wieder von Lea geträumt hatte. Seit zehn Jahren war seine Frau tot, seit zehn Jahren suchte sie ihn nachts heim, wenn er sich miserabel fühlte. Ging's ihm gut, hielt sie sich fern, erschien nicht mal, wenn er ihren Namen rief. Typisch Frau. Sie mögen es nicht, dass der Mann zufrieden ist, weil sie es nie sind, am wenigsten mit sich selbst. Am Anfang ihrer Ehe kümmerte sie sich um ihn, wenn es ihm schlecht ging. Weil das öfter der Fall war, wurde sie misstrauisch, sobald er sich besser fühlte, und ließ nicht locker, bis der letzte Funke Selbstzufriedenheit in ihm erlosch. Sie mochte es nicht, wenn er Spaß an einem Vergnügen hatte, an dem sie nicht beteiligt war. Bis er nicht mehr wagte, von Vergnüglichem zu berichten, zumindest wenn dabei zufällig auch Frauen vorkamen. Mit und ohne ihre Eifersucht wäre es ihm nie eingefallen, fremdzugehen. Dazu war er zu beschäftigt, und er konnte die Frau, die er liebte, kein bisschen belügen. Sie hielt ihn trotzdem für einen Hallenser Schlingel, der ohne rot zu werden log, jedem Rock hinterherlief und zu Hause den Schoßhund gab. Einbildung ist eine Brille, die mehr sieht als da ist. Dass Lea eine schlechte Autofahrerin war, wusste er. Trotzdem ließ er sie allein in einem Gebrauchtwagen mit defekter Vorderachse Probe fahren und konnte sich bis heute nicht verzeihen, dass sie ohne ihn in den Tod raste. Deshalb war er zufrieden, dass sie nachts mit ihm Schlitten fuhr, und untröstlich, wenn sie es nicht tat.

»Wir müssen raus und auf andere Gedanken kommen«, sagte John zu Seneca, seinem Border Collie, der mit einem Satz vom Bett sprang und ungeduldig an der Wohnungstür kratzte.

Auf der Diedenhofer Straße morgens um neun kam John Klein sich vor wie in Ghost Town Berlin, der verlassenen Goldgräberstadt in Nevada. Die Gegend um den Wasserturm strotzte auch früher nicht vor Geschäftigkeit, doch seit die hippen, ökologisch bewussten Kleinstädter hier Einzug hielten, war Ruhe die erste Bürgerpflicht. Ihn störten die überängstlichen, dauergestressten, uncharmanten Mütter und Väter kaum, solange sie ihn und seinen Hund nicht anbellten. Kinderspielplätze mied Seneca, ging lieber im *Pasternak* und *Gagarin* ein und aus, um sich vom Küchenpersonal abspeisen zu lassen. Jeder im Kiez kannte den Vierbeiner, und niemand wunderte sich, dass er allein um die Ecken zog und die Straßen überquerte, ohne überfahren zu werden. Manchmal fühlte ein Oberlehrer aus der deutschen Provinz sich provoziert und pochte lautstark auf Leinenzwang, der in der Hauptstadt Vorschrift war, aber von den meisten Hundehaltern ignoriert und von der Polizei selten als Vergehen geahndet wurde.

Auf der Kollwitzstraße überlegte John, ob er nicht umkehren und den Rest des Tages im Bett verbringen sollte. An seinen Beinen hingen schwere Gewichte, und im Kopf hörte er noch den Crash scheppern, den er mit Lea im Traum übererlebt hatte. So sehr er sich bemühte, es gelang ihm nicht, den Vorhang zwischen Traum und Wirklichkeit herunterzulassen. Sein Cortex nahm die Außenwelt wahr, schickte die Sinnesreize aber nicht ans Kleinhirn und schaute zu, wie das limbische System mit sich selbst spielte – eine Matrjoschka, in deren Innerem lauter kleine Matrjoschkas verborgen waren. Traum in einem anderen Traum, zog die Realität vorbei, und es hätte ihn nicht überrascht, wenn vorm Restaurant *Gugelhof* Leas Opel Vectra parken und Kohlen-Kutte auf seinem klapprigen Pferdewagen über die Kollwitzstraße zuckeln würde. Die City-Toilette gegenüber schien auch kein Beweis, dass er nicht träumte, seit er eine Person hineingehen sah und, als die Toilette nach fünf Minuten automatisch aufging, niemand herauskam. John hätte es als Sinnestrübung wegen Alkohols abgetan, hätten nicht andere dasselbe berichtet. Obwohl der Detektiv im nüchternen Zustand dem Realitätsprinzip vertraute, wusste er, dass auf dünnem Eis wandelt, wer ein Gewichtsproblem hat und zu viel darüber nachdenkt, warum Dinge verschwinden und nie mehr auftauchen, oder plötzlich auftauchen, nachdem sie für immer verschwunden schienen. Heute war so ein Tag, der alles möglich machte, auch das Unmögliche. Darum bog er an der Kulturbrauerei links und nicht wie sonst rechts in die Sredzkistraße ab, um beim Kollwitz-Bäcker seinen Morgenkaffee zu nehmen, wo jeden Tag der Film *Und täglich grüßt das Murmeltier* ablief mit den immer selben Leuten und immer selben Gesprächen.

Sein Ziel war der Mauerpark. Der letzte Ort in Prenzlauer Berg, der zwischen Trümmerlandschaft und Townhouses ein gemeinsames Berlingefühl erzeugt. Die Gegend zwischen Bornholmer und Bernauer Straße auf Höhe Gleimtunnel und Cantian-Stadion war achtundzwanzig Jahre lang eine No-Go-Area aus Beton, Stacheldraht und Flutlicht gewesen, in der nur Grenzer und Lebensmüde herumspazierten. Nach dem Fall der Mauer und ihrer rasanten Demontage wurde das ehemalige Bahngelände zur Must-Go-Area mit Trödelmarkt, Karaoke-Show, Hundeauslaufgebiet.

Normalerweise scheute er den Ort sonntags wegen zu starken Befalls von *homo sapiens sapiens*. Doch John war eingefallen, dass sein Partner morgen Geburtstag hatte und sich eine Platte von Zarah Leander wünschte. Mehr als zehn Euro wollte er jedoch nicht ausgeben für die UFA-Göttin mit der tiefen Stimme, die *homo sapiens homos* so lieben.

Auf der Oderberger musste er aufpassen, dass er sich nicht die Knochen brach. Seit zwei Jahren glich die Straße einem Tagebau, in dem die Arbeiter mangels Kohle streiken. Aus Unmut über die Vernichtung von Parkplätzen zugunsten von Blumenrabatten und Fußgängerinseln demonstrierten die Anwohner jeden Samstag gegen die Pläne des Pankower Bezirksamtes. John nahm nicht daran teil, hatte aber dieselbe Stinkwut auf den Stadtrat, der an jeder Kreuzung in Prenzlauer Berg eine halbe Million Euro für Verkehrsinseln und Straßenpoller verbuddelte. Reine Geldverschwendung, gegen die der Stadtkassenraub des Hauptmanns von Köpenick ein dummer Jungenstreich war. Trotz lautstarker Proteste blieb der SPD-Politiker im Amt und sorgte in schöner Eintracht mit seinem Bürgermeister dafür, dass Berlin demnächst aussieht wie Itzehoe. Doch bald gab es Wahlen, dann würden die Pankower den Mann hoffentlich in die Wüste schicken, zu der er den Bezirk gemacht hatte.

Vor der Feuerwache wich Klein dem Löschzug aus, der ohne Sirene aus der Garage fuhr, und trat in ein ungesichertes Bauloch. Da verstand er, weshalb die älteste Feuerwache der Welt die Hausnummer 13 hatte. Mit steifem Hals hielt er Ausschau nach seinem Hund. Seneca stand schwanzwedelnd Ecke Bernauer und ließ sich von einer ansehnlichen Person streicheln.

»Ist das Ihr Hund«, fragte die Frau. John nickte artig.

»Ein süßer Kerl. Passen Sie auf, dass er nicht unters Auto kommt«, ermahnte sie ihn, winkte einem Porsche-Fahrer zu, der aus der Schwedter Straße gepresst kam, und stieg in den Wagen.

Vergeblich fragte John auf dem Trödelmarkt nach Zarah Leander, fand stattdessen zwei CDs von Barbra Streisand und Milva zu je fünf Euro. Für sich wollte er die Filmmusik zum *Letzten Tango in Paris*, doch die Platte kostete so viel wie ein neuer Plattenspieler, den er nicht brauchte, solange sich sein alter noch drehte.

Nachdem er eine Thüringer Rostbratwurst zur Hälfte verzehrt hatte, die andere Hälfte verschlang Seneca, verließen sie den Trödelmarkt und schlenderten über die große Wiese in Richtung Gleimtunnel.

Schon von Weitem sah John eine Gruppe von Forensikern in weißen Overalls, die unweit der Max-Schmeling-Halle um eine Baugrube herumstanden. Die Grube war durch gelbes Plastikband weiträumig abgesperrt, und vier Uniformierte forderten allzu Neugierige auf, weiterzugehen. Seneca kümmerte das wenig, er lief unter der Absperrung durch und schaute interessiert in das Loch auf der Wiese.

»Das gibt's doch nicht! Wem gehört der verdammte Köter?«, brüllte ein Kommissar, das Handy am Ohr. »Verzeihung! Ich meine nicht Sie … rufe gleich zurück.«

John erkannte seinen alten Kollegen Bernd-Ulrich Scholz, der mittlerweile kurz vor der Pensionierung stehen musste, an seiner unangenehmen Stimme. »Hallo Bubi! Immer noch der alte miese Bulle.«

Der Kommissar fuhr wie vom Blitz getroffen herum, während einer der Polizisten den Hund mit einer wedelnden Handbewegung vom Rand der Grube wegscheuchte.

»Komm, Seneca! Wir sind hier unerwünscht«, rief John.

Scholz klappte sein Mobiltelefon zu und steckte es ein. »Ist heute Freitag der dreizehnte, dass ausgerechnet du mir in die Quere kommst!?«

»Habt ihr einen Toten«, fragte John und wollte die Absperrung hochheben, um hindurchzuschlüpfen.

»Keinen Schritt weiter! Zivilisten werden keine Auskünfte erteilt. Das solltest du noch wissen.«

John schüttelte den Kopf. »Hab alles vergessen, was ich mal gelernt habe.«

»Wir nicht«, versicherte Scholz. »Wir reden noch heute von dir, wenn wir schlecht drauf sind.«

»Um gute Laune zu bekommen, hoffe ich.«

Der Kommissar bekam hektische Flecken im Gesicht. »Immer das letzte Wort! Aber du erfährst nichts. Sieh zu, dass du Land gewinnst.«

»Morgen steht ohnehin in der Zeitung, was ihr da ausgebuddelt habt«, sagte der Detektiv und ging nachdenklich davon. Weil die Wirklichkeit ein dünnes Eis war, in dem Dinge verschwinden und plötzlich wieder auftauchen.

Er wollte nicht weiter darüber philosophieren und überlegte, was er mit dem Rest des Sonntags anfangen sollte. In seinem Kühlschrank herrschte gähnende Leere, im Bett lag niemand, der ihn die Wirklichkeit spüren ließ, auf Fernsehen hatte er keine Lust. Also ging John Klein zu *Biene* auf der Prenzlauer Allee, trank ein Bier und bestellte Eisbein mit Sauerkraut. Sein Arzt hatte ihm geraten, wegen des hohen Cholesterinspiegels fette Kost zu meiden, deshalb ließ er die Speckschwarte auf dem Tellerrand, aß nur das zarte Fleisch, das er mit Spreewälder Senf einstrich.

Nach drei Bieren war er müde. Zudem nervte ihn der Versuch der Stammgäste, einen neuen Guinessrekord im Kommentieren der Bankenkrise aufzustellen. Das Gerede der Habenichtse über die, die alles hatten, erschien ihm so amüsant wie ein Dia-Vortrag für Blinde und brachte ihn nicht auf andere Gedanken. Im Gegenteil. Je mehr er versuchte, den Film der letzten Nacht anzuhalten, umso lauter ratterte die Endlosschleife in seinem Kopf. Darum beschloss er, ins Büro zu gehen und seinen Schreibtisch aufzuräumen. Berliner Sonntage waren für Marathonläufe, Rad-Demos, Liebesparaden und ähnlich schweißtreibende Aktivitäten – Dinge, die einem zufriedenen Menschen mit Übergewicht nichts sagten.

Die Prenzlauer Allee lag träge wie ein Dorfköter in der Mittagssonne. Selbst wochentags herrschte hier kaum Menschengedränge, nur Straßenbahn- und Autoverkehr. Wer hier wohnte, hatte es eilig, in eine der Nebenstraßen zu kommen, wo es weniger laut und gefährlich war. Auf der Allee machten Radfahrer Jagd auf Fußgänger, Autos lieferten sich Wettrennen mit der Straßenbahn, und manchmal starb ein Mensch, der es nicht geschafft hatte, rechtzeitig übern Damm zu kommen.

John erreichte die Metzer Straße unversehrt und überlegte, ob er sich nach dem Eisbein ein Stück selbst gebackenen Karottenkuchen bei *Hilde* gönnen sollte. Weil das Lokal bis auf den letzten Platz von brunchenden Paaren mit Kindern okkupiert war, ging er geradewegs ins Büro. Es gab keinen dringenden Grund, dort zu sein, außer vielleicht den Anrufbeantworter abzuhören, der immer auf Empfang war, weil seine beiden Mobilnummern nicht im Branchenverzeichnis standen. Eine behielt er für sich, die andere gab er nur dann an Klienten weiter, wenn er jederzeit erreichbar sein wollte.

Das Büro Kurz & Klein in der Metzer Straße im ersten Stock des Quergebäudes auf einem schmalen Hof ohne Seitenflügel war eine Wohnung mit zwei Zimmern, Küche und Toilette. Beide Zimmer lagen über der Torduchfahrt zum Hof und waren vom Flur aus über eine Treppe zu erreichen. Das vordere, in dem John residierte, hatte ein halbkreisförmiges Fenster, Kuhauge genannt, wie Sam Spades Detektivbüro in San Francisco. Das Zimmer seines Partners schaute auf die Mauer der alten Bötzow-Brauerei, in der schon zu DDR-Zeiten kein Bier mehr gebraut wurde. Nachdem hier Filme und andere krumme Dinger gedreht worden waren, plante jetzt ein Investor Wohnungen und Büros für zahlungskräftige Mieter. Die Firma Kurz & Klein gehörte nicht zu denen, die hundert Euro für den Quadratmeter berappen konnten, und falls sie es könnte, würde sie es nicht ums Verrecken tun. Lange hatten sie nach etwas Besserem gesucht als dieser Wohnung im Zille-Milieu mit Innenklo. Doch entweder war es zu teuer oder unbezahlbar. Zudem liefen die Geschäfte in letzter Zeit eher schleppend. Weniger in Sachen Versicherungs- und Kreditbetrug, für die sein Partner zuständig war, als in seinem Betätigungsfeld Ehebruch/Bigamie/Scheinheirat. Niemand in Prenzlauer Berg schien mehr Zeit oder Lust zum Fremdgehen zu haben. Er fing an, sich Sorgen zu machen um den guten Ruf seines Viertels, das im Sozialismus berüchtigt war für seine kriminellen, unsittlichen und politisch unzuverlässigen Bewohner.

John vermisste die alten Zeiten nicht, litt nur selten unter dem neuen Biedermeier, obwohl die politisch korrekte Empfindlichkeit der Neu-Prenzlberger ihn manchmal nervte. Dass man auf die Straße gehen konnte, ohne fürchten zu müssen, von bröckelnder Fassade oder Dachziegeln erschlagen zu werden, war den Untergang der DDR wert, für die er sein halbes Arbeitsleben als Kripobeamter geschuftet hatte.

Und doch fühlte er sich an diesem ersten Sonntag im Mai unwohl wie lange nicht. Sein Gefühl sagte, etwas kam auf ihn zu, das sein mehr oder weniger geordnetes Leben durcheinanderwirbeln würde wie Leas Tod. Um auf andere Gedanken zu kommen, räumte er seinen Schreibtisch auf und machte sich an die Aufstellung seiner Honorare zur längst fälligen Steuererklärung. Keine Tätigkeit, die das Wohlbefinden steigerte und den Tag ausfüllte.

* * *

Lorenz Straub öffnete den Reißverschluss des Plastiksacks und beugte sich über den Leichenfund aus dem Mauerpark. »Na, wen haben wir denn da, Männlein oder Weiblein?«, sagte der Rechtsmediziner und zählte die übereinanderliegenden Knochen. Bis auf das linke Schulterblatt und den linken Oberarm war das Skelett komplett. Der Zustand der Gebeine ließ auf den ersten Blick eine Mortifikation von einigen Jahrzehnten vermuten. Wahrscheinlich ein Kriegsopfer, das dritte in diesem Jahr, dachte Straub und zog den Reißverschluss wieder zu. Früher hatten sie drei pro Monat bekommen, aber inzwischen lieferten die Baufirmen solche Fundstücke trotz Meldepflicht kaum noch ab, sondern fuhren sie mit dem Abraum auf die Halde, um Kosten zu sparen. Nicht selten stieß man bei Ausschachtarbeiten auf ein Massengrab, und wenn es sich um Soldaten früherer Kriege handelte, wurde die Baustelle zur archäologischen Grabungsstätte erklärt. Ein Albtraum für jeden Privatunternehmer. Auch Straub hatte weder Zeit noch Lust, fürs Rote Kreuz einen Vermissten des Weltkrieges zu identifizieren. Er griff zum Telefon, um der Mordkommission mitzuteilen, dass sie das Paket wieder abholen solle. Als er die Mappe mit den Laborfotos der Forensiker durchblätterte, verschob er das Telefonat.

Die Kleidung des Toten, auf einem Lichttisch fotografiert, bestand aus Parka-Kutte, Bluejeans, Pullover, Unterwäsche, Socken und Turnschuhen. Im blutverschmierten Unterhemd waren vier Einschusslöcher vom linken Bauch bis zum rechten Brustkorb, typisch für eine nach oben ziehende Salve aus einer Kalaschnikow. Im Bund der Jeans konnte man trotz Blutflecken das Fabrikat erkennen: VEB Bekleidungswerk Rostock. Auch die Turnschuhe waren *Made in GDR*, ebenso die goldene Armbanduhr Marke Glashütte Spezichron Automatik mit Datum. Obwohl der Deckel der Uhr fehlte und das Zifferblatt stark korrodiert war, hatten die Forensiker versucht, die Datumsanzeige leserlich zu machen – der 9. Tag eines unbestimmten Monats.

Straub schaute auf den Beipackzettel der Fundsachen: Prenzlauer Berg, Mauerpark, ehemaliger DDR-Grenzstreifen Höhe Bösebrücke/Gleimtunnel. Ein Mauertoter, in der Erde verscharrt? Das interessiert mich, dachte der Pathologe und wählte erneut die Nummer der Mordkommission.

2

Pünktlich wie immer betrat Gunnar Ziesche kurz vor neun sein Büro im Rathaus Pankow und ließ wie immer die Tür mit einem lauten »Mojn!« ins Schloss fallen. Roswitha Engel, die Sekretärin des Bezirksstadtrats für Öffentliche Ordnung, zuckte noch immer zusammen beim forschen Auftritt ihres Chefs und empfing ihn mit einem milden Lächeln.

»Was sagt der Terminkalender heute«, erkundigte sich Ziesche, während er mit der Hand das strähnige Seitenhaar über seine Glatze strich.

»Neun Uhr dreißig Jour fix beim Bürgermeister, elf Uhr fünfzehn Sitzung im Finanzausschuss, um zwei Präsentation der neuen Uniform fürs Ordnungsamt …«

»Und was ist mit der Gewerbeaufsicht?«, unterbrach Ziesche.

»Wegen der Klagen von Ladenbesitzern und Gastronomen in der Oderberger Straße auf übernächste Woche verschoben. Da bin ich übrigens schon in Urlaub.«

Der Amtsleiter war über beides nicht unglücklich. Der Ärger mit der Sanierung dieser Schmuddelstraße kostete ihn noch die letzten Haare und gefährdete sein großes Ziel – die Wahl zum Bürgermeister in drei Monaten. Als er sein Arbeitszimmer betrat, rief ihm die Sekretärin hinterher: »Die *Junge Welt* fragt ein Interview an, die *BZ* will ein Porträt des Familienmenschen Gunnar Ziesche.«

»Dem Boulevardblatt zusagen. Die linken Papiertiger können mich mal«, entschied der Amtsleiter und zog sich zum Studium der Tagespresse zurück. Die Sekretärin hatte sämtliche Berliner Zeitungen fächerförmig auf seinem Tisch ausgebreitet, daneben stand eine Kanne frisch gebrühter Kaffee. Über ihn gab es heute keine Negativschlagzeilen, dafür kriegte der Regierende im Roten Rathaus sein Fett ab wegen der angespannten Haushaltslage. Arm war nicht mehr sexy in dieser Stadt am Rande des Nervenzusammenbruchs. Angesichts der Zahlen des aktuellen Politbarometers verging Ziesche die Morgenlaune restlos. Verlor die SPD noch mehr Wählerstimmen, sah es auch für ihn, den einzigen Vertreter seiner Partei im Pankower Rathaus, schlecht aus. Bisher hatte er sich gegen Linke, Grüne und Schwarze behauptet, weil niemand scharf war auf den Posten des Stadtrats für Öffentliche Ordnung, der in Berlin so ungeliebt war wie der des Polizeipräsidenten.

Für Ziesche war Ordnung das ganze Leben. Solange er hier das Sagen hatte, würde er sein Amt mit persönlichem Ehrgeiz und ohne Rücksicht auf Bürgerproteste, Drohbriefe oder -anrufe ausüben, um Pankow, Weißensee, Prenzlauer Berg für jedermann sicherer zu machen. Sollten die Nostalgiker und Chaoten doch gegen Ordnungswahn und angebliche Kaputtsanierung demonstrieren. In diesem Punkt war er mit dem Regierenden einer Meinung: Die DDR-Parole »Schöner unsere Städte und Gemeinden« galt genauso für das neue Berlin, ließ sich aber jetzt ohne faule Kompromisse der Planwirtschaft realisieren. Die Habenichtse und Faulpelze würden schon noch begreifen, dass in Berlin der Wind aus London und Paris wehte, nicht aus Richtung Warschau.

Als er sich Kaffee eingoss, bekleckerte Ziesche den Berlinteil der *Morgenpost*, doch auch *Bild* und *BZ* und *Kurier* berichteten von einem grausigen Fund im Mauerpark. Nachdem er alles darüber gelesen hatte, griff er zum Telefon. Er rief im Polizeirevier 65 auf der Eberswalder Straße an, um mehr über den Stand der Ermittlungen zu erfahren.

* * *

Montagmittag war Peter Kurz noch nicht im Büro erschienen. John rief ihn an, um ihm zum Geburtstag zu gratulieren. Sein Partner stammelte ins Telefon, er sei letzte Nacht im *Stahlrohr* versackt und liege noch im Bett neben einem griechischen Gott. »Wirf ihn raus und mach dich auf die Socken«, befahl John. »Die Zukunft der Firma Kurz & Klein steht auf dem Spiel.«

Die Liebesaffären seines Partners kümmerten ihn nicht die Bohne, erinnerten ihn nur ständig daran, dass sein Sexleben so jugendfrei war wie die Abenteuer von Tim & Struppi. Als ob Seneca Gedanken lesen könnte, leckte er unterm Schreibtisch die Schuhe seines Herrn.

Das Telefon klingelte; Seneca sprang auf und wedelte mit dem Schwanz. Ein Ehebruch, dachte der Detektiv und nahm den Hörer ab. Doch es war eine Sachbearbeiterin vom Finanzamt, die ihn an die längst überfällige Steuererklärung erinnerte. John versprach, die Sache noch in dieser Woche zu erledigen, und hämmerte dabei mit den Fingern auf die Schreibtischplatte aus Mahagoni. Das bildschöne Möbel und zwei dazu passende Stühle waren Relikte der klassischen Moderne, sie stammten vom Berliner Innenarchitekten Peter Bergner, der das Büroensemble 1959 für das Arbeitszimmer Walter Ulbrichts in dessen Haus in Pankow entwarf. Als der Staatsratsvorsitzende fand, er nehme in dem gepolsterten Schreibtischstuhl keine würdevolle Haltung ein, war die Karriere des begabten Architekten beendet. Aus der Bauakademie ausgeschlossen und ohne Aufträge, erhängte er sich im Wald von Oranienburg. Dort hatte der Jude Bergner unter den Nazis im KZ gesessen, und die DDR-Antifaschisten erklärten ihn wegen seines skandalösen Abgangs zur Unperson. Trotzdem kannte jeder seine *Wohnraum-Fibel*, die heute zu den Klassikern der Innenarchitektur zählt. Lea war eine Nichte Peter Bergners und hatte die Büromöbel davor bewahrt, auf dem Müll der Geschichte zu landen. Sein jetziger Besitzer nahm in dem Schreibtischstuhl ebenfalls keine würdevolle Haltung ein und legte deshalb die Beine auf den Tisch, wenn er telefonierte.

Den ganzen Vormittag rief niemand an, um seinen Ehepartner beim Fremdgehen erwischen zu lassen oder einen Angestellten beim Krankfeiern oder einen Hartz-IV-Empfänger beim Arbeiten. Kein Mensch in Prenzlauer Berg schien an diesem verregneten Maitag etwas Unerlaubtes tun zu wollen. Also verlegte John für den Rest des Nachmittags sein Büro in Orhans Backstube in der Sredzkistraße, um die neuesten Meldungen vom Weltuntergang und sonstigen Katastrophen des Alltags zu erfahren.

* * *

Hauptkommissar Schwitters war ein ziemlicher Streber. So jedenfalls schätzten ihn die Mitarbeiter der 6. Mordkommission ein, weil er mit gerade fünfunddreißig ohne nennenswerte Berufserfahrung zu ihrem Leiter ernannt worden war. Menschlich gesehen erwies sich der Hanseate als umgänglicher, überkorrekter und humorloser Zeitgenosse. Im Dienst trug er einen dunklen Anzug und glatte Rollkragenpullover in den Grundfarben Weiß, Grau, Schwarz. Dadurch wirkte der hochgewachsene Mann trotz des dünn gewordenen Haars noch jünger. Zu jung und dünnhäutig für den mörderischen Job, wie einige der alten Spürhunde fanden, eher eine passende Besetzung als Tatort-Kommissar, die mit der Wirklichkeit so viel zu tun hatten wie Buletten mit Hamburgern. Dass Schwitters dem HSV die Stange hielt und nur Freikarten fürs Olympiastadion besorgte, wenn seine Mannschaft gegen Hertha spielte, nahmen ihm die Urberliner unter den Ermittlern übel. Abgesehen davon hatten sie mit dem Norddeutschen einen guten Fang gemacht, nachdem sein Vorgänger, ein echter Leuteschinder, wegen Trunkenheit am Steuer in die Provinz abgeschoben worden war.

Nachdem in der Dienstberatung zwei ungeklärte Mordfälle erörtert worden waren, kam der Hauptkommissar auf den Toten im Mauerpark zu sprechen. Wegen der noch offenen vier Ws (wer, wann, wie, warum) verfügte der Leiter der 6. MK, den Fall vorläufig nicht auf die Website des LKA zu setzen. In der Presse kursierten bereits die wildesten Spekulationen: das unbekannte Opfer des DDR-Schießbefehls sei entweder ein entlaufener russischer Soldat, ein Überläufer der Stasi oder ein enttarnter Spion westlicher Geheimdienste.

»Ich tippe auf den Spion, der aus der Kälte kam«, sagte Vollmöller, ein hagerer Mittvierziger mit vorstehendem Kinn und spitzer Nase. Alle außer Schwitters grinsten und wünschten, dass der »Dramatiker« recht hatte und sie den Fall an den Verfassungsschutz abgeben konnten. In seiner Jugend hatte Vollmöller Stücke geschrieben, sogar Preise erhalten, konnte aber nicht davon leben. Darum schlug er die Beamtenlaufbahn ein und wurde ein begabter Ermittler der Dramen des Lebens mit Hang zum Zynismus. »Berlin war einmal die Drehscheibe der Spionage. Heute nur noch der Modell- und Schauspieleragenten.«

»Als hier der Kalte Krieg tobte, lagst du doch noch als Quark im Schaufenster«, meinte Kubitzki. Der Ermittler war nach Scholz der Dienstälteste am Tisch, sah mit seinen Hängewangen, dunkelbraunen Tränensäcken und müden Augen aus wie ein Bernhardiner, trug aber sein Erste-Hilfe-Köfferchen nicht um den Hals, sondern verbarg es in Form eines Flachmanns in der Jackentasche.

»Ich interpretiere nur, was in der Zeitung steht«, verteidigte sich Vollmöller.

Schwitters unterbrach den Disput. »Was wissen wir bisher über die Person?«, fragte er den zuständigen Ermittler, der als Erster vor Ort gewesen war und den vorläufigen Bericht der pathologischen Untersuchung vor sich hatte.

Kommissar Scholz schob sein Kassengestell in die Stirn und las vom Blatt ab.

»Geschlecht männlich, Größe eins achtzig, Alter zwischen sechzehn und zwanzig Jahren, vermutete Abstammung europäisch. Todesursache Schussverletzung. Vier Einschusslöcher in der Kleidung, Bauch und Brustbereich. Im Wirbel- und Beckenbereich Projektile Kaliber 7,62mm, die Munition der AK-47 Kalaschnikow. Keine Geschosshülsen. Daher ist unklar, ob der Fundort mit dem Tatort identisch ist ...« Scholz rang nach Luft, weil er zu schnell gesprochen hatte. »Der Grad der Verwesung lässt auf eine Liegezeit von zwanzig bis fünfundzwanzig Jahren schließen ... also seit Mitte Achtziger bis Mauerfall. Eine exakte Datierung des Alters des Toten haben wir erst nach Analyse der Zahnwurzeln.«

»Mehr als plus minus zweieinhalb Jahre gibt die Zählung der Zahnringe nicht her«, unterbrach ihn Schwitters. »Wenn Sie das exakt finden ...«

Betretenes Schweigen, doch Scholz ließ sich nicht aus dem Konzept bringen. »Der Tote hat keine Papiere, aber eine Armbanduhr der Marke Glashütte Spezichron Automatik. DDR-Fabrikat, Baujahr 1975 aus Gold mit 23 Rubinen, Neupreis 4900 Ostmark. Gab's weder im Handel noch im Intershop, die Sonderanfertigung wurde vom Staat für treue Dienste verliehen. Sagen die Forensiker.«

»Dann können wir den Iwan und Agent Nullachtfünfzehn vergessen«, unterbrach Jutta Gericke, einzige Frau unter den fünf Kommissaren. Die dreißigjährige Potsdamerin mit pechschwarzem Haar, Augenbrauen-Piercing und weißer Rüschenbluse sah aus wie eine *Miss Undercover* in der Grufti-Szene. Doch die auffällige Verkleidung täuschte. Ihre schärfsten Waffen waren ihre Intellizenz und Schlagfertigkeit, weshalb die älteren Kommissare ihr nur selten widersprachen. Zumal sie als einzige Frau der Mordkommission unter Artenschutz stand und die Gunst des Chefs genoss.

»Sehe ich nicht so«, insistierte Vollmöller. »Agenten haben eine Schwäche für teure Uhren. Und Russen klauen alles, was golden glänzt.«

Schwitters nahm die Bemerkung kommentarlos hin und bat Scholz, mit seinem Bericht fortzufahren.

»Wenn der Gefundene von Ost nach West wollte, was nahe liegt, wird er im Osten vermisst worden sein. Wir haben aber nur die Abgänge von drüben ab '90.«

Jetzt meldete sich Marschallek zu Wort. Der langhaarige Endvierziger mit Nickelbrille und Ohrring besaß ein Talent für die knappe Darstellung komplexer Zusammenhänge und die richtige Frage zur falschen Zeit. »Und wenn er von West nach Ost wollte und von Vopos erschossen wurde?«

Schwitters korrigierte ihn, dass die Grenze vorm Mauerbau durch Volkspolizisten bewacht worden war, danach von NVA-Soldaten. Die Möglichkeit, es könnte sich um einen Westberliner handeln, war allerdings nicht auszuschließen und erhöhte die Zahl der infrage kommenden Vermissten um mehr als das Doppelte. »Ich schlage vor, wir fangen mit Ostberlin an. Die Kollegen der Vermisstenstelle verfügen sicher über die alten Akten aus der Keibelstraße.« Der Hauptkommissar schaute Scholz an, der seinen Kopf einzog, als würde auf ihn geschossen. »Du warst als Erster am Ort. Also gehört der Fall dir.«

Scholz verzog keine Miene. Der Ermittler hatte noch ein Jahr bis zur Rente, fühlte sich ausgebrannt und ungeliebt. Er könnte in den Vorruhestand gehen, dachte aber nicht im Traum daran, obwohl der Hamburger Schnösel ihn mit ständigen Gängeleien loszuwerden versuchte. Ihm diesen komplizierten Fall allein zu übertragen, war der Gipfel. Das bedeutete noch mehr Überstunden, die seine Pension nicht erhöhten.

Kubicki kam ihm zu Hilfe. »Einer allein kann den Fall nicht stemmen. Wie viele Jahre haben wir gebraucht, um die Frau im Monbijoupark zu identifizieren?«

Gericke hob die Hand und spreizte alle fünf Finger. »Und ihre Leiche war nur einige Monate verbuddelt, nicht zwanzig Jahre. Den Mörder kennen wir bis heute nicht.«

»Dieser Fall ist halb so kompliziert«, fand Marschallek. »Hier haben wir ein Motiv, zwei oder drei mögliche Täter und zu neunzig Prozent den Tatort.«

Am Tisch regte sich murmelnder Protest. Schwitters würgte ihn mit einer energischen Handbewegung ab und bat Marschallek fortzufahren.

»Bei der Bundesanwaltschaft sind die Namen aller DDR-Grenzer aktenkundig. Sobald wir einen exakteren Todeszeitpunkt haben, verhören wir alle in Frage kommenden Grenzer. Einer wird schon singen, denn Komissar Scholz hat da so seine Methoden.«

Niemand in der Runde stimmte Marschallek zu, alle bezweifelten, dass der Fall ein glatter Durchmarsch sein würde. Erstens tendierte die Chance, den Todeszeitpunkt auf ein Kalenderdatum festzulegen, gegen null, und zweitens war zu erwarten, dass man alle schriftlichen Beweise der Tat ebenso hatte verschwinden lassen wie die Leiche. Der oder die Mauerschützen samt ihren Befehlshabern würden schweigen, um keinen Prozess zu riskieren.

Schwitters pochte mit seinem Kugelschreiber auf den Tisch, um die Diskussion zu beenden. »Wir könnten die Sache an die Staatsanwaltschaft abgeben. Niemand zwingt uns, Verbrechen des DDR-Systems aufzuklären.« Am Tisch machte sich allgemeine Erleichterung breit. »Aber es ist mein persönlicher Ehrgeiz, den Fall zu lösen. Wenn es uns gelingt, und davon gehe ich trotz derzeitiger Beweislage aus, wird uns das einen dicken Pluspunkt verschaffen. Es wäre ein Argument gegen den geplanten Stellenabbau, wenn wir ein so lange zurückliegendes Verbrechen sühnen würden.«

Jeder am Tisch wusste, dass es zwecklos war, zu widersprechen. Und jedem war klar, dass die massive Kürzung von Beamtenstellen nicht der Grund für Schwitters' Eifer war, sondern vielmehr der seit längerem unbesetzte Stuhl des Berliner Polizeipräsidenten, auf den der Hauptkommissar nur zu gern seinen hanseatischen Hintern pflanzen würde.

* * *

Weil es in Strömen regnete, beschloss John Klein, alle geplanten Erledigungen zu verschieben und den Tag im Büro zu verbringen. Er hängte den klitschnassen Hugo-Boss-Trenchcoat, den er für zehn Euro auf dem Trödelmarkt am Arkonaplatz erstanden hatte, auf einen Bügel im Flur und betrat die Küche. Am Tisch unterm Fenster saß, Zeitung lesend und ziemlich zerknirscht, Peter Kurz.

»Hallo Partner! Wie geht's?«, fragte John und blieb vorsichtshalber in der Tür stehen. Kurz schaute nicht mal auf. »Alles Gute nachträglich zum Geburtstag. Ich habe gestern den ganzen Tag auf dich gewartet.«

Endlich fühlte Kurz sich angesprochen, war aber nicht in bester Stimmung. »Ich lag im Bett. Wer will schon seinen neunundvierzigsten erleben?«

»Wart's ab. Mit fünfzig fängt das Leben erst an«, tröstete ihn John. »Oben liegt ein Geschenk für dich. Wird dich aufmuntern.«

»Ich schau's mir nachher an, wenn ich die Zeitung durch habe.«

»Okay, dann hol ich's schon mal«, ließ John nicht locker. »Es hat mich Zeit und Geld gekostet, das Passende zu finden. Zwei Dinge, die ich nicht habe.«

»Setz dich hin und geh mir nicht auf die Nerven mit deinen Problemen«, sagte Kurz und schob die Zeitung beiseite.

John versicherte, dass er keine Probleme habe, nicht mal wüsste, ob man das Wort mit *h* schriebe, seit er mit einem Hund zusammenlebte statt mit einer Frau.

»Dein Sarkasmus ist so albern wie deine Krawatte.«

»Die hab ich in Liverpool gekauft«, sagte John und rückte den mit dem Coverbild des Beatles-Albums *Sergeant Pepper's Lonely Hearts Club Band* bestickten Binder zurecht. »War nicht billig.«

»Sieht aber billig aus und schreckt Klienten ab«, tadelte ihn Kurz. Klein wollte das nicht auf sich sitzen lassen. Er habe mehr als genug zu tun, sagte er, im Gegensatz zu ihm, der nur ins Büro komme, um Zeitung zu lesen.

»Hatte heute schon einen Termin bei Gericht.«

»Wie viel?«

»Ein Jahr Bewährung plus Verfahrenskosten und Auslagen der Versicherung.«

»Ich meine die Höhe der Betrugssumme.«

»Zwölf Mille.«

John beglückwünschte seinen Partner zur Erfolgsprämie, die zehn Prozent der Schadenssumme ausmachte. Davon konnten sie zwei Monate die Miete zahlen.

»Du kannst auch mal deinen Hintern riskieren«, sagte Kurz.

»Hat der Typ dir etwa gedroht?«

»Er hat gefragt, was mir meine Eier wert sind.«

John lachte nicht, weil er Witze über Fortpflanzungsorgane nicht komisch fand. Er hatte keinen blassen Schimmer, was die Dinger wert waren, betrachtete sie schon länger, wie Blinddarm und Mandeln, als überflüssig.

»In Russland kosten sie sechstausend, pro Stück. Macht zwölftausend. Wenn ich bis nächste Woche zahle, kann ich mein Eigentum behalten.«

»Sei froh, dass du keine Faubergé-Eier trägst.«

Peter lachte gequält. Mit Russen war nicht zu spaßen; wenn sie einem drohten, meinten sie es ernst. John wusste das sehr wohl. Aber was dagegen tun? Das LKA informieren war sinnlos, da es bei einer verbalen Drohung, noch dazu ohne Zeugen, nicht aktiv wurde.

»Ruf ihn an und sag, du wirst auf keinen Fall zahlen. Falls er seine Drohung wiederholt, nimmst du sie auf deinem iPhone auf. Dann haben wir einen Beweis und können auf Erpressung klagen.«

Kurz winkte ab. »Dafür lochen sie den Dreckskerl höchstens sechs Monate ein ... und ich kann für den Rest meines Lebens Urlaub auf Hiddensee machen.«

»Meinst du, da bist du sicher?«, zweifelte John.

»Dort gibt es keine Autohändler, weil Pkws auf der Insel verboten sind.«

John kramte in seiner Tasche nach Zigaretten, merkte aber, dass er sie zu Hause vergessen hatte. Spontan bot er Peter an, zu ihm zu ziehen und seinen Bodyguard zu spielen.

»Auf keinen Fall! Erstens schnarchst du, zweitens kommt mir kein Hund ins Bett.«

»War ja nur so eine Idee«, entgegnete John gekränkt.

»Dann lös dich in Luft auf, bis der Kerl sich beruhigt hat.«

»Okay. Übernimmst du meine Klienten?«

John wusste, die Sache war so nicht aus der Welt zu schaffen. Gegen Androhung von Gewalt durch einen Russen half nur eines – eine noch drastischere Gegendrohung. Ein professioneller Angstmacher würde eine Kleinigkeit kosten, für die Kurz sein Erspartes nicht opfern wollte. Außerdem hasste John Gewalt. So blieb nichts anders übrig, als Zeit zu gewinnen, um eine billigere Lösung zu finden.

3

Manfred Kunkel, Leiter des Hauses am Checkpoint Charlie, hatte ein Problem. Nicht dass es seit Gründung des Hauses ein Jahr nach dem Bau der Berliner Mauer eine Zeit ohne Schwierigkeiten gegeben hätte, aber jetzt war sein Lebenswerk ernsthaft in Gefahr. Dass die Machthaber im Ostteil der Stadt sein privates Museum zur Dokumentation und Geißelung ihres schändlichen Bauwerks nicht gemocht hatten, verstand sich von selbst, aber auch im freien Teil der Stadt stieß er bei Behörden, Politikern und Presse auf offene, bisweilen gehässige Ablehnung. Mit respektloser Berliner Schnauze verballhornten sie das Museum als »Salon Kalaschnikow«, »Club der toten Flüchter«, »Rocky Horror Show« und »Kabinett des Doktor Kunkel«.

Obwohl die Besucherzahl seit dem Mauerfall um dreißig Prozent zugenommen hatte, musste der Eintritt öfter nach oben korrigiert werden als die Fahrpreise der BVG. Zuletzt auf 12,50 Euro, weil die Mieten in der Friedrichstadt inzwischen auf das Vierfache gestiegen waren. Die vor Vitrinen, Schautafeln, Monitoren, Teilen der Grenzanlage und Modellen von Fluchtgeräten fast berstenden Räume ohne Klimaanlage und Heizung mussten dringend saniert werden. An der Fassade bröckelte der Putz, und auf dem Bürgersteig sah es jedes Mal aus wie bei McDonald's, wenn Schulklassen den Besuch im Museum zum Projekttag erklärten. Allein die Kosten für die Stadtreinigung brachten Kunkel um den Schlaf, den er dringend brauchte, weil sein Herz sich mit zwei Infarkten und vier Bypässen nach Ruhe sehnte.

Im Berliner Kultursenat hoffte man jedes Jahr, es würde das letzte des fast Neunzigjährigen sein. Ein halbes Jahrhundert war Kunkel als preußischer Don Quijote gegen die Mühlen der Bürokratie angestürmt. Zwanzig Jahre nach dem Mauerfall stand sein Lebenswerk nun auf der Kippe, weil deutsche Gründlichkeit und die günstige Gelegenheit, leere Kassen mit dem Verkauf bunt bemalter Betonteile an New Yorker Banken zu füllen, die zweitgrößte Mauer der Welt so schnell hatten verschwinden lassen wie die erste frei gewählte Regierung der DDR. Zu spät erkannten die Schlafmützen im Roten Rathaus, dass Berlinbesucher aus aller Welt das Symbol der geteilten Stadt sehen und anfassen wollen. Darum ließ der Senat für viel Geld eine Gedenkstätte mit symbolischer Mauernachbildung an der Bernauer Straße errichten. Kunkel hätte sich bereit erklärt, Teile seiner Sammlung als Dauerleihgabe an das neue Mauermuseum zu geben im Tausch gegen dringend benötigte Mittel zur Sanierung seines Hauses. Unnötig zu erwähnen, dass der Tausch nicht zustande kam. Mit Bürokraten verhandeln ist dasselbe, wie mit dem Tod um sein Leben zu feilschen, hatte der unbeugsame Kämpfer für die Menschenrechte einem Journalisten der *Welt* gesagt und war dafür von ihnen als Querulant und kalter Krieger angegriffen worden.

Doch Kunkel war ein Mann mit einer Mission. Sein Museum des Hasses gegen jeden, der die Idee der Freiheit einbetoniert, sollte ihn überleben. Die Chancen standen nicht schlecht, seit ein unbekannter Mauertoter buchstäblich über Nacht ans Licht gekommen war. In seinem Privatarchiv hatte Kunkel alle Vorfälle an der Berliner Mauer lückenlos dokumentiert. Er besaß Kopien von Verschlussakten des MfS über gescheiterte Fluchtversuche und die Namen aller NVA-Soldaten, die von der Waffe Gebrauch gemacht hatten. Noch konnte er das Opfer im Mauerpark den diensthabenden Mördern nicht zuordnen, weil der Zeitpunkt der versuchten Flucht laut Presse ungewiss war.

Aber er würde es herausfinden durch seine Kontakte zu ehemaligen DDR-Grenzern. Er wollte dem letzten Toten der deutschen Teilung Namen und Andenken geben. Aus Menschlichkeit und wegen der Gelegenheit, seinem in die Jahre gekommenen Museum neuen Glanz zu verleihen.

* * *

»Wie geht's, Mijnheer?«, fragte Lorenz Straub.
John antwortete mit vollem Mund. »Wie es einem Mann mit Hund so geht im Mai. Die Hundedamen sind läufig, aber wir ignorieren das und bellen den Mond an.«
»Ich habe eine bessere Idee«, sagte der Anrufer. »Lassen Sie uns zu Abend essen. Im *Paparazzi*, so gegen acht.«
John klappte sein Handy zusammen und wunderte sich. Bisher war immer er es gewesen, der den Rechtsmediziner der Charité brauchte, als Kripobeamter und als Detektiv. Was konnte Straub, holländischer Schüler des legendären Berliner Leichenbeschauers Prokop, von ihm wollen? Wie der berühmte Professor vermochte auch Straub, der nach seiner Lehrzeit im deutschen Osten geblieben war, durch den Fleischwolf gedrehte Tote zum Reden zu bringen und aus den Zutaten ihrer letzten Mahlzeit ein Kochrezept zusammenzustellen. Bei dem Gedanken verging John der Appetit. Doch mit Straub zu Abend zu essen war amüsanter und lehrreicher als TV-Kochshows, die er sich manchmal anschaute, um schneller einzuschlafen. In seiner Geldbörse steckten fünfzehn Euro, genug für eine Portion Spaghetti *aglio olio* und eine Karaffe Rotwein *di casa*. »Du bleibst zu Hause«, sagte er zu Seneca. »Wenn ich zurück bin, gehen wir den Mond anbellen.« Der Hund sah nicht ein, warum sie das nicht sofort tun sollten, und war schneller im Hausflur als sein Herr. John hatte keine Lust, ihm zu erklären,

dass der Mond noch nicht aufgegangen war, und nahm ihn kurzerhand mit.

Das *Paparazzi* auf der Danziger war Johns Lieblingsitaliener, seit das *Cantucci* in der Kollwitzstraße zum Treffpunkt von wichtigen Leuten auf der Durchreise geworden war und die Tagesspesen des Privatdetektivs nur noch für den Espresso reichten. Zur Umbenennung der Dimitroffstraße in Danziger fiel ihm wenigstens ein Witz ein: 1945 fuhren die Russen mit Lkws die Danziger hoch und runter und riefen den Frauen zu: »Die mit roff und die mit roff!«

Das Restaurant war noch halb leer, als John eintrat. Weil er Stammgast war, bekam er ohne Voranmeldung einen Tisch für zwei Personen und einen Wassernapf für seinen Hund.

»Signore Piccolo! Wie gehen die Geschäfte«, fragte der Kellner.

»Molto bene!«, erwiderte John, weil ihm *molto miserabile* zu lang war. Er kam in arge Verlegenheit, als der Kellner ihm die Tageskarte hinhielt und Kalbsrücken in Trüffelsoße empfahl. Zum Glück erschien Lorenz Straub, der das Angebot sofort annahm und dazu eine Karaffe Wein bestellte.

»Sie sind natürlich mein Gast«, sagte der Pathologe ohne falsche Bescheidenheit.

»Danke. Bin grad etwas knapp bei Kasse, aber voller Zuversicht.«

»Sie Glücklicher. Ich sehe schwarz für Europa und fürchte um mein Erspartes.«

»Die Toten werden Ihnen schon nicht ausgehen«, versicherte John. Der Wein kam, der Detektiv und der Holländer stießen an. »Auf unsere Zukunft und die Vergangenheit der Toten!«

»Auf die Vergangenheit und eine Zukunft, die wir hoffentlich nicht mehr erleben!«

Derart pessimistische Töne hatte John von Straub noch nie gehört. Er vermutete einen persönlichen Grund und fragte besorgt: »Womit kann ich Ihnen dienen ... Hat Ihre Frau einen Liebhaber?«

Der Pathologe strich die Tischdecke glatt, nahm das Messer zur Hand und lachte. »Das hoffe ich nicht. Wenn doch, würde ich es selber rausfinden und dem Kerl die Eier abschneiden. Wie wir Holländer es mit den Molukken gemacht haben, wenn sie unsere Frauen nur anschauten.«

»Sie mögen Ihre Landsleute nicht besonders. Ich liebe die Holländer, wegen Rudi Carrell, Cox Habbema, Ajax Amsterdam ...«

»Ich halte uns für das barbarischste unter den zivilisierten Völkern. Gleich nach den Belgiern. Die haben im Kongo Dinge getan, die selbst Pathologen den Magen umdrehen.«

John fand, dass seine Landsleute in Polen und Weißrussland ähnlich Abscheuliches getan hatten. Heute trauerten sie um jeden Baum und bedauerten die Hühner, wenn sie nicht genügend Auslauf hatten. Doch Straub war ein altmodischer Mensch. Er konnte nicht vergessen, was die Niederlande als Kolonialmacht auf dem Kerbholz hatten.

»Heet chat vorbei«, sagte Klein und wollte wissen, wobei er behilflich sein sollte.

»Sie haben aus der Zeitung von der Leiche im Mauerpark erfahren?« John nickte und war ganz Ohr. »Was von dem Mann übrig ist, liegt bei mir in der Kühlkammer. Viel ist es nicht, aber genug, um sicher zu sein, dass es sich nicht um ein Kriegsopfer handelt.«

»Dann ist es ein Fall für die Mordkommission.«

Straub kratzte sich mit dem Messer am Hinterkopf, was das Paar am Nebentisch als Provokation empfand. Um den beiden nicht vollends den Appetit zu verderben, sprach der Pathologie leiser. »Ich denke, eher für die Behörde zur Aufarbeitung von DDR-Unrecht. Der Tote hat mindestens zwanzig, nicht länger als fünfundzwanzig Jahre in der Erde gelegen.«

John brauchte nicht nachzurechnen, um die Tragweite von Straubs Aussage zu begreifen. »Sie meinen, es handelt sich um einen Mauertoten? Das ist unmöglich. Die haben niemanden verbuddelt, nachdem sie ihn abgeknallt hatten.«

»Eben!«, sagte Straub. »Die Sache ist völlig irreal. Erklären Sie es mir.«

John wusste, dass der Pathologe niemand war, der voreilige Schlüsse zog. An einen vergrabenen Mauertoten zu glauben fiel ihm jedoch so schwer, wie auf ein Leben nach dem Tode zu hoffen. »Können Sie Näheres über die Todesursache sagen?«, fragte John und füllte die Gläser nach.

»Der Mann wurde erschossen, seine Kleidung hat vier Einschusslöcher. Am fünften Wirbel und rechten Beckenknochen sind lineare Kratzspuren. Die linke Fußwurzel ist gebrochen, vermutlich beim Sprung über die erste Mauer. Dann ist da noch eine ziemliche Delle überm Jochbein von einem Schädelbruch. Muss aus der Kindheit stammen.«

Wie alt der Mann zum Zeitpunkt seines Todes war, konnte der Pathologe mit einer Genauigkeit von plus minus zweieinhalb Jahren sagen. Ein Fortschritt der Zahnmedizin, denn vor zehn Jahren war die Altersbestimmung anhand von Knochen noch so schwierig, dass er eine Spanne von fünfzehn Jahren genannt hätte.

»Nach Zählung der Zuwachsringe im Zement der Zahnwurzeln handelt es sich um eine Person zwischen sechzehn und einundzwanzig.«

Das fand John einleuchtend. Nur ein dummer Junge war so verrückt, über die Mauer zu springen. Reiner Selbstmord. Aber auch Lebensmüde waren nicht an Ort und Stelle begraben worden.

Straub griff in die Innentasche seines Jacketts und zog eine Plastikhülle mit Fotos heraus. »Vielleicht war der Junge gar nicht so dumm und dachte, dass nach der Öffnung der ungarischen Grenze auch in Berlin nicht mehr geschossen wird.« Er schob die Fotos über den Tisch. »Sehen Sie sich die Uhr des Toten an.«

John hatte keine Brille dabei und konnte nur eine goldene Armbanduhr ohne Glas und ein Zifferblatt mit rostigen Zeigern erkennen.

»Die Uhrzeit tut nichts zur Sache. Aber das Datum«, sagte Straub und tippte mit dem Finger auf die Stelle mit dem Zahlenfenster. »Eine Neun.«

John zuckte mit der Schulter. »Na und? Die Neun erscheint zwölfmal pro Jahr im Kalender.«

»Denken Sie doch mal nach! 9. November ...«

John war gut in Geschichtszahlen. »1918 Abdankung des deutschen Kaisers. '38 Reichskristallnacht, '44 die Hochzeit meiner Eltern ...«

»Und '89«, tönte der Holländer wie ein Lehrer in der Prüfung.

John brauchte keine Hilfestellung. »An dem 9. November haben DDR-Grenzer nicht mal in die Luft geschossen. Außer Schnapsleichen gab es keinen Toten in dieser Nacht.«

»Dann ein paar Wochen vorher. Man wollte den Mord vertuschen, wegen der aufgeheizten Stimmung im Land, und ließ die Leiche kurzerhand verschwinden.«

John überlegte. Der Fall schien interessant, aber zuständig war seine alte Arbeitsstelle. Sicher gab es eine Vermisstenanzeige, die zu dem Toten passte?

»Sie kennen doch den Laden«, erwiderte der Pathologe und hob seine buschigen Augenbrauen. »Bis die herausgefunden haben, wer der Tote ist, liegen wir beide unter der Erde.«

John war ein dankbarer Adressat von Straubs Galgenhumor. Doch diesmal schien es, als wolle der Holländer persönliches Betroffensein überspielen. »In der VB M II 4 gab es keinen solchen Fall. Nicht zu meiner Zeit.«

»Irgendjemand vermisst diesen Jungen bis heute. Ich möchte, dass dieser Jemand aufhört, nachts von ihm zu träumen.«

Klein schüttelte den Kopf. »Es hört auch nicht auf, wenn man weiß, dass derjenige tot ist.«

Straub strich mit dem Finger über den Glasrand. »Nein, es hört nie auf ... Mit zehn Jahren verschwand mein Bruder auf dem Weg zur Schule und wurde nie gefunden. Bis heute fehlt er mir. Können Sie das verstehen?«

»Ich hatte nie einen Bruder. Aber ich weiß, wovon Sie reden.«

»Scheißegal!« Straub erhob sein Glas. »Auf die Toten, die uns am Leben halten!«

Der Kellner brachte die Kalbsrücken und wünschte *buon appetito*. Bevor Straub es sich schmecken ließ, wollte er das Thema zu Ende bringen. »Tun Sie mir den Gefallen und finden Sie raus, wer der Tote ist. In der Vermisstenstelle müssen doch auch die offenen Fälle aus DDR-Zeiten liegen.«

John nickte. Aber er wusste, dass es einer richterlichen Verfügung bedurfte, um in solchen Fällen zu ermitteln. Außerdem betrat er höchst ungern seine ehemalige Dienststelle, wo man ihn unfreundlich vor die Tür gesetzt hatte. Aber was tut man nicht alles für einen Kalbsrücken in Trüffelsoße, wenn man pleite ist und sich von Fertiggerichten ernähren muss.

Nach dem Essen und zwei Karaffen Wein drehte John noch eine Runde mit Seneca um den Wasserturm und torkelte nach Hause.

* * *

»Drecksköter, Kläfftölen.« Mehr Schimpfwörter fielen ihm nicht ein. Sie sollten helfen, ein Hassgefühl zu entwickeln, um die letzten Skrupel auszuschalten.

Er nahm das Gehackte aus der Verpackung, prüfte, ob es genügend aufgetaut war, und warf es in eine Plasteschüssel. Danach schüttete er Semmelmehl hinzu, zuletzt den Inhalt einer Büchse Zelio-Paste. Lange hatte er im Internet nach dem wirksamsten Mittel gesucht, aber nichts gefunden, was auch in geringer Menge tödlich war. Schließlich bestellte er das in Deutschland nicht mehr zugelassene Thalliumsulfat bei einem polnischen Versand. Um sicherzugehen, würde er auch das Fläschchen E 605 verwenden. Das Pflanzenschutzmittel, wegen der tödlichen Wirkung auch Schwiegermuttergift genannt, fand er im Nachlass seines Großvaters. Doch nicht die Großmutter hatte seinen Großvater um die Ecke gebracht, sondern eine Straßenbahn, und er musste mit ansehen, wie sein geliebter Opa starb.

Aber das spielte keine Rolle bei seinem Plan, auch nicht, dass er mit zwölf Jahren von einem Schäferhund gebissen worden war. Von Hass oder Rachegefühlen ließ er sich nicht leiten. Sein Motiv war, keines zu haben und etwas zu tun, das kein Polizist der Welt aufklären konnte. Keine Spur würde zu ihm führen. Noch nie hatte er Tiere gequält, sich nie am Streit über Hundekot und die Gefährdung von Kindern durch nicht angeleinte Vierbeiner beteiligt. Im Gegenteil. Hundebesitzer, die ihm auf der Straße begegneten, fragte er nach Alter und Rasse ihres Lieblings. Nein, gegen Hunde hatte er nichts. Nur gegen Menschen. Vor allem Penner, die den ganzen Tag auf dem Helmholtzplatz herumlungerten, zu allem eine Meinung hatten, aber nicht die leiseste Ahnung von irgendwas. Ihre räudigen Köter besaßen mehr Verstand als diese Schlappschwänze. Ihnen würde er das Letzte nehmen, das sie herumkommandieren konnten, damit sie in ihrem Elend ertranken und sich nicht mehr auf die Straße trauten.

Mit Gummihandschuhen knetete er die Masse in der Schüssel durch und formte kleine Fleischbällchen, die er nacheinander in die Pfanne warf und kurz anbriet. Als die Buletten abgekühlt waren, verstaute er sie in einer Papiertüte und machte sich auf den Weg. Weil es regnete, war der Helmholtzplatz wie leergefegt, die Stühle vor den Lokalen hochgestellt. Er konnte seine tödliche Kost ungestört auslegen. Als er drei Buletten im Gebüsch verteilt hatte, überkam ihn ein Gefühl der Leere. Der Kick, etwas Verbotenes zu tun, war nur die halbe Erfüllung. Das Eigentliche würde ihm entgehen – das Gejammer der Penner um ihren Hund. Er stieg auf die Wippe des Spielplatzes und stieß sich wie von Sinnen vom Boden ab. Das Auf und Ab der Eisenstange versetzte seinen Körper in Schwingungen und erinnerte ihn daran, wie es gewesen war, bevor man ihn mit Ritalin ruhiggestellt hatte.

4

Wie ein Soldat auf verlorenem Posten stand das markante Gebäude eingerahmt von mehr oder weniger gesichtslosen Apartment- und Bürohäusern in der Keithstraße. Als eines der wenigen hatte es die Flächenbombardements des Zweiten Weltkriegs überstanden, als Giraffen, Löwen, Elefanten in Panik aus dem brennenden Zoo über die menschenleere Tiergartenstraße flohen. Jedes Mal, wenn er hier eine Feuerwehrsirene hörte, musste John an dieses surreale Bild denken, das er nur vom Hörensagen kannte. Sechzehn lange Jahre war die preußische Trutzburg seine Dienststelle, danach hatte er sich vorgenommen, diesen Ort aus dem Gedächtnis zu streichen. Deshalb gefiel es ihm nicht, wieder hier zu sein. Erst nachdem er im Zeitungsladen gegenüber einen Kaffee getrunken und sich mit Kafkas Worten »Ich ist ein anderer« getröstet hatte, ging er erhobenen Hauptes hinüber in das Gebäude mit dem Schild »Landeskriminalamt Tiergarten«.

»Ich möchte zu Hauptkommissar Wondra. Bin angemeldet«, sagte er zum Pförtner und zeigte seinen Detektiv-Ausweis.

Der Beamte trug Name und Uhrzeit ins Dienstbuch ein. »Sie wissen, wohin?«

»Zweiter Stock, Zimmer dreizehn.«

In den meisten Hotels fehlte die Unglückszahl, für die Vermisstenstelle war sie passend. Im Sekretariat musste John zehn Minuten warten, weil der Leiter der VB M II 4, wie die ungeliebte Behörde bei der Kripo hieß, telefonierte. Als er schließlich das holzgetäfelte Büro betrat, erhob sich Klaus Wondra von seinem furchteinflößenden Schreibtisch und bat ihn, am Konferenztisch Platz zu nehmen. »Was kann ich für dich tun«, fragte er mit eisiger Stimme.

»Keine Sorge. Ich will mich nicht bei euch um eine Stelle bewerben.«

»Wäre auch sinnlos«, sagte Wondra. »Wir sind zurzeit nicht unterbesetzt.«

»Haben so viele Beamte Mist gebaut?«

Wondra schwieg und schaute auf seine Armbanduhr.

»Spaß beiseite. Ich brauche die Erlaubnis, im Archiv nach einem Vermissten zu suchen.«

Wondra verstand nicht. »Du suchst eine vermisste Person und weißt seinen Namen nicht?«

John rutschte auf seinem gedrechselten Stuhl hin und her, fand aber keine bequeme Sitzhaltung und geriet ins Stottern. Wondra begriff nur so viel, dass sein ehemaliger Mitarbeiter Klein heute für das Mauermuseum in der Bernauer Straße tätig war, die Identität namentlich unbekannter Opfer des DDR-Unrechtsregimes ermittelte und deshalb um Einsicht in die Ostberliner Vermisstenanzeigen des Zeitraums 1987 bis 90 bat.

»Diese Fälle bearbeiten wir nicht mehr«, erklärte Wondra. »Du warst der Letzte, der sich noch damit befasst hat. Ohne nennenswerten Erfolg, soweit ich mich erinnere.«

John wusste, dass Vermisste erst nach dreißig Jahren für tot erklärt wurden. So lange blieben die Fälle im Fahndungsregister, und es musste nach der Person gesucht werden, wenigstens pro forma. »Aber ihr habt sie doch in der Suchdatei?«

Wondra verzog das Gesicht. Er hasste es, wenn man ihn etwas fragte und er keine Antwort geben konnte. »Wir bekommen alle zwei Jahre eine neue Software. Die DDR-Disketten sind längst nicht mehr kompatibel mit unserem System.«

»Dafür hatten wir einen alten Robotron-Computer«, erinnerte sich John.

Wondra griff zum Telefon und ließ sich mit dem Archiv verbinden. John zählte inzwischen die Quadrate an der Kassettendecke, es waren zehn mal dreißig, etwa so viele wie Tote an der innerdeutschen Grenze.

»Der Computer steht unten im Keller. Ein Kollege sucht die Disketten raus.«

»Danke im Namen des Mauermuseums«, log Klein, ohne rot zu werden.

»Ich gebe dir genau eine Stunde, dann bist du weg und warst nie hier.«

»Ich war niemals hier und werde nie mehr hier gewesen sein«, wiederholte John Klein den Befehl.

Im Fahrstuhl ärgerte er sich, dass Wondra ihn durchschaut und weder auf Vorlage eines Schreibens des Mauermuseums bestanden noch nach dem wirklichen Grund seines Besuchs gefragt hatte. War es Kollegialität oder Mitleid? Womöglich beneidete der Leiter der VB M II 4 ihn, dass er den Mut hatte, aus dem Beamtendienst auszusteigen, und als Privatdetektiv niemandem Rechenschaft ablegen musste außer dem Finanzamt. So oder so, es spielte keine Rolle, denn in einer Stunde würde er die Nadel im Heuhaufen nicht finden. Auch in Ostberlin waren, trotz Überwachungsstaat, unüberwindlicher Grenze und begrenzter Reisefreiheit, jedes Jahr einige Dutzend Personen verschwunden. Er musste sich, wollte er die Person, zu der die Knochen im Mauerpark gehörten, finden, etwas einfallen lassen.

Hinter ihm fiel die Eisentür zum Archiv scheppernd ins Schloss. Nervös flackerte eine Leuchtstoffröhre an der Decke. Am Ende des Ganges wartete ein Archivar, den John nicht kannte. Er sah exakt aus wie der Provinzbeamte aus der Erzählung *Der lebende Leichnam* von Lew Tolstoi, der auf der obersten Sprosse eines Regals sitzt und sagt: »Ich bin ein abgeschlossener Vorgang, ein Fall für die Archive.« John vermied es, dem Untoten die Hand zu geben, da war er abergläubisch.

»Das sind alle Disketten von '87 bis '90«, sagte der Archivar mit zittriger Stimme und legte den Stapel neben dem Robotron-Computer ab. »Das Passwort lautet ›Rumpelstilzchen‹. Originell, nicht wahr?«

John nickte und schob die erste Diskette in den Computer.

»Wenn Sie fertig sind, rufen Sie. Mein Name ist Ogrzewalla.«

Was für ein seltsamer Name, dachte der Detektiv. Als Kripobeamter hatte er einen polnischen Zuhälter gleichen Namens wegen Mordes hinter Gitter gebracht und wusste daher, dass *orgrzewacz* erhitzen heißt, Orgzewalla also so viel wie *der Erhitzer*. Ein Wort, das weder fürs Archiv noch für den Archivar geeignet schien. Die Berge von Ermittlungsakten hinter feuersicheren Schiebetüren strahlten eine Kälte aus, die ihm das Gefühl gab, selbst ein abgeschlossener Vorgang zu sein.

John öffnete den obersten Hosenknopf, um bequem zu sitzen. Es dauerte eine Weile, bis er sich wieder an die Programmiersprache des Computers gewöhnte und das Passwort die Suchdatei freigab. Er grenzte die Suche auf männliche Personen der Jahrgänge 1965 bis 1972 ein, die bis November '89 versucht haben konnten, über die Mauer nach Westen zu flüchten und seither als vermisst galten. Während das Programm minutenlang arbeitete, empfand John das Klicken der Uhr wie Hiebe auf den Kopf. Mit der steinzeitlichen DDR-Elektronik würde er Tage brauchen, um etwas zu finden. Als auf dem Bildschirm vierunddreißig Namen mit Ostberliner Adressen in grünen Lettern erschienen, sah der Detektiv schwarz. Wer sagte, dass der

Mauertote Berliner war? Er konnte in Anklam oder Zittau als vermisst gemeldet sein, in jedem Ort vom Ural bis zum Schwarzen Meer. Nicht selten hatten in der DDR stationierte Sowjetsoldaten versucht, in den Westen abzuhauen. John riss sich zusammen. Er dachte an die alte Ermittlerweisheit: Zieh nicht alle Möglichkeiten in Betracht, halte den Kreis der Verdächtigen klein und erweitere ihn erst, wenn er nur Nieten enthält.

Bei der letzten Diskette fiel John etwas auf. Von Mitte August '89, als die Ungarn die Grenze zu Österreich öffneten, bis Anfang November '89 stieg die Zahl der vermissten jungen Männer sprunghaft, dann sank sie rapide, um Mitte November erneut anzusteigen. Zwischen dem 10. und 15. des Monats gingen laut Datensatz im Polizeipräsidium in der Keibelstraße dreizehn Vermisstenanzeigen ein, zehn davon wurden schnell aufgeklärt. John überdachte noch einmal, was er wusste, und notierte nur diese drei ungeklärten Fälle auf einem Zettel. Zufrieden, dass er weniger als eine Stunde gebraucht hatte, schaltete er den Computer aus und rief nach dem Archivar.

Orgzewalla erschien wie ein Geist aus dem Labyrinth von Regalen und Akten.

»Und ... haben Sie gefunden, was Sie suchen?«

»Leider nein«, entgegnete John. »Hab wohl an der falschen Stelle gesucht.«

Ogrzewalla wirkte nachdenklich. »Was nicht archiviert ist, hat nie existiert. Aber manchmal verschwinden Dinge, obwohl sie hier waren. Ist doch seltsam, oder?«

John nickte. »Sagen Sie denen oben lieber nichts davon, sonst macht man Sie verantwortlich.«

»Ich gehe sowieso bald in Rente. Wie Sie?« Der Archivar lächelte.

John nicht. Er war froh, als er das düstere Gebäude hinter sich gelassen hatte.

* * *

Den ganzen Vormittag verbrachte Manfred Kunkel damit, in seinem privaten Stasi-Archiv Hinweise auf eine vereitelte Flucht im Grenzabschnitt Gleim- und Bernauer Straße zu suchen. Die Aktenkopien hatte er nach der Auflösung des MfS im März 1990 von einem ehemaligen Mitarbeiter der Hauptabteilung I für die bescheidene Summe von fünftausend D-Mark erstanden. Sie enthielten Namen, Zeitpunkt und Umstände aller zwischen dem 13. August 1961 und 9. November '89 an der Berliner Mauer tödlich verlaufenen Fluchtversuche, 136 an der Zahl. Dazu kamen 251 zumeist ältere Bürger, die bei oder nach der Kontrolle an Grenzübergängen eines natürlichen Todes gestorben waren. Die interessierten Kunkel jetzt nicht, er suchte in den Kategorien »Personen, die bei einem Fluchtversuch von bewaffneten Organen der DDR oder durch Grenzeinrichtungen getötet wurden«, »Personen, die ohne Fremdeinwirkung bei einem Fluchtversuch im Grenzbereich getötet wurden«, »Personen, die im Bereich der Grenze unabhängig von einem Fluchtversuch durch das aktive Handeln oder unterlassene Hilfeleistung von staatlichen Organen der DDR verstorben sind«, »Grenzsoldaten, die bei einer Fluchtaktion im Grenzgebiet getötet wurden« – fand aber nur, was er längst kannte.

Wenn der im Mauerpark vergrabene Tote, wie die Presse behauptete, nicht länger als fünfundzwanzig Jahre dort gelegen hatte, hieß das, es hatte zwischen 1987 und '89 fünf statt der bisher bekannten vier Opfer gegeben und keinen Vermerk in den Stasi-Akten. Logisch, dachte Kunkel, wenn man ein Opfer an Ort und Stelle vergrub, wollte man, dass sein Tod nicht stattgefunden hat. Aber warum? Handelte es sich um einen Grenzsoldaten, der versehentlich erschossen wurde oder türmen wollte? Dann hätte es eine Untersuchung gegeben und viel Papier. Deutsche Gründlichkeit. War der Tote Westberliner und man wollte den Vorfall vertuschen, weil die Grenze bereits offen gewesen war? Diese Möglichkeit bestand, passte Kunkel jedoch nicht ins Konzept. Ein Idiot, der besoffen vom Wedding über die Grenze kletterte, war ein Maueropfer zweiter Klasse und kein Argument für eine Senatsförderung. Besser wäre ein versehentlich erschossener NVA-Soldat, dem man mit etwas Fantasie eine Flucht in die Freiheit unterstellen konnte.

Obwohl sein sinkender Zuckerspiegel sich durch Müdigkeit und Herzschmerzen bemerkbar machte, ging Kunkel diesmal nicht in die Mittagspause. Erst musste er noch die Dienstpläne der NVA-Streifenposten durchsehen, die er auf nicht ganz legale Weise aus der Erfassungsstelle von Gewalttaten an der innerdeutschen Grenze in Salzgitter erstanden hatte. Im Grenzbereich Gleim-/Bernauer Straße waren abwechselnd ein Dutzend Soldaten und vier Feldwebel Streife gegangen. Unter ihnen mussten sich die Grenzer befinden, die den Mann getötet und dann vergraben hatten. Freiwillig würde keiner von ihnen reden. Wenn er Datum und Jahr des perfiden Verbrechens wüsste, oder die Identität des Opfers, würden für sein Museum bessere Zeiten anbrechen.

Kunkel griff zum Telefon. Bei der *Welt* kannte er einen Redakteur, der Experte für DDR-Unrecht war und immer gut über sein Haus geschrieben hatte. Uwe Jägers Stimme kam vom Anrufbeantworter. Kunkel sagte, er müsse ihn persönlich in einer brisanten Angelegenheit sprechen.

Als er auflegte, perlte kalter Schweiß auf seiner Stirn. Kunkel fühlte sich elend. Seit fünfzig Jahren kämpfte er unermüdlich gegen stalinistisches Unrecht, die »freie« linke Presse und Berliner Bürokraten. Morddrohungen der Stasi-Krake hatten ihn so wenig beeindruckt wie Stinkbomben oder Buttersäureanschläge der SEW. Nach der Wende wollte die Senatsverwaltung, dass sein Museum nach Dahlem umzog, weil es angeblich nicht mehr zeitgemäß war und keine würdige Adresse für das denkmalgeschützte Haus des Architekten Eisenmann. Diese Pharisäer, dachte Kunkel, sie geben Milliarden für die Osterweiterung aus und keinen Cent für die Opfer der deutschen Teilung, einer Teilung, die sie mit ihrer schamlosen Politik der friedlichen Koexistenz auf ewig zementieren wollten. Aber er hatte sie alle überlebt mit seinen neunzig Jahren und würde es auch noch mit den Erben Brandts und Kohls aufnehmen, trotz seines vor Wut und Einsamkeit gebrochenen Herzens.

* * *

Es war nicht eben viel, was John in der Hand hatte, aber mehr als nichts. Name, Geburtsdatum und Wohnanschrift der drei als vermisst gemeldeten jungen Männer reichten, um beim Einwohnermeldeamt die Eltern ausfindig zu machen. Um nicht wochenlang auf Antwort zu warten, machte er sich auf den Weg zur Fröbelstraße, zog eine Nummer und wurde nach zwei Stunden Wartezeit aufgerufen. Eines seiner wenigen Privilegien als Detektiv war, Personendaten des Einwohnermeldeamtes erfragen zu können. John legte einen Kasten Konfekt auf den Tisch und bat um schnelle Erledigung der Anfrage.

Am nächsten Tag trafen die Informationen per Fax in seinem Büro ein. Er las die Angaben und ergänzte sie im Computer mit den Namen der Vermissten:

```
1. Leon Grossmann, geb. 14. März 1972
Vater: Grossmann, Karl-Heinz, bis 1990 Oberst
des MfS, bis 2002 Immobilienhändler, seit 2003
Rentner.
Mutter: Grossmann, Irene, geb. Werner, Haus-
```

```
frau, seit 2007 Rentnerin. Wohnhaft Maiglöck-
chenstraße 52, Berlin-Prenzlauer Berg
2. Benjamin Podolski, geb. 22. Dezember 1969
Vater: Podolski, Herbert, Uhrmachermeister.
Mutter: Podolski, Saskia, geb. Schirmer, gest.
2003, kaufmännische Angestellte. Wohnhaft
Frankfurter Allee 89, Berlin-Mitte
3. Jan Felsberg, geb. 5. August 1971
Vater: Felsberg, Günter, Kardiologe. Mutter:
Felsberg, Gesine, geb. Gramzow, Physiothera-
peutin. Scheidung 1990. Vater 1991 nach Bad
Dürrheim (Baden-Württemberg) verzogen, Mutter
seit 1990 wohnhaft Fehrbelliner Straße 9,
Prenzlauer Berg
```

Weil aus Datenschutzgründen die Rufnummern fehlten, nahm John das Berliner Telefonverzeichnis zur Hand, fand jedoch nur die Nummer von Gesine Gramzows physiotherapeutischer Praxis. Das erinnerte ihn an seine Rückenprobleme, die er längst behandeln lassen wollte. Zum Uhrmacher musste er nicht unbedingt, und auch mit einem Stasioffizier zu reden war nicht sein dringendstes Bedürfnis. Doch hier ging es nicht um sein Befinden, es ging, wie Lorenz Straub so treffend gesagt hatte, darum, dass ein Mensch aufhörte, einen anderen zu vermissen. Ob dieser Vermisste Leon Grossman, Benjamin Podolski oder Jan Felsberg hieß, musste er herausfinden.

Die richtige Antwort würde ihn drei Hausbesuche kosten, falls nicht alle drei Nieten waren und der Tote im Mauerpark ganz anders hieß, weil die Frage von einer hypothetischen Annahme ausging. Straub meinte, dass der Unbekannte im Mauerpark zwischen 1987 und '91 gestorben war. John zweifelte nicht an den Aussagen des Pathologen, obwohl auch Professoren manchmal irren. Die Möglichkeit, dass der Tote kein Fluchtopfer und nach dem Mauerfall dort verscharrt worden war, bestand, trotzdem schob er sie vorerst beiseite und googelte die offiziellen Berliner Mauertoten der Jahre 1987–89. Verglichen mit der Gesamtzahl von 136 Opfern seit August 1961 war das Ergebnis überschaubar: Lutz Schmidt, Jahrgang '62, erschossen nahe dem Grenzübergang Rudower Chaussee im Februar '87; Ingolf Diederichs, Jahrgang '64, tödlich verunglückt beim Sprung aus der S-Bahn nahe Bornholmer Straße im Januar '89; Chris Gueffroy, Jahrgang '68, erschossen nahe der Kleingartenkolonie »Harmonie« am Britzer Zweigkanal im Februar '89; Winfried Freudenberg, Jahrgang '56, umgekommen beim Absturz mit einem Ballon über Westberlin im März '89; ein unbekannter Jugendlicher, ertrunken im Teltowkanal im April '89; W. Rudolf, im August '89 von der Westberliner Feuerwehr tot aus dem DDR-Grenzstreifen geborgen.

Nach Straubs Überzeugung war das letzte Opfer in der Nacht des Mauerfalls gestorben, weil es geglaubt hatte, dass der Schießbefehl nicht mehr galt. Die Neun auf der Datumsanzeige der Glashütte-Uhr war kein Beweis für die These, obwohl die Zahl nicht nur mathematisch gesehen bedeutsam war. Dantes Hölle bestand aus neun Kreisen; für die Germanen war neun die heilige Zahl; für Buchhalter Fluch und Segen als Zahlendreher der Sechs und Neunerprobe zur Rechenkorrektur. John Klein war kein Buchhalter des Todes. Er musste Dinge zusammenzählen, die mathematisch keinen Sinn ergaben, und Ereignisse so rekonstruieren, als wäre er dabei gewesen.

Er ging aus dem Haus, um in der Büchner-Buchhandlung in der Wörther Straße den Pharus-Plan *Wo die Mauer war* zu kaufen. Zurück im Büro, breitete er ihn wie eine Schatzkarte vor sich aus und schüttelt den Kopf, als er mit der Lupe den Grenzabschnitt Bernauer Straße/Gleimtunnel betrachtete. Hätte der tollkühne Junge diesen Plan im Maßstab 1:16000 besessen, wäre er wohl noch am Leben. Eine Flucht in diesem Sektor erschien im Nachhinein so aussichtslos wie ein Ausbruch aus Alcatraz. Zwischen Wedding und Prenzlauer Berg ist kein Wasser, aber *nischt wie Jejend und so quietschverjnücht wie zehn tote Affen* – mit anderen Worten eine tote Gegend. Hüben flankierte die Tribüne des Cantian-Stadions die Sperranlagen, drüben die Ziegelmauer einer Industriebrache das daran angrenzende Wohngebiet.

Möglich, dass am Abend des 9. November '89 niemand im Wedding die Schüsse gehört hatte, weil die Fernsehübertragungen aus Ostberlin alles übertönten. John erinnerte sich, wie in den Sieben-Uhr-Nachrichten der SED-Bezirksparteichef Schabowski stotternd verkündete, ab sofort könne jeder Bürger der DDR einen Antrag auf Reisen ins westliche Ausland stellen. Gegen 22 Uhr besetzten ganz Mutige die Mauer am Brandenburger Tor, wo der BBC-Korrespondent Steven Peet wie bedeppert stand und ins Mikro stotterte: »I don't believe what I see. It is no fiction film, it's reality.« Obwohl die DDR-Grenzer kurzzeitig die Mauerspechte vertrieben, wurden auf Druck der Massen zuerst auf der Bösebrücke nahe dem Cantian-Stadion, dann überall die Übergänge nach Westberlin geöffnet. Bis zum Morgen dauerte die polizeilich nicht genehmigte Straßenparty.

Für John war es eine schlaflose Nacht ohne Feierlaune. Er hatte Bereitschaftsdienst und sollte als Kripobeamter mit seiner Dienstpistole das Polizeipräsidium gegen den Volkszorn verteidigen. Eine überflüssige Maßnahme der Staatsmacht, denn das Volk tanzte lieber auf dem Kudamm, als am Alex U-Häftlinge zu befreien. Wie hätte es reagiert, wäre bekannt geworden, dass es ein 137. Maueropfer gegeben hatte? Schabowski und Genossen hätten dumm dagestanden – Reisefreiheit plus Schießbefehl. Ein kleiner Funke, und aus der fröhlichen Nachtwanderung hätte die Nacht der langen Messer werden können.

Dass die Mauerschützen bis heute schwiegen, war verständlich. Aber hätte nicht irgendwer versucht, die Story an die *Super-Illu* zu verkaufen? Vielleicht konnte er den diensthabenden Grenzoffizier ausfindig machen, indem er sich als Boulevard-Journalist ausgab und mit dem Scheckbuch winkte. Aber woher ein Scheckbuch nehmen? Er besaß nicht mal einen Bankdispo. Seine Aufgabe war, die Identität des Opfers herauszufinden, nicht die der Täter. Dass sie nach zwanzig Jahren noch vor Gericht gestellt würden, bezweifelte John, aber für die Medien und all jene, die das andere Deutschland immer schon als Reich des Bösen anprangerten, waren die Mauerschützen ein gefundenes Fressen. Zumal sie etwas getan hatten, das mit der üblichen Ausrede vom Befehlsnotstand nur schwer zu rechtfertigen wäre. Bei aller Skepsis konnte John der Fixierung Straubs auf das historische Todesdatum seiner Leiche wenig entgegensetzen. Ein Toter, drei Vermisste. Eine Erfolgschance von 3:1. Wenn er die richtige Reihenfolge traf, wusste er noch heute, wer der Tote auf Straubs Seziertisch war.

Leon Grossmann, Sohn eines Stasi-Obersts, war Johns erste Wahl. Seine Flucht in den Westen hätte den Vater die Karriere gekostet. Der Tote im Mauerpark besaß keine Papiere, als man ihn fand. Aber vielleicht, als man ihn erschoss? Hatte Oberst Grossmann den Befehl gegeben, seinen Sohn an Ort und Stelle zu vergraben? Dass ein Vater aus Angst um die Karriere den eigenen Sohn verleugnet, kam in allen Gesellschaften vor. Einem solchen Rabenvater in Uniform wollte er gern auf den Zahn fühlen – aber nicht heute, am 8. Mai, dem Tag der Befreiung. Also erst der Uhrmacher, wegen der Glashütte Spezichron mit 23 Rubinen und 585er Goldgehäuse, die neu fast fünftausend DDR-Mark kostete. Ein ziemlich großes Geschenk zur Jugendweihe oder Konfirmation, wunderte sich John, doch privates Handwerk hatte in der DDR goldenen Boden.

Diese teure Uhr würde ihm viel Zeit ersparen, auch wenn sie kaputt war und reparaturbedürftig wie sein Rücken. Er überlegte, ob es nicht sinnvoll wäre, das Unangenehme mit dem Nützlichen zu verbinden und zuerst Jan Felsbergs Mutter aufzusuchen. Er rief in ihrer Praxis an und bat um einen Termin. Weil ein Patient kurzfristig abgesagt hatte, konnte er am Nachmittag des nächsten Tages vorbeikommen.

5

Diesmal brauchte er zu Fuß doppelt so lange wie sonst. Hatten sie die Kochstraße verlängert, seitdem sie Rudi-Dutschke-Straße hieß? Er war ein entschiedener Gegner der Umbenennung, hegte keinen Zweifel, dass der aus Ostdeutschland übergesiedelte Studentenführer als *Agent provocateur* im Auftrag der Kommunisten Westberlin destabilisieren sollte. Zudem hatte der rote Rudi sein Mauermuseum ein Gruselkabinett des Kalten Krieges genannt, dessen Betreiber die CIA sei. Nun trug ausgerechnet die Anfahrt zum Springer-Haus dessen Namen – ein Beweis dafür, dass die Linken auch nach dem Ende des Sowjetimperiums die Stadt regierten, die fünfundvierzig Jahre heroisch der Sklaverei getrotzt hatte. Doch so lange das medikamentös verdünnte Blut in seinen Adern floss, würden die Opfer der deutschen Teilung eine ständige Vertretung am Checkpoint Charlie haben.

Endlich stand Manfred Kunkel vor dem golden schimmernden Hochhaus, dessen Anbau wie ein schwarzer Obelisk den Blick gen Osten verstellte. Der Museumsleiter meldete sich beim Pförtner und sagte, er werde vom Chefredakteur der *Welt* erwartet. Vor den Fahrstühlen standen Boten und Büroangestellte des Redaktionsgebäudes. Kunkel ließ sie einsteigen und blieb zurück. Er litt unter Platzangst, hasste es, zwischen Fremden eingekeilt zu sein. Er nahm den nächsten Fahrstuhl, drückte eilig die Taste mit der Nummer 24 und machte keinerlei Anstalten, die Tür für eine heranrollende Putzkolonne offen zu halten.

Kalter Schweiß perlte auf seinem Rücken, lief ihm von der Stirn, der linke Arm schmerzte, als schleppe er einen

Sack Kohlen. Kunkel zog einen Schmierzettel aus der Manteltasche mit den Namen der Grenzsoldaten, die am 9. November '89 zwischen Gleim- und Bernauer Straße Dienst gehabt hatten. Ob der Flüchtling in jener Nacht oder einer anderen erschossen worden war, wussten nur seine Mörder. Für Kunkel spielte keine Rolle, wer geschossen hatte. Sie waren alle schuldig, weil sie einem Regime gedient hatten, das seine Bürger einmauerte. Er besaß die Liste aller in Frage kommenden Grenzposten, würde aber vorerst nur die drei nennen, die in der Nacht der Maueröffnung Wache schoben. Für die Titelseite der *Welt* war der 9. November als Todesdatum des letzen Maueropfers der beste Aufmacher. Sein Museum wäre damit wieder in den Schlagzeilen und könnte bei der nächsten Vergabe von Fördermitteln des Senats nicht wie bisher übergangen werden.

Eine Viertelstunde später näherte sich von der Oranienstraße ein Rettungswagen der Feuerwehr mit jaulender Sirene und hielt vorm Springer-Hochhaus. Die Rettungskräfte eilten mit Notarztkoffer, Sauerstoffgerät und Defibrillator in das Gebäude und taten ihr Bestes, den Mann im Fahrstuhl wiederzubeleben. Er lag rücklings am Boden und bäumte sich auf, wenn der Strom durch seinen Brustkorb schoss. Nach zwanzig Minuten gab man die Reanimierung auf und rief bei Ahorn-Grieneisen an. Nachdem die Bestatter Kunkel in einen Plastikkasten mit Rädern gelegt hatten, reinigte die Putzkolonne den Fahrstuhl. Die Verpackung eines Speichelabsaugers, eine halb leere Flasche Hautgel, zwei Paar Gummihandschuhe sowie ein zerknüllter Zettel landeten im Mülleimer.

* * *

Gunnar Ziesche überflog die Post, die seine Sekretärin in einer Mappe nach Wichtigkeit und Anliegen sortiert hatte.

Die Rubrik *Bürgerbegehren* war wie immer der dickste Posten. Seit er das Amt des Stadtrats für Öffentliche Ordnung im Bezirk inne hatte, hagelte es Beschwerde- und Protestbriefe. Der Amtsleiter nahm es nicht persönlich, sah es als Zeichen eines gesunden Demokratieverständnisses der Bürger von Pankow, Weißensee und Prenzlauer Berg, die sich zu DDR-Zeiten kaum in die Politik eingemischt hatten und darauf stolz gewesen waren, die niedrigste Wahlbeteiligung der Hauptstadt zu verantworten. Briefe mit beleidigenden Ausdrücken oder handfesten Drohungen nahm er jedoch zur Kenntnis, schrieb an den Rand *§§ 185, 194 StGB* und gab sie an die Abteilung Bußgeldverfahren weiter. In besonders krassen Fällen, zum Beispiel wenn ihn jemand als eine Spezies aus *Brehms Tierleben* betitelte, ihm Korruption und Kungelei mit der Bauindustrie unterstellte oder seine sozialdemokratische Partei als rosarote Faschisten beschimpfte, ließ er von seinem Justiziar Strafanzeige stellen.

Seit Beginn der Sanierungsarbeiten in der Kastanienallee kamen solche Fälle öfter vor. Der Bezirksamtsleiter wusste, woher der Wind weht: aus der linksautonomen Schmuddelecke. Für die zu spät gekommenen Revoluzzer war er, Gunnar Ziesche, der Hauptfeind, weil er ihren versifften Kifferkneipen, öffentlichen Saufgelagen und kriminellen Graffiti-Schmierereien entschieden den Kampf angesagt hatte. Die Mehrheit der Bürger seines Bezirks begrüßte seinen Kreuzzug gegen Unordnung und Unsicherheit. Auch wenn er nur selten Dankesbriefe erhielt, fühlte Ziesche sich in seinem Amt bestätigt, weil der Prenzlauer Berg inzwischen zu einem der beliebtesten Touristenziele Europas und teuersten Wohnquartiere der Stadt geworden war. Wie heruntergekommen der im Krieg schwer zerstörte Kiez unter den Kommunisten gewesen war, hatte er am eigenen Leib erfahren. Deshalb ging der gelernte Pädagoge 1990 in die Politik, studierte noch einige Semester Soziologie und kandidierte für ein Bürgeramt. Dass er in der SED gewesen war und mehr als seinen Grundwehrdienst in der NVA abgeleistet hatte, nahmen ihm die Genossen nicht übel. Fortan bewies er sich als erklärter Gegner der Linken und Autonomen und war prädestiniert für jeden Parteiposten, denn er konnte austeilen und einstecken. Er wollte nicht geliebt werden, sondern verändern und gestalten.

Im letzten Fach der Postmappe lag ein Brief mit dem Vermerk »persönlich«. Der Amtsleiter warf einen Blick auf den Absender, nahm das Schreiben aus der Dienstmappe und steckte es in seine Jackentasche. Dann teilte er Frau Engel im Vorzimmer mit, er müsse sich mal im Bürgerpark die Beine vertreten, und verließ sein Büro.

»Sie haben um zehn einen Termin beim Tiefbauamt«, erinnerte ihn die Sekretärin.

»Sagen Sie, ich stecke im Stau und komme später.«

* * *

Als er im Begriff war, das Büro zu verlassen und beim Kollwitz-Bäcker seinen sinkenden Blutdruck mit türkischem Mocca auf Trab zu bringen, klingelte das Telefon. John notierte Namen und Adresse des Anrufers, sagte, er käme in einer halben Stunde vorbei. Auch das noch, dachte der Detektiv und nahm seinen Trenchcoat vom Bügel. Gewöhnlich war der Mai der Monat der Selbstmörder, nicht der Ermordeten. Dass es jetzt einen Hund erwischte, den ersten in diesem Jahr, machte für John keinen Unterschied. Für gewöhnlich blieb es nicht bei einem, und das hieß, dass er mit Seneca nicht mehr ohne Leine durch den Prenzlauer Berg spazieren konnte. Ein Unding für den Border Collie, und deprimierend für jemanden, der unsinnige Vorschriften prinzipiell missachtete. Aus Liebe zu seinem Hund und wegen des Restes Selbstachtung, der ihm geblieben war, musste er den Auftrag wohl oder übel annehmen. Obwohl er genug zu tun hatte mit Straubs Knochenmann, Peter Kurz' bedrohten Eiern und einer leichten Frühjahrsdepression.

Sein Partner war nicht mehr im Büro aufgetaucht, sonnte sich vermutlich schon auf Hiddensee. John schaltete die Alarmanlage im Flur ein und schloss die Bürotür ab. Nachdem versucht worden war, bei ihnen einzubrechen, hatten sie elektronisch aufgerüstet, die Wohnungstür mit dickem Blech verstärken und die Fenster zur Brauerei hin vergittern lassen. Klein war sicher, dass der Einbruch nicht seinem alten Mac oder den Videobändern von Ehebrechern gegolten hatte, sondern den Ermittlungsakten seines Partners über Kredit-, Steuer-, Versicherungsbetrug. Deshalb hatte auch Kurz die Sicherheitsmaßnahmen fürs Büro bezahlt, das sie seitdem Fort Knox nannten.

* * *

Der Thälmann-Park war ein verfluchter Ort. Seit der eiligen Fertigstellung des Wohnquartiers 1986 litten die Bewohner unter Kopfschmerzen, Übelkeit, Hautausschlag und anderen Krankheiten infolge von Cyaniden und Phenolen, die im Grundwasser der abgerissenen Gasanstalt verblieben, weil das Denkmal für den großen Sohn der Arbeiterklasse teurer als geplant war, die Gesundheit der Lebenden dagegen billig zu haben. Namhafte DDR-Künstler hatten den russischen Bildhauer Lew Kerbel vergeblich bedrängt, den Staatsauftrag etwas kleiner zu gestalten und statt eines nagelneuen Mercedes einen ausrangierten Volvo aus Honeckers Fuhrpark als Dienstauto zu akzeptieren. Ohne Erfolg. Am Ende reichte das Geld noch für 4000 Bäume, doch auch sie wurden krank und überlebten die DDR nur um ein paar Jahresringe. Inzwischen übertrafen die Folgekosten für permanente Grundwasserreinigung die des Bauvolumens des Wohnparks um ein Vielfaches. Deshalb waren die Mieten hier ebenso hoch wie am Kollwitzplatz, nur war dort das Erdreich nicht kontaminiert.

Als John von der Danziger Straße in den Park einbog, fragte er sich, ob der Hund nicht eher beim Buddeln in der Erde an Blausäure gestorben war als an vergifteten Keksen, Buletten oder Pellets. Handelsübliches Rattengift enthielt auch Cyanid, besaß aber ein für Hunde und Katzen unangenehmes Aroma. Geh erwartungslos und ohne voreilige Schlüsse in eine Vernehmung, ermahnte sich der Detektiv, als er das Haus betrat und mit dem Fahrstuhl in den 13. Stock fuhr.

Frieder Herzog öffnete die Tür in einem grauen Jogginganzug mit der Aufschrift U.C.L.A. Trotz seiner Solarbräune sah er eher aus wie ein Sportstudent aus Oldenburg. Mit feuchtem Händedruck zog er John in die Wohnung.

»Schön, dass Sie gleich gekommen sind. Ich muss mich mal eben frisch machen. Bin total verschwitzt vom Laufen.«

»Kein Problem. Ich genieße inzwischen die Aussicht.« John trat auf den Balkon und schaute über die Dächer jenseits der Greifswalder Straße. Den Blick über die Brüstung nach unten vermied er tunlichst wegen seiner panischen Höhenangst. Er überlegte, woher er das Gesicht des Mannes kannte, das markant war durch seine tiefen Aknenarben. Aus dem Fernsehen! Mr. Scarface war der neue Tatort-Kommissar des MDR. Da John sich keine Fernsehkrimis anschaute, es beim Zappen durchs Programm höchstens zehn Minuten aushielt, kannte er weder Rollen- noch Schauspielernamen, doch sein fotografisches Gedächtnis vergaß selbst die gewöhnlichste Knallcharge nicht. Herzog war das, was die Branche »frauenaffin« nannte – brutale Fresse, treudoofer Hundeblick und eine samtweiche

Stimme. Statt um ein Autogramm würde er den Fernsehstar lieber um ein kaltes Bier bitten, fürchtete jedoch, mit Bionade oder frisch gepresstem Orangensaft abgespeist zu werden.

»Kann ich Ihnen irgendwas zu trinken anbieten«, fragte der Schauspieler, als er, noch nicht ganz trocken hinter den Ohren, aus dem Bad kam.

»Danke! Ich würde lieber gleich zur Sache kommen.«

Herzog ließ sich auf das rote Ledersofa fallen und schaute aufs Display seines iPhones. »Tschuldigung. Will nur sehen, ob mein Agent angerufen hat.«

John lächelte verständnisvoll und nahm im Sessel neben dem gläsernen Couchtisch Platz.

»Brando, mein Kurzhaarweimaraner, ist gestern Mittag gestorben. Die Tierärztin sagt, er wurde wahrscheinlich vergiftet.«

»Wo und wann sind Sie mit dem Hund zuletzt gewesen?«

Herzog tippte eine SMS ins iPhone. »Hier im Park, so gegen sieben.«

»Mit oder ohne Leine?«

»Er lief immer ohne Leine vorneweg, während ich mein Ausdauertraining mache.«

»Hat er irgendwas gefressen, das im Gebüsch rumlag oder auf der Wiese?«

Endlich war Herzog fertig mit der SMS und sah seinen Gast an. »Ist mir nicht aufgefallen. Sonst hätte ich es ihm weggenommen.«

John vermutete, dass Herzog noch beim Joggen telefonierte und, wenn er Brando im Auge behielt, dabei eher an Marlon Brando in *Endstation Sehnsucht* dachte. »Gab es in der Nachbarschaft schon einen Vorfall?«

Herzog wischte mit dem Ärmel über das Display seines iPhones, das voller Schweißperlen war. »Ich wohne erst kurz hier. Hab davor in München gelebt. Hundehasser sind da so was von *out of time*. Ist eben *fucking* Osten. Wie Kabul ohne Taliban.«

John fand den Vergleich amüsant, kommentierte ihn aber nicht. Er war sicher, dass da noch mehr kam.

»Hier sagen sie nicht Grüß Gott oder Guten Tag. Sie fragen ›Zu wem woll'n Se!‹ und ermahnen dich, die Schuhe abzutreten. Oder behaupten, dass dein Hund an ihr Auto uriniert hat.«

»Die Leute in Zehlendorf vergeuden ihre Energie auch nicht mit Nettigkeiten«, verteidigte John seinen Kiez.

»Berlin ist total ostverseucht. Vakuum frisst Volumen.«

»Der zweite thermodynamische Grundsatz. Er besagt aber auch, dass alle Eigenschaften dazu neigen, vergessen zu werden.« Ausgenommen die Lust auf eine Zigarette. John verkniff sie sich, um den Eindruck eines zwanghaften Ostlers zu vermeiden. Vergeblich, Herzog war der gelbe Fleck an seinen Daumen und Mittelfingern nicht verborgen geblieben.

»Wie lange wohnen Sie schon in diesem zänkischen Bergdorf?«

»Seit Biermanns Ausbürgerung.« Der Tatort-Kommissar sah ihn an, als habe er sein Stichwort vergessen. »Schätze, da waren Sie noch nicht auf der Welt.«

Herzog überlegte, ob er nicht die falsche Detektei angerufen hatte. Es gab aber nur zwei in Prenzlauer Berg, und wenn Kurz & Klein Konkursmasse Ost waren, ließe sich über das Honorar zünftig streiten.

»Was würde es mich kosten, Sie den *dogkiller* finden zu lassen?«

»Fünfzig Euro die Stunde plus Spesen. Bei der Konkurrenz das Dreifache. Erfolgsgarantie in diesem Fall nicht inklusive. Es sei denn, Sie haben jemanden im Verdacht.«

»Irgendeiner aus dem Viertel wird's gewesen sein.«

»Also keinen konkreten Verdacht«, rekapitulierte John.

»Jedem von diesen Stasi-Typen traue ich so was zu.«
»Wie viele Mieter im Haus haben einen Hund?«
»Zehn, zwölf. Keine Ahnung. Wollen Sie damit sagen, einer von denen …?«
John fiel ihm ins Wort. »Hatten Sie Ärger mit einem der Hundebesitzer?«
»Ständig. Sind halt Kleindarsteller aus dem Osten und«, Herzog machte die alberne Geste für Anführungszeichen, »super nette Nachbarn.«
»Aber Ihr Hund ist das einzige Opfer bisher?«
Herzog fühlte seinen Puls. Er raste, wenn er nur an die lieben Nachbarn dachte. »Das ist es ja, was mich so wütend macht. Die mögen hier keine Rassehunde. Weil ihre Köter vom Polenmarkt stammen.«
»Der gewöhnliche Ostdeutsche führt seinen Hund an der kurzen Leine. Da kommt er kaum in den Genuss vergifteter Buletten.«
»Sie meinen, es ist alles meine Schuld«, reagierte Herzog gereizt.
»Mein Hund ist auch Freigänger. Darum habe ich ein persönliches Interesse …«
»Umso besser. Finden Sie den Kerl. Den Rest erledigen meine Anwälte.«
»Warum haben Sie nicht Anzeige bei der Polizei erstattet?«, wunderte sich John. Herzog grinste hämisch. »Die können ja nicht mal die Autozündler fassen.«
»Ich bin verpflichtet, die Polizei zu informieren. Weil in solchen Fällen auch Kinder gefährdet sind.«
»Meinetwegen. Hauptsache, Sie fassen die Ratte.«
»Noch einmal die Frage: Haben Sie gesehen, ob Ihr Hund Keks, Buletten oder andere Essensreste im Park gefressen hat?«
Herzog schüttelte den Kopf. »Die Tierärztin sagt, sie will Brandos Mageninhalt ins Labor schicken.«

John notierte den Namen der Tierarztpraxis, gab Herzog seine Mobilnummer, falls ihm noch irgendwelche Hinweise zur Ergreifung des Täters einfielen, und ließ sich zur Tür bringen.

»Tun Sie mir den Gefallen, auch wenn Sie die Leute hier nicht mögen: Geben Sie dem Hausmeister Bescheid, er soll einen Aushang machen. Wegen der Hunde und der Kinder.«

Herzog legte eine Hand senkrecht auf den Kopf und sagte: »Pionierehrenwort!«

Der Detektiv betrat den Fahrstuhl. Ein Mann mit Hund fuhr ebenfalls abwärts und grüßte mit »Tach ooch!« Sein Rottweiler schnupperte an Johns Hosenbein und knurrte. Der Detektiv strich ihm freundlich über den Kopf.

»Pfoten weg! Det mag er jar nich«, schnauzte der Mann im Trainingsanzug.

Vorm Haus steckte sich John eine Zigarette an und inspizierte die Blumenrabatten auf irgendwelches Hundefutter. Er merkte, wie sich seine Nackenhaare aufstellten, ein untrügliches Zeichen, dass er beobachtet wurde. Ein Blick auf das Hochhaus bestätigte den autohypnotischen Reflex, auf so ziemlich jeder Etage observierte ein männlicher oder weiblicher Blockwart vom Balkon, am offenen Fenster, hinter der Gardine sein höchst verdächtiges Tun. John ließ sich davon nicht beeindrucken, verspürte aber so etwas wie Verständnis für Herzogs Abneigung gegen Ostler. Um hier zu wohnen, musste man eine gehörige Portion Menschenliebe besitzen oder einen Blindenhund.

Wie hatte er es nur so viele Jahre ausgehalten mit diesen Leuten, die einander belauerten, zu Ruhe und Ordnung ermahnten und wegen jeder Kleinigkeit bei der Obrigkeit denunzierten? Um den Kollwitzplatz, wo er seit fünfunddreißig Jahren lebte, hatte es solche hässlichen deutschen Verhältnisse nicht gegeben. In den schäbigen Bürgerhäusern lebten zwar auch Mieter, meist alte Frauen, die nichts Besseres zu tun hatten, als die Beamten der Meldestelle am Wasserturm aufzuklären über das Sexualleben junger Menschen, darüber, ob sie anständig gekleidet waren, täglich zur Arbeit gingen oder schlecht über den Staat redeten. Sie taten, was ihnen schon unter den Nazis kaum mehr als ein joviales Dankeschön eingebracht hatte, aber zum Dank für die Kontrolle der sozialistischen Lebensweise im Kiez wurden sie als Rentner bei der Visavergabe für Reisen in die BRD großzügig bedacht. Die Frage war, ob der Staat DDR seine Bürger auf dieselbe Weise an der Kandare hielt wie einst Preußens Beamtenmonarchie, weil die Funktionäre Hegel gelesen hatten und die Dialektik der Negation der Negation zum ewigen Prinzip erhoben. Oder erwiesen sich die von Preußen beherrschten, jeglichen Selbstwertgefühls beraubten Sachsen als nicht reif für die jakobinische Idee der Freiheit, Gleichheit, Brüderlichkeit und mussten in ihrem zwanghaften Kontrollwahn wiederum kontrolliert werden vom Staat?

Mit diesen trüben Gedanken verließ John den Thälmann-Park und fuhr zurück in sein elektronisch gesichertes Büro in der Metzer Straße.

* * *

Kommissar Scholz rückte seine schwarze Hornbrille zurecht, als könne er so die Gedanken seines Chefs besser lesen. Doch Schwitters war ein kalter Hund mit dem Gesichtsausdruck einer Sphinx, solange er sich noch keine Meinung gebildet hatte. Er überflog die in einem armdicken Ordner abgehefteten Dokumente und ließ Scholz schmoren. Der fünfundzwanzig Jahre ältere Kommissar fühlte sich jedes Mal, wenn er mit seinem Vorgesetzten allein war, wie ein Sitzenbleiber, der auf die Gnade des Lehrers hofft.

Auf ein Lob des Chefs würde er auch diesmal vergeblich hoffen. Also musste er sich selber loben.

»Als ich in der Zeitung las, dass der Leiter des Mauermuseums auf dem Weg zu einem Interview mit dem Chefredakteur der *Welt* einen Herzinfarkt erlitt, war mir gleich klar, dass er was über den Toten im Mauerpark rausgefunden hatte. Drum bin ich sofort ins Museum und habe mir die Liste mit den Namen der Grenzer vom Abschnitt Bernauer Straße geben lassen.«

»Ich frage mich, woher er die hatte«, murmelte Schwitters.

»Die Linken behaupten, er hätte mit der Stasi gekungelt. Jedenfalls können wir den oder die Täter einkreisen, wenn wir sicher wissen, an welchem Tag es passiert ist.«

»Hätten Sie nicht selbst auf die Idee kommen können?«, sagte der Hauptkommissar und nahm den dicken Ordner entgegen.«

Scholz war auf die Frage gefasst, empfand sie aber als Ohrfeige. »Noch wissen wir nicht, wer der Tote ist und wann er starb …«

»Und wann, denken Sie, werden wir es wissen?«

»Wondras Leute werten noch die alten Vermisstenfälle aus. Mit dem Ostberliner Suchsystem haben sie Probleme, es läuft nicht auf ihrem Computer.«

»Die werden doch wohl noch einen alten Rechner im Archiv haben«, sagte Schwitters und blätterte in dem Ordner.

Scholz nahm seine Brille ab und fuchtelte damit herum, als wolle er Beethovens Neunte dirigieren. »Ja schon, aber niemand kann das Ding bedienen. Ist eben Weltniveau made in DDR. Ich habe ihnen gesagt, sie sollen im Technikmuseum anrufen und jemanden herschicken, weil die Sache eilt. Sonst dauert das Wochen.«

»Richtig so. Immer Druck machen«, sagte Schwitters und schlug den Leitz-Ordner zu. Er nahm einen Taschenrech-

ner zur Hand und tippte die Zahlenfolge 365 x 2 x 4 ein.
»Also, zwischen 1985 und '89 gab es im Grenzabschnitt Cantian-Stadion 3656 Tages- und Nachtstreifendienste, vier Dutzend Namen möglicher Mauerschützen, aber kein Datum eines vereitelten Fluchtversuchs.«

»Einer von denen wird bestimmt reden, wenn wir ordentlich Druck machen«, stammelte Scholz.

»Bis wir alle aufgestöbert und verhört haben, lesen wir längst in der Zeitung, wer der Täter ist. Und stehen dumm da.«

Eine andere Idee hatte Scholz nicht. Er fühlte sich wie gelähmt, sein Gehirn schien nur Befehle für lebenserhaltende Maßnahmen auszuführen.

Schwitters betrachtete sein Spiegelbild in Scholz' Brillengläsern. »Geben Sie eine Beschreibung der Armbanduhr mit Foto an die Presse, und alles, was wir über den Toten wissen. Und treten Sie Wondras Leuten auf die Füße.«

»Bis sie Hühneraugen kriegen«, sagte Scholz diensteifrig.

»Von der Uhr wurden im Jahr '74 ganze zweihundert Stück produziert. Die kriegten nur hohe Parteibonzen und gedopte Sportler ... Einem von ihnen muss das teure Stück ja abhanden gekommen sein.«

»Finden Sie's schnell raus, wir stehen unter Zeitdruck«, drängte Schwitters.

Mit *wir* meint er *ich*, wegen der Beförderung, dachte Scholz und nickte.

Schwitters reichte ihm den Aktenordner mit der Aufschrift »Dienstpläne GR 35« und griff nach dem Telefon. »Falls Ihnen die Sache über den Kopf wächst, teile ich Ihnen noch zwei Leute zu.«

»Wäre mir recht«, sagte Scholz und verließ das Büro.

6

Obwohl die Praxis von Gesine Gramzow nur zehn Minuten vom Büro entfernt war, wäre er heute gern mit dem Auto dorthin gefahren. Aber er besaß keins mehr. Seit sein alter Mercedes beim Abfackeln eines Humvee mit in Flammen aufgegangen war, ging er zu Fuß. Beim Gehen spürte er den Schmerz im Rücken weniger. Noch befreiender aber war, dass er dabei den meditativen Zustand erreichte, an absolut nichts zu denken. Weder an Lea noch ans Geldverdienen noch an den Klimawandel oder Prostatakrebs.

Jedes Mal, wenn John Klein einen Arzttermin hatte, fühlte er sich kränker, als er tatsächlich war. Chronische Rückenschmerzen waren ihm seit Jahren so vertraut, dass er sich fast schon nach ihnen sehnte, wenn sie einmal ausblieben. Diesmal ging er noch langsamer als sonst durch den Prenzlauer Berg und leicht nach vorn gebeugt wie ein japanischer Tourist, der ein Plastikkreuz über die Via Dolorosa schleppt. Auch die Praxis von Gesine Gramzow mit ihren hellen, freundlichen Farben konnte ihn nicht aufheitern. Wenn er nicht völlig daneben lag, musste er ihr eine schmerzliche Nachricht überbringen.

»Herr Klein!«, empfing ihn die Sprechstundenhilfe, eine schwergewichtige Frau unbestimmten Alters mit mehr als drei goldenen Haaren am Kinn.

John nickte, gab ihr seine Chipkarte und die Überweisung des Hausarztes.

»Sie können gleich nach hinten gehen. Den Oberkörper freimachen und Schuhe ausziehen.«

Während er im Behandlungszimmer bis zum Bauchnabel entkleidet auf die Physiotherapeutin wartete, vermied er es, sich im Spiegel zu betrachten, und zählte aus Langeweile seine Altersflecken auf der Brust, die im grellen Neonlicht violett schimmerten.

Langsam wurde ihm kalt, und der Gedanke, einer Mutter erklären zu müssen, dass ihr Sohn bei einem Fluchtversuch an der Mauer erschossen wurde, ließ ihn erst recht erschauern. Nur die Hoffnung, dass sie nach über zwanzig Jahren mit allem abgeschlossen und längst alle Tränen vergossen hatte, hielt ihn davon ab, sich noch rechtzeitig aus dem Staub zu machen.

Auf dem Flur näherten sich kaum hörbar Schritte. Die Schritte eines Engels mit Flammenschwert, dachte John, denn gleich würde er unter den sanften Händen der Physiologin Höllenqualen leiden. Geschah ihm recht, weil er, statt seinen Hintern zu bewegen, Churchills Worte *No sports!* als Ausrede für seine Faulheit gebrauchte.

Noch bevor die Tür sich schloss, vernahm John eine angenehme weibliche Stimme. »Wo tut es Ihnen weh?«

John drehte sich um und musterte Gesine Gramzow, die ganz und gar nicht wie ein feuerbringender Engel aussah. »Überall, wo ich nicht hinkomme.«

»Dann legen Sie sich mal auf den Bauch. Den Kopf zur Seite, die Arme parallel zum Oberkörper.«

Während Gesine Gramzow ihre Hände mit einem Gel einrieb, betrachtete der Detektiv sie wie ein falsch herum hängendes Bild. Die Frau in dem Bild war zierlich und schlank, mit einer Taille, die ein Basketballer mit beiden Händen mühelos umschließen konnte. Das rabenschwarze lockige Haar kräuselte sich auf der Stirn, im Nacken war es kurz rasiert. Fast hätte John sie ausnehmend hübsch gefunden, wäre sie nicht so stark geschminkt. Ihr von Natur aus blasser Teint erschien im Neonlicht wie die Maske eines weißen Clowns, und er kam sich, träge und pausbäckig auf der Pritsche liegend, vor wie der dumme August.

Sie beugte sich über ihn und tastete seinen Rücken ab. »Entspannen Sie sich. Denken Sie an den letzten Urlaub auf Mallorca. Es wird nämlich weh tun.«

»Ich war nie dort«, sagte John mit zusammengepressten Zähnen.

»Dann stellen Sie sich vor, Sie liegen in der Sonne am Strand von Hiddensee.«

Ausgerechnet das wollte er sich nicht vorstellen, weil dort gerade sein Partner Kurz unfreiwillig Ferien machte. »Klingt gut. Hatte schon seit Jahren keinen Urlaub mehr.«

Gesine Gramzow kniff mit kräftigen Fingern in seine Haut und löste sie von der Rückenmuskulatur. Vom Hals abwärts bis zur Hüfte rollte sie die Hautwülste wie Bizets Carmen ihre Zigarren, nur dass sie dabei nicht sang. John biss sich auf die Lippen, um keine Schmerzarie zu trällern.

»Ihre Muskulatur ist nicht genug durchblutet. Kein Wunder, dass Sie Schmerzen haben.«

»Nur an ungeraden«, stöhnte John und spürte, wie das Blut in einen bestimmten Muskel strömte.

Als die Therapeutin mit der linken Hälfte fertig war, begann sie rechts. »Haben Sie niemanden, der Ihnen ab und zu den Rücken krault?«

»Nur einen faulen Hund«, sagte John, während er in Gedanken zehnmal das Wort Feuer rief, um die Muskelkontraktion unter seinem Bauch zu stoppen.

Gesine Gramzow befühlte eine zwei Zentimeter breite Narbe in der rechten Beuge des Patienten. »Was ist das?«

»Ein Andenken an meine Zeit bei der Kripo.«

»Sieht aus wie ein Messerstich.«

»Tat aber nicht halb so weh wie Ihre Massage.«

»Das halten Sie schon aus. Sie sind doch ein Kerl.« Die blasse, zerbrechliche Frau mit den Händen eines Bauarbeiters lachte. »Männer wollen leiden.«

»Nur, wenn sie hinterher getröstet werden.«

»Soll das ein Witz sein«, fragte sie. Sie klang nicht amüsiert.

»In meiner Lage macht man keine Witze. Wenn Sie mit mir fertig sind, werde ich einen Rollstuhl brauchen.«

»So schlimm ist es auch wieder nicht. In Ihrem Alter sind Rückenprobleme ganz normal.«

Das kränkte John, und deshalb schwieg er. Etwas zu sagen fiel ihm ohnehin schwer, weil er sich vor Schmerzen auf die Lippe biss.

Nach einer halben Stunde ließ Gesine Gramzow von ihm ab, und er konnte sich anziehen. Er brachte seine fünfundneunzig Kilo in die Vertikale und griff nach seinem Hemd.

»Wie fühlen Sie sich?«, fragte sie und schien kein bisschen erschöpft.

»Wie neugeboren, würde ich sagen. Ich werde bei der Ärztekammer eine Lobeshymne auf Ihre Hände singen.«

Jetzt musste Gesine Gramzow lachen. »Es genügt, wenn Sie es Ihren Kollegen weitererzählen.«

»Ich arbeite allein. Falls Sie den Verdacht hegen, dass Ihr Gatte fremdgeht ... Ich bin Privatdetektiv.«

Frau Gramzow sah ihn mit strenger Miene an. »Über mein Privatleben rede ich gewöhnlich nicht mit Patienten. Aber da Sie so eine nette Art haben ... Ich lebe allein.«

John knöpfte sein Hemd zu und überlegte, wie er einen Bogen zum eigentlichen Grund seines Hierseins schlagen sollte. Nach der entspannenden Massage mit Gesine Gramzow über ihren vermissten Sohn zu reden, schien ihm mindestens so unpassend wie ihr zu sagen, dass er dabei an seine tote Frau dachte. Also blieb er verbindlich. »Wir sehen uns ja jetzt öfter.«

»Ihre Kasse zahlt nur für sechs Massagen. Ich rate Ihnen dringend zu irgendeiner Art von Gymnastik.«

»Denken Sie an etwas Bestimmtes?«

»Jogging, Yoga, Shiatsu, Alexandertechnik. Oder, falls Sie keine Zeit dazu haben, gehen Sie öfter mal tanzen.«

»Gute Idee. Ich war früher ein wilder Tänzer.«

Sie sah ihn mit einer Mischung aus Mitleid und Spott an. »Nur die Gegenwart zählt. Und Sie entscheiden, in welcher Gewichtsklasse Sie in Zukunft boxen.«

»Sie haben auch eine nette Art, dem Patienten unangenehme Wahrheiten zu sagen.«

»Das ist mein Beruf. Wenn Sie eine Wohlfühlmassage wünschen, müssen Sie zuzahlen.«

Gesine Gramzow drehte den Wasserhahn auf und wusch sich die Hände. Dabei betrachtete sie den Patienten im Spiegel. Seitenverkehrt und angezogen erschien er ihr recht passabel. Das freundliche offene Gesicht auf seinem schweren Körper strahlte die Selbstzufriedenheit eines chinesischen Glücksgottes aus. Nur die wässrigen Augen passten nicht ganz in das Bild. Sie hatten vermutlich viele unschöne Dinge gesehen.

»Ich mag Menschen, die nicht mit sturem Blick aufs Geld Komplimente machen und, statt sich hinterher zu ekeln, sagen, was ihnen ...«

»Sie verstehen mich falsch«, unterbrach sie ihn. »Das ist hier kein Schönheitssalon.«

»Und keine Seelentherapie. Trotzdem danke für Ihre Aufmerksamkeit.«

Die Therapeutin gab dem Patienten die noch feuchte Hand und verließ den Behandlungsraum. Was für eine Frau, dachte John. Leichtfüßig eilte er an die Rezeption und ließ sich einen neuen Termin geben.

Erst auf der Straße wurde ihm klar, dass er nicht mal versucht hatte, Gesine Gramzow nach ihrem vermissten Sohn zu fragen.

* * *

Im Gegensatz zum Treptower Park war der Plänterwald ein Dschungel. Seit der dort ansässige Vergnügungspark 2002 Konkurs gegangen war und der Berliner Senat alles tat, um interessierte Investoren zu vergraulen, verkam mit dem eingezäunten Gelände auch das Waldstück. Zwar diente das verfallende DDR-Disneyland hin und wieder als bizarre Kulisse für Film- und Modeaufnahmen, doch der Öffentlichkeit war der Zutritt polizeilich verboten. Nur im Sommer öffnete der Eingangsbereich am Wochenende seine Pforten für Besucher. Angeboten wurden Kaffee, Bockwurst und Buletten, dazu eine Fahrt für zwei Euro mit dem Santa-Fé-Express durch das verwunschene Gelände.

Er wartete schon eine halbe Stunde am Pavillon neben der Kegelanlage und nippte an seinem zweiten Kaffee, als der Mann aus Prenzlau, mit dem er sich treffen wollte, endlich erschien. Fast hätte er ihn nach zwanzig Jahren nicht wiedererkannt ohne Uniform. Er hielt eine Bierbüchse in der Hand und winkte ihm zu. Er ließ sich Zeit, den Pavillon anzusteuern, und sah sich mehrmals um.

»Was ruderste wie'n Kugelfisch mit den Flossen? Muss doch nicht jeder sehn, dass wir uns kennen«, sagte er und zahlte seinen Kaffee.

»Dachte, du erkennst mich nicht wieder. Bin schließlich keine zwanzig mehr.«

»Nee, biste nicht«, meinte der Berliner und tippte dem Mann aus Prenzlau auf die Schulter. »Lass uns ne Rundtour machen. Hier sind zu viel Leute.«

Sie gingen zurück zum Ausgang, der eine kerzengerade, der andere mit leichter Schlagseite. Neben der ausgebrannten Kassenhalle stand die Schmalspurbahn, drei offene Wagen und eine grüne Diesellok im Western-Look. Die Männer zahlten bei einem Mädchen mit schwarz-roter Reichsbahnmütze und nahmen im letzten Wagen Platz. Hier waren sie ungestört, weil die wenigen Kinder sich vorn beim Lokführer drängten. Nach einem missglückten Start, der die Wagen samt Fahrgästen kräftig durchrüttelte, tuckerte die Parkbahn los.

Dem Prenzlauer war schon jetzt schlecht, doch er ließ sich nichts anmerken, kippte das restliche Bier in sich hinein und schleuderte die Büchse ins Gebüsch. »So eine Scheiße! Wieso buddeln die ausgerechnet an der Stelle! Da muss doch jemand gequatscht haben.«

»Red kein Scheiß. Außer uns weiß niemand davon.«

»Und unser UvD. Dem verdanken wir das Ganze.«

»Absolut. Aber der wird uns nicht verpfeifen!« Der Berliner grinste. »Der nicht.«

Dem Dicken war nicht zum Lachen zumute. »Geschossen habe ich, nicht du. Mich buchten sie ein, wenn alles rauskommt.«

Als die Bahn über die Brücke eines Kanals fuhr, an dem mehrere Boote in Form von Schwänen auf dem Trockenen standen, lehnte der Berliner sich aus dem Zug und rief: »Lohengrin mein Name. Wann jeht hier der nächste Schwan?«

Der Dicke sah seinen Kameraden mit feuchten Augen an. »Es macht mich fertig. Jede Nacht denke ich, der war noch nicht völlig hinüber, als wir ihn ...«

»Quatsch! Da war nix zu machen. Der war so tot wie der Sozialismus.« Er legte den Arm um seinen Begleiter und zog ihn an sich. »Was haben wir immer gesagt, wenn Vergatterung war?«

»Da kannste einen drauf lassen, dass hier keiner durchkommt.« Die Bahn fuhr in eine scharfe Rechtskurve und befreite ihn aus der Umarmung. »Wir hätten es beinahe ohne Abschuss geschafft ... wenn dieser Idiot eine Stunde später ... Die wissen bestimmt längst, wer er war. Hätten wir ihm bloß die Uhr abgenommen, nicht nur den Ausweis.«

»Hätte, hätte! Ich wollte das jute Stück behalten ... Aber du mit deinem Gerede von sozialistischer Moral.«
»So was tut man nicht! Das ist Leichenfledderei.«
»Jetzt kriegen sie uns deswejen ran. Nach zwanzig Jahren.«
Der Dicke wurde blass und lehnte sich aus dem Wagen. Bevor er sich übergab, zog der andere ihn zurück und drückte ihn in den Sitz.
»Wir haben nichts zu befürchten. Und wenn, der letzte Prozess war 2004. Das Urteil: Bewährung für den, der jeschossen hat, für den anderen Freispruch. Also lächle.«
Das zerknirschte Gesicht des Prenzlauers hellte sich etwas auf, doch sein Mageninhalt drückte ihm auf die Speiseröhre. Plötzlich ging wieder ein Ruck durch die Wagen, und der Santa-Fé-Express hielt kurz vorm Bahnhof Westernstadt Colorado-City. Nicht die Dawson-Bande vom Wilmersdorfer Wildwest-Verein oder arbeitslose DEFA-Indianer hatten den Zug gestoppt, sondern ein defektes Ventil der Diesellok. Während der Berliner dem Lokführer seine Hilfe anbot, verdrückte sich der Dicke ins Gelände und übergab sich.
Nach einer Viertelstunde war der Schaden behoben, der Lokführer schloss die Motorklappe und startete den Anlasser. Sein Helfer wischte sich die ölverschmierten Hände an einem Lappen ab und hielt Ausschau nach seinem Begleiter. Der saß vornüber gebeugt auf einer Gerüststange eines Geisterschlosses, dem die Fassade fehlte und in dem glockenförmige Gondeln an den Rollen einer Schienenbahn aufgehängt waren. Die Gondeln baumelten bedrohlich über dem Mann aus Prenzlau. Der andere sah die Katastrophe kommen und rief: »Wolfjang! Weg da!«
Er schaute auf, hörte das metallene Quietschen eines Scharniers, da krachte auch schon eine der Gondeln aus vier Meter Höhe zu Boden und verfehlte ihn nur um Haares-

breite. Die Kinder schrien wie eine Horde Affen, ihre Betreuerinnen wollten ihnen die Augen zuhalten, hatten aber nicht genug Hände.

»Alles in Ordnung, Kinder. Jeder bekommt ein Eis«, beruhigte sie der Lokführer.

Der Berliner lief hinüber zu seinem Kameraden, der zur Salzsäure erstarrt dasaß, und zog ihn weg. »Noch mal Glück gehabt.«

»Das war kein Glück. Das war die Rache des Toten.«

»So was jibt's nur im Kintopp«, sagte der andere und schaute sich um. Außer ein paar Krähen, die missmutig auf dem Gerüst hockten, war niemand zu sehen. Sie stiegen in die altersschwache Bimmelbahn und schwiegen den Rest der Fahrt, die ohne weitere Zwischenfälle am Eingang des Spreeparks endete. Schweigend gingen sie in Richtung Insel der Jugend und stiegen in ein Auto. »Ick setz dir am Bahnhof Treptow ab. Oder willste noch die bessere Hälfte von Berlin kieken?«

Sein Begleiter schüttelte apathisch den Kopf. »Danke, dass du gekommen bist.«

»Is doch Ehrensache«, erwiderte der andere. »Bis die rauskriegen, wer der Tote war, verjehn noch zwanzig Jahre. Dann sind wir in Rente und lassen's uns auf Mallorca jut jehen.«

»Hab schon überlegt, ob ich nach Kuba abhaue. Aber da ist auch bald Schluss mit lustig.«

»Mensch Keule, denk doch mal positiv! Das Glas ist halb voll, nich halb leer.« Sie fuhren auf die Pappelallee und kamen am Gartenlokal *Zenner* vorbei. »Noch'n Abschiedstrunk?«, fragte er, doch sein Mitfahrer war nicht dazu zu bewegen.

»Ihr Berliner habt immer die große Schnauze!«

Er hämmerte auf die Hupe, weil vor ihm ein Auto vierzig statt der erlaubten fünfzig fuhr. »Ihr Uckermärker scheißt euch beim kleinsten Gewitter in die Hosen und denkt, der Weltuntergang steht bevor.«

»Für mich ist die Welt '89 untergegangen.«

»Das Leben geht weiter. Mal traurig, mal heiter.« Das klang fast wie eine Drohung.

»Du hast gut reden. Bist selbstständig und musst nicht mehr bei den Eltern wohnen.«

»Verdienste etwa nich jenug?«

»Zum Leben reicht es, aber nicht zum Wohnen.«

Sein Kamerad steckte ihm einen zerknitterten braunen Schein in die Jackentasche. »Das ist eine Anzahlung auf unseren Lottojewinn.«

Der Prenzlauer sah ihn verständnislos an. »Wovon redest du? Ich spiele nie Lotto.«

Sie hielten am S-Bahnhof Treptower Park. Der Beifahrer zog am Türhebel, doch die Tür ging nicht auf.

»Wart's ab, vielleicht jewinnst du … ick meine, jewinnen wir noch den Jackpot«, sagte der Berliner und kniff die Augen zusammen.

»Eher kommen die Kommunisten wieder an die Macht.« Er stemmte sich mit der Schulter gegen die Tür und stürzte beinahe vornüber auf den Asphalt, als der Fahrer die Verriegelungstaste drückte.

»Denk dran, das Glas ist halb voll.«

»Und was ist, wenn's leer ist?«

»Dann piss rein, bis es wieder halb voll ist«, rief der Berliner ihm hinterher. Doch der andere hörte nicht mehr hin. Den Kopf zwischen den Schultern, dackelte er zum S-Bahnhof, während sein alter Kamerad Gas gab und sich mit seinem Jaguar Baujahr '85 waghalsig in den dichten Verkehr auf der Elsenbrücke einreihte.

* * *

Wenn er mit der U-Bahn fuhr, hielt John die Augen geschlossen, weil es nichts zu sehen gab als schlecht gelaunte Fahrgäste oder solche, die ihre Zufriedenheit hinter Zeitungen verbargen. Rücken an Rücken mit einer jungen Frau, hörte er durch die Ohrstöpsel ihres iPods aus Schuberts *Winterreise* das Lied *Gute Nacht* mit dem schönen Text: »Der Mai war mir gewogen mit manchem Blumenstrauß ...«

Dieser Mai ist mir nicht gewogen, dachte John. Er ließ nur Blumen des Bösen wachsen, die weder dufteten noch schön aussahen. Egal, welche er pflückte, namenloser Knochenmann, notorischer Hundehasser oder wild gewordener Russe, sein kaputter Rücken würde darunter ebenso leiden wie sein Müßiggang. Darum sehnte der Detektiv den Herbst herbei. Die Jahreszeit, die hält, was sie verspricht, und einen Mann im besten Alter nicht mit Frühlingsgefühlen verwirrt. Oder einer blauen Blume namens *Gesinae Gramzoweria*.

Im Bahnhof Samariterstaße wurde John unsanft aus dem Zug gestoßen und trieb mit einer Gruppe japanischer Touristen zum Ausgang. Man amüsierte sich über seine Leibesfülle, nannte ihn »Sumo san« und bat um ein Foto. John nahm es mit einem asiatischen Lächeln, erklärte den sieben Zwergen auf Englisch, wie sie zur Stalinallee kamen, und zog beim Treppensteigen den Bauch ein.

Auf der Frankfurter Allee herrschte um die Mittagszeit mehr Betrieb als auf der Prenzlauer. Wegen des Friedrichshainer Bürgeramts und des neuen Ring-Centers, das in nichts an die alte Ringbahnhalle erinnerte, eher an die Niederlassung der AOK-Ost. John hatte hier früher gern Brathering oder Matjes mit Röstkartoffeln für drei Mark fuffzig der DDR gegessen. Jetzt hatte er die Wahl zwischen Sushi, Shawarma und Chicken Sandwich für den Preis eines Tagestickets der BVG. Doch er war nicht hungrig, wollte so schnell wie möglich zurück in seinen Kiez, wo es keine Ein-Euro-Shops, String-Tanga-Boutiquen oder Hundesalons mit Namen *Peggy's Pudelpflege* gab.

Das Geschäft des Uhrmachers Podolski befand sich in einem der wenigen Gründerzeitbauten, die den Einmarsch der Roten Armee auf der Frankfurter Allee unbeschadet überlebt hatten. John betrat den Laden. Obwohl die Türglocke laut wie Big Ben läutete, erschien niemand hinterm Ladentresen. Wegen der vier Videokameras an der Decke blieb seine Anwesenheit nicht unbemerkt, nach einer gefühlten Ewigkeit erschien eine fünfzigjährige Blondine, der die tickende Zeit all der aufgezogenen Uhren nichts anzuhaben schien.

»Was kann ich für Sie tun«, fragte die Frau, die nicht die verstorbene Saskia Podolski sein konnte. Obgleich der Name zu ihr passte wegen der teuren Klunker und derselben vornehmen Herablassung, die die Gattin des Malers Rembrandt ausgezeichnet hatte.

»Äh, ja, eigentlich nichts. Ich wollte den Chef sprechen.«

»Bedaure. Er ist beschäftigt.«

John hatte keine Lust, noch mal herzukommen. »Dann warte ich, falls es Ihnen nichts ausmacht.«

»Handelt es sich um eine Reparatur oder eine Taxierung?«

»Sozusagen. Es ist eine, wie soll ich sagen, etwas komplizierte Sache.« John öffnete ein Kuvert und entnahm ihm Fotos der Uhr des Toten im Mauerpark, die Lorenz Straub ihm gegeben hatte.

»Einen Moment«, sagte die Frau und verschwand mit den Fotos im Hinterzimmer. Blondinen haben einen störenden Einfluss auf mein Brocasches Areal, dachte John, derweil er die Armbanduhren in der Vitrine studierte. Sie lagen im unteren bis mittleren Preissegment, keine Edelmarken, aber auch nicht Dutzendware aus Hongkong.

»Der Chef ist jetzt fertig«, unterbrach ihn die Frau, deretwegen er ins Stammeln geraten war. »Hier entlang bitte!« Ein Blinder wäre ihr gefolgt, ohne sich zu verlaufen, wegen der süßlichen Duftwolke. Eine Russin, Miss *Nowaja Wremia* im Ruhestand, dachte John, und hielt Distanz. Doch es war zu spät, in seiner Nase explodierte es.

»Sie haben hoffentlich keine Grippe«, fragte der Uhrmachermeister unfreundlich. »Ich kann es mir nicht leisten, krank zu sein, bei der Konkurrenz.« John versicherte, er sei kerngesund, nur allergisch gegen Rosenblüten. »Kein Kunde hatte bisher Probleme mit dem Parfüm meiner Frau.«

»Das wundert mich«, hüstelte John.

»Treten Sie näher«, sagte Podolski, während er mit der Augenlupe das Innenleben einer winzigen Taschenuhr betrachtete. Im Gegensatz zu seiner zeitlos schönen Frau sah der Chef etwa so frisch aus wie eine Mumie. »Was soll ich mit den Fotos anfangen?«, fragte er unwirsch, als er einen Blick auf die Bilder warf, die John ihm hinhielt. »Ich brauche die Uhr, wenn ich sie reparieren soll.«

»Lohnt sich das noch«, fragte der Detektiv und putzte sich die Nase.

»Kommt darauf an, was Ihnen das gute Stück wert ist.«

»So viel ich weiß, hat sie mal an die fünftausend Mark gekostet.«

Der Uhrmachermeister lachte und zeigte John seine gelben Zähne. »Ja, ja. Eine Glashütte Spezichron Gold hatte nicht jeder im Osten. War eine limitierte Auflage, wurde von der Staatsführung an Olympiasieger, Nationalpreisträger und verdiente Wissenschaftler des Volkes verschenkt.«

»Auch an Kinder von Uhrmachern?«

Podolski nahm die Lupe aus dem Auge und sah den Kunden zum ersten Mal an. »Sie haben anscheinend keine Ahnung, was es hieß, in der DDR ein Privatgeschäft zu führen.«

»Mein Vater war Dachdecker. Er besaß ein größeres Haus als Honecker in Wandlitz.«

»Meine Kinder haben beide zur Jugendweihe eine Glashütte-Uhr für zweihundert Mark bekommen. Mein missratener Sohn hat sie für Westschallplatten versetzt. Mit achtzehn besaß er eine Rolex.«

»Was war ... Ich meine, was macht Ihr Sohn beruflich?«

»Nichts! Er war Geldtauscher auf der Friedrichstraße und prahlte damit, täglich mehr Westgeld einzunehmen als die Staatsbank der DDR.«

John glaubte, dass es Zeit war, die Katze aus dem Sack zu lassen. »Haben Sie noch Kontakt zu Ihrem Sohn?«

Im Oberstübchen des Uhrmachers klickte es wie im Räderwerk einer Turmuhr. »Sie sind von der Polizei. Man hat ihn gefunden.«

»Möglich. Doch dann hätte Benjamin die Rolex gegen eine Glashütte Spezichron getauscht.«

Podolski klemmte die Lupe vor sein linkes Auge und tippte mit einer Pinzette die Unruhe der Taschenuhr an. »Dann ist es nicht mein Sohn.«

»Glauben Sie, dass er tot ist?« John ließ nicht locker, erhielt aber keine Antwort. Es war offensichtlich, dass Podolski junior für den Uhrmacher gestorben war, lange bevor er verschwand. Ihn nach zwanzig Jahren für tot zu erklären war ebenso überflüssig, wie jedes Jahr aufs Neue das Ende der DDR zu feiern. John nahm die Fotos der Glashütte-Uhr an sich und verließ das Büro. Im Laden wechselte Miss *Nowaja Wremia* das Armband eines Kunden, der weder allergisch gegen Rosenblüten war noch seine Nase in ihr Dekolleté steckte.

Auf der Frankfurter Allee roch es nach verbranntem Öl und neuer Armut. John Klein stieg in die U-Bahn und war in dreißig Minuten wieder in seinem türkischen Café auf der Sredzkistraße, wo Russinnen nicht in Rosenöl badeten, sich nicht wie Weihnachtsbäume schmückten und, egal mit welcher Haarfarbe, ganz normale Frauen mit Humor und Intelligenz waren.

* * *

Hauptkommissar Schwitters brütete in der Kantine des LKA über seinem Menü. Er fragte sich, wie viel Östrogen wohl das Schweineschnitzel enthielt, das so zäh war wie der Schuh, den Charlie Chaplin in *Goldrausch* verspeist.

»Darf ich?«, fragte Kommissar Wondra und nahm Platz, als Schwitters mit vollem Mund nickte. Das Stück Schwein ließ sich einfach nicht in kleine Stücke kauen. Schwitters beneidete den Kollegen um sein leicht verdauliches Hühnerfrikassee.

»Ich muss diese verdammte Diät essen. Hab's mit dem Magen«, sagte Wondra und schlang die salzlose Kost lieblos in sich hinein.

Schwitters schob seinen Teller beiseite. »Gut, dass Sie da sind. Ich wollte sowieso mit Ihnen reden.«

»Ich auch. Es gibt ein Problem ...«

»Hab schon gehört. Mit den Vermisstendateien aus der Keibelstraße.«

»Das haben wir hingekriegt. Scholz wertet sie gerade aus.«

Schwitters wischte sich den Mund mit der Serviette ab. »Wo ist dann das Problem?«

Der Leiter der Vermisstenstelle griff zum Salzstreuer und würzte sein Frikassee kräftig nach. »Jemand war schon vor euch da ... Ein ehemaliger Kollege von uns, John Klein.« Schwitters sagte der Name nichts, spitzte aber bei dem Wort *ehemaliger* die Ohren. »Ich konnte nicht ahnen, dass der Tote im Mauerpark solche Wellen schlägt, und hab den Kollegen dummerweise ins Archiv gelassen. Er ist jetzt Privatdetektiv, behauptet, er arbeitet fürs Mauermuseum in der Bernauer.«

»Ja, und ... Hat er was rausgefunden?«

Wondra verzog das Gesicht, weil er sein Essen versalzen hatte. »Der Archivar sagt nein. Aber Klein ist ein schlauer Hund und will uns vorführen ... Weil wir ihn damals etwas unsanft abserviert haben.«

»Glauben Sie, dass er auf eigene Faust ermittelt?«, wollte Schwitters wissen.

»Ich fürchte. Wenn er den Toten identifiziert und es der Presse steckt, stehen wir ziemlich dumm da.«

Schwitters war alarmiert. »Sie hätten mich früher informieren sollen. Ich rufe sofort die Staatsanwaltschaft an.«

Wondra wirkte so blass wie sein Frikassee. »Können Sie mich rauslassen aus der Sache? Hab schon mehr als einen Fehler bereut.«

»Ab jetzt informieren Sie mich sofort, wenn jemand an den Ost-Computer will«, befahl Schwitters und räumte seinen Platz. »Sonst landen Sie noch im Archiv.«

Wondra wandte sich ab und würgte mit dem Frikassee das Wort *Arschloch* hinunter.

7

In seinem Büro erinnerte John Klein sich an die Bemerkung Podolskis, dass die goldene Spezichron aus Glashütte auch an verdiente Wissenschaftler des Volkes verschenkt worden war. Laut Suchdatei der Ostberliner Kripo war Jan Felsbergs Vater Kardiologe. John schaute ins Internet und fand auf der Seite »Wer war wer in der DDR« unter 2741 Personen dessen Biografie. Als Chefarzt im Regierungskrankenhaus hatte Prof. Dr. Günter Felsberg 1985 den Vaterländischen Verdienstorden für seine wissenschaftlichen Erfolge in der Herzdiagnostik erhalten. Der Sohn konnte die Armbanduhr von ihm bekommen haben, oder er hatte sie Papa geklaut.

Eine potthässliche Uhr, fand John, als er die Fotos erneut ansah. Hässlich wie alles, was die SED-Funktionäre lächelnd verschenkten. Drei Aktivistenabzeichen und ein »Banner der Arbeit« hatten sie ihm für besondere Verdienste im Kampf gegen das Verbrechen an die Brust geheftet. Auf jedem Flohmarkt konnte man die Orden heute finden, Mutterkreuze und Wehrmachtsorden waren teurer. John bewahrte sein sozialistisches Verdiensterbe in einer Zigarrenkiste der Marke Churchill auf und hoffte, dass die Sammlerpreise noch anzogen. Die russische Armbanduhr mit Spasski-Turm und Rotem Stern, die er nach zehn Dienstjahren beim Ministerium des Innern erhalten hatte, besaß John nicht mehr, er trug die Bresson, die Lea ihm zum Hochzeitstag in Paris geschenkt hatte. Sollte man ihn eines Tages ohne Papiere im Mauerpark ausbuddeln, würde man immerhin seinen Vornamen kennen, denn auf dem Deckel war *Für John, dem nichts gehört als die Zeit* eingraviert – ein Spruch des Philosophen Seneca, nach dem er seinen Hund benannt hatte.

Die Glashütte Spezichron gab zumindest einen Hinweis auf den Besitzer. Obwohl die Neun in der Datumsanzeige noch kein Beweis war, dass sein Besitzer in der Nacht des 9. November '89 gestorben war. Als gelernter Kriminalist wusste John, dass man einer noch so vagen Spur so lange nachgehen muss, bis sie sich als Sackgasse erweist. Dabei galt es, auf selektive Wahrnehmung zu bauen und auf Kommissar Dreißig Prozent – so hoch war der Anteil des Zufalls bei der Aufdeckung von Verbrechen. Dreißig Prozent entfielen auf sogenannte undichte Stellen, den Rest teilten sich Forensiker- und Ermittlergeschick.

Der Sohn des Uhrmachers schied aus, blieben der Junior des Stasi-Obersts und der Spross des Kardiologen. Ein unvorhergesehenes Problem für den Detektiv, das er vor sich her schob, um seiner Physiotherapeutin nicht das Mutterherz zu brechen. Beim nächsten Massagetermin musste er Gesine Gramzow über ihren vermissten Sohn befragen. Lieber würde er sie zum *Darkroom Dinner* in die alte Königsbrauerei einladen und ihr schöne Dinge ins Ohr flüstern.

* * *

Die Maiglöckchenstraße befand sich in einer Reihenhaussiedlung am Volkspark Prenzlauer Berg. In der auf Trümmern des letzten Krieges aufgetürmten Parkanlage ging John nie mit seinem Hund spazieren, weil sie eigentlich zum Stadtbezirk Hohenschönhausen gehörte und dort jene Sorte Leute wohnten, denen ein zufriedener Mensch nicht im Mondschein begegnen wollte. Außerdem war in unmittelbarer Nachbarschaft die Adresse zweier Ämter, um die Klein einen Bogen machte – das Finanzamt und das Arbeitsamt.

Die Nummer 52 war ein Einfamilienhaus ohne besondere Kennzeichen mit Vorgarten und frisch gekämmtem Rasen. John drückte auf die Klingel am Gartentor. Nach einer gefühlten Ewigkeit erschien ein Mann in braungelbem Trainingsanzug und Pantoffeln an der Tür und fragte unfreundlich, zu wem er wolle.

»Karl-Heinz Grossmann?«

»Falls Sie von der Presse sind, ich gebe keine Interviews.«

»Ich komme im Auftrag der Berliner Vermisstenstelle wegen Leon Grossmann.«

Für einen Moment schien es, als hätte den Stasi-Oberst der Schlag getroffen. Doch dann tauten seine gefrorenen Züge auf. Er drückte den Türöffner und ließ den Besucher ein. Drinnen sah es aus wie in der Wohnung des Stasi-Mannes in dem Film *Das Leben der Anderen*. Seltsam, dachte John, wie das Kino die Erinnerung auslöscht und alles Gewesene in ein klischeehaftes Szenenbild verwandelt. Grossmanns Heim entsprach diesem Klischee auf perfekte Weise. Als wäre die Zeit 1989 stehen geblieben.

»Ich hoffe, Sie können sich ausweisen«, sagte der Hausherr. Seine Stimme war jetzt weniger herablassend, hatte ein fast angenehmes Timbre. Doch hinter seinen misstrauischen Augen blieben die Rollläden geschlossen.

John zog seinen Ausweis aus der Brieftasche und hängte den Trenchcoat an die Flurgarderobe. Der Oberst wunderte sich, wieso die Polizei Privatdetektive beschäftigte. »Ich war früher bei der Kripo«, erklärte John. »Jetzt bearbeite ich ungelöste Fälle, die länger als zwanzig Jahre zurückliegen, weil meine Kollegen chronisch überlastet sind.«

Sie betraten das Wohnzimmer, das aussah wie eine Möbelausstellung von VEB Wohnkultur Hellerau. Im Regal der Schrankwand standen die gesammelten Werke von Marx und Engels, in der vor Abkürzungen strotzenden DDR-Umgangssprache MEGA genannt. Eine der Glasvitrinen war vollgestopft mit Plastikmodellen von Fahrzeugen der bewaffneten Organe, eine weitere mit Verdienstorden, Wimpeln, Vasen und anderen Geschenkartikeln aus Mielkes Souvenirladen. Bei *ebay* erzielten solche Scheußlichkeiten bisweilen beachtliche Preise, doch der Oberst hatte es scheinbar nicht nötig, sich von ihnen zu trennen, um seine Rente aufzubessern. John nahm auf der geblümten Couch unter dem *Liebespaar am Strand* von Walter Womacka Platz und legte seine Hände auf die Glasplatte des Couchtischs, in die ein Schaukasten mit Sand, Muscheln, Donnerkeilen und Bernsteinen eingelassen war.

»Was wissen Sie von meinem Sohn?«, fragte der Oberst. Er saß in einem Sessel, schlug ein Bein über das andere und wippte mit dem Pantoffel.

»Nicht sehr viel«, gab der Detektiv zu. »Er verschwand, soweit ich weiß, am 9. November 1989. Vermutlich in Richtung Westen.« John wartete auf eine Reaktion seines Gegenübers, doch es kam keine. »Wann haben Sie Ihren Sohn das letzte Mal gesehen?«

»Am Morgen desselben Tages. Der Junge ging wie immer zur Schule, kam am Nachmittag heim. Ich hatte Bereitschaftsdienst und war erst am nächsten Abend wieder zu Hause. Meine Frau rief mich am Morgen des 10. an, weil Leon nicht da war. Doch Sorgen machten wir uns erst, als er auch am Abend nicht auftauchte. Wir dachten, er würde sich mit seinen Freunden mal kurz Westberlin ansehen und dann wiederkommen.«

John kratzte sich am Ohr, was er immer tat, wenn ihm etwas spanisch vorkam. »Verstehe ich richtig, Ihr einziger Sohn geht zum Klassenfeind rüber, und Sie als Oberst des MfS finden das normal?«

»Wäre es nach mir gegangen, hätte ich jeden DDR-Bürger für ein Jahr in die BRD gelassen. Die meisten wären enttäuscht wiedergekommen.«

»Auch Ihren Sohn?«

Grossmann zuckte die Schultern. »Es ging nun mal nicht nach mir. Deshalb musste ich dafür sorgen, dass der Junge keine Dummheiten macht.«

John brauchte nicht viel Fantasie, um sich auszumalen, wie die Sorge des Obersts um den Sohn ausgesehen hatte – eine Mischung aus Überwachung, Strafandrohung, Bestechung und ständiger Angst. »Sie hatten in der Nacht, als die Mauer aufging, Bereitschaftsdienst. Was war Ihre Aufgabe?« Im Gesicht des Alten ging der eiserne Vorhang herunter, und John wusste, dass er das Vorspiel verpatzt hatte. Also versuchte er es mit dem Kopf durch die Wand. »Lassen Sie mich raten. Ihre Aufgabe war die Sicherung der Staatsgrenze. In dieser Nacht hatten Sie den Befehl, jeden Versuch, die Mauer zu erstürmen, mit allen Mitteln zu verhindern.«

»Ich verstehe nicht, was das mit dem Verschwinden meines Sohnes zu tun hat. Außerdem wurde ja, wie allgemein bekannt ist, nicht geschossen. Wir haben die Grenzübergänge geöffnet. Ein schwerer Fehler der Regierung, wenn Sie mich fragen.«

»Oder Absicht. Um den Westen in Zugzwang zu bringen. Im Aufnahmelager Marienfelde hätten sie Tausende Ostberliner nicht unterbringen können und wären gezwungen gewesen, die Grenze von drüben zu schließen.«

»Eine interessante These«, konterte der Oberst. »Aber die Genossen im Politbüro fanden nach der Grenzöffnung in Ungarn einfach kein Konzept und spielten auf Zeit.«

»Wie Gorbatschow sagte: Wer zu spät kommt, den bestraft das Leben.«

»Der Mann hat uns verraten und verkauft. Was konnten wir da noch tun?«

»Stillsitzen und den Zusammenbruch beobachten. Der fünfte Grundsatz der Dialektik von Marx.«

Der Oberst rümpfte die Nase. »Nie davon gehört. Aber dass es so weit kommen würde, hatten wir beim MfS seit Langem angemahnt. Honecker nahm es nicht zur Kenntnis, und Mielke meinte, alle Probleme mit Waffengewalt lösen zu können. Er war eben ein grober Klotz.«

John spürte das Verlangen nach einer Zigarette, wollte aber nicht den Anschein von Nervosität erwecken. »Im Grenzabschnitt Cantian-Stadion wurde in jener Nacht geschossen. Es gab einen Toten.«

»Davon weiß ich nichts«, erwiderte Grossmann und war neugierig, woher diese Information stammte.

John sah den Oberst verdutzt an und fragte ihn, ob er keine Zeitung lese.

»Der Tote im Mauerpark? In der *Super-Illu* stand, es handle sich nicht um das Opfer einer gescheiterten Republikflucht. Wie auch. Wir hätten ihn niemals an Ort und Stelle vergraben.«

»Vielleicht nicht vor dem 9. November«, sagte John. »Doch in dieser Nacht war alles möglich. Jemand könnte in Panik geraten sein, als kurz nach den Schüssen die Aufhebung des Schießbefehls erfolgte. Oder er meldete den Vorfall und erhielt den Befehl, alle Spuren zu beseitigen.«

Der Oberst verstand, worauf der Detektiv hinaus wollte, und reagierte scharf. »Sie haben eine blühende Fantasie. Laut Erkenntnis der bundesdeutschen Justiz gab es keinen Schießbefehl für die NVA. Also konnte er auch nicht aufgehoben werden.«

John hatte nicht die geringste Lust, diese Streitfrage zu diskutieren. Doch er konnte sich die Bemerkung nicht verkneifen, dass die Toten an der Berliner Mauer sich demnach selbst erschossen hätten?

»Wir wollen doch sachlich bleiben«, sagte der Oberst und verstand noch immer nicht, was das alles mit seinem Sohn zu tun haben sollte.

»Die Obduktion der Leiche im Mauerpark ergab, dass es sich um einen jungen Mann von siebzehn bis zwanzig Jahren handelt. Er starb an mehreren Schusswunden Kaliber 7,62. Kalaschnikow AK-47. Kennen Sie sicher.«

Der Oberst schwieg lange. »Sie glauben, es ist mein Sohn?«

»Das wäre möglich. Alter und Körpermaße stimmen mit dem Gutachten des Pathologen überein.« John fragte, ob Leon in der Kindheit einen Schädelbasisbruch erlitten hatte. Grossmann verneinte. Sein Sohn hätte sich nur den Arm gebrochen bei einem Motorradunfall und mehrere Rippen beim Geländespiel im Ferienlager.

»Besitzen Sie Fotos von Leon aus dem Jahr 1989?«, fragte John, weil ihm nichts Besseres einfiel. Wortlos ging der Oberst zur Schrankwand, öffnete eine der Türen und nahm ein Fotoalbum zur Hand. »Was macht eigentlich Ihre Frau?«, wollte John wissen.

»Sie liegt in der Rössle-Klinik in Buch. Morgen wird sie zum dritten Mal operiert.«

Krebs, dachte John und fragte nicht weiter nach.

»Das sind die Fotos von der Abiturfeier«, erklärte der Oberst und reichte dem Detektiv das Album. »Am 11. November sollte Leon seinen Ehrendienst bei der NVA antreten.«

»Bei den Grenztruppen?«, entfuhr es John.

»Im Wachregiment Feliks Dzierzynski. Danach hätte er bei uns eine sichere Zukunft gehabt.« Grossmann lächelte gequält.

John betrachtete die Abiturfotos des jungen Mannes und fand, dass er etwas zu ernst und grüblerisch in die Kamera blickte, so als grause ihm vor seiner staatlich gesicherten Zukunft. »Glauben Sie, dass er noch lebt?«

Grossmann holte tief Luft. Dann holte er aus einem Schubfach der Schrankwand einen Stapel Ansichtskarten und verteilte sie wie Spielkarten auf dem Couchtisch. John starrte auf die bunten Bilder mit Namen von Sehnsuchtsorten wie Tanger, Sansibar, Rio, Hawaii, Katmandu, Goa.

»Wir können uns das nicht leisten bei dem bisschen Rente«, sagte der Oberst und fischte eine Karte aus dem Stapel. Sie zeigte einen Sandstrand mit Palmen und trug die Aufschrift *Phuket, Thailand*. John las die Zeilen auf der Rückseite, die mit »Liebe Eltern!« begannen. Grossmann junior schrieb, dass es ihm gut gehe und er im nächsten Monat nach Deutschland kommen wolle. John entzifferte mit Mühe das Datum auf der Briefmarke – der 15. Dezember 2004.

»Wir haben nichts mehr von ihm gehört seitdem. Wahrscheinlich ist er beim Tsunami umgekommen.«

John hatte das Gefühl, dass jemand den Teppich unter seinen Füßen wegzog. »Ich kapiere das nicht. Er muss doch einen bundesdeutschen Pass besessen haben und war irgendwo polizeilich gemeldet.«

»Als wir nach einem Jahr das erste Mal etwas von ihm hörten, schrieb er, dass er drüben einen anderen Namen angenommen hat.« Der Oberst stockte. Es fiel ihm nicht leicht, die Worte seines Sohnes zu wiederholen. »Aus Angst, dass man ihn ... wegen mir zurückholen würde. Später heiratete er eine Ausländerin und lebte mal hier, mal dort. Nach Deutschland kam er nicht mehr.«

»Warum haben Sie das der Vermisstenstelle nicht mitgeteilt?«

Der Oberst nahm das Fotoalbum samt Postkarten an sich und legte alles an seinen Platz zurück. »Wozu? Was interessiert mich eine Westberliner Behörde? Mein Sohn ist tot, und kein amtlicher Totenschein kann den Grabstein ersetzen, an dem wir ihn betrauern könnten.«

John brauchte eine Weile, um sich von seinem peinlichen Auftritt zu erholen. Wie ein geprügelter Hund flüchtete er aus dem Haus und rauchte auf der Straße hektisch eine Zigarette. Wäre Seneca jetzt bei ihm, würde er im Volkspark die Ermittlungspleite durch schnelles Bergaufgehen vergessen machen. So schleppte er die Schmach, dass Grossmann ihn von Anfang an wie einen Anfänger vorgeführt hatte, ins Büro in der Metzer Straße. Dort holte er sich ein Bier aus dem Kühlschrank. »Scheiß drauf«, sagte er sich. »Entweder man liebt seinen Beruf, oder man liebt ihn nicht.«

Das Telefon klingelte, doch er ging nicht ran. Er musste nachdenken. Aber seine Überlegungen wurden von der Stimme auf dem Anrufbeantworter abgelenkt. Ein stark alkoholisierter Mann lallte in einem Deutsch, das an Vergewaltigung grenzte, man habe Elvis, seinen Hund, vergiftet. »Ick will, dass ihr die Drecksau findet, und dann mach ick aus ihm Hackfleisch. Sie erreichen mir tachsüber aufm Helmi und nachtsüber bei Peschke, Dunckerstraße dreizehn. Ick weeß, det is ne Unglückszahl, aber ick bin nich abergläubich. Jeld spielt keene Rolle. Hauptsache, Elvis sein hinterhältijer Mörder wird jefasst.«

Nach dem Piepston holte sich John ein zweites Bier aus der Küche. Das hatte ihm grade noch gefehlt; er war sich sicher, dass der Job das Firmenkonto um keinen Cent entschulden würde. Trotzdem konnte er die Sache nicht ignorieren, schließlich war auch Seneca in Gefahr. Jedes Jahr krepierten Dutzende Vierbeiner elendig an vergifteten oder mit Rasierklingen gefüllten Buletten. Berlin war die deutsche Stadt mit den meisten Hunden und Hundehassern. Gefasst wurden die Täter fast nie, und wenn, zu geringen Geldstrafen wegen Sachbeschädigung verurteilt. John hatte Angst, seinen Begleiter auf diese Weise zu verlieren. Noch mehr fürchtete er, deshalb seinen ersten Mord begehen zu können.

8

Nur nicht durchdrehen, dachte er, als er den Artikel über das noch unbekannte Opfer an der Berliner Mauer in der *Super-Illu* las. Über die Identität des Toten und den genauen Zeitpunkt seines Todes herrschte laut Berliner Kriminalpolizei noch Unklarheit, doch die Namen der in Frage kommenden DDR-Grenzsoldaten seien bekannt, hieß es. Ein DNA-Test könne den Todesschützen überführen. Die Kripo gehe davon aus, dass der siebzehn bis zwanzig Jahre alte Flüchtling an den Grenzanlagen zwischen Prenzlauer Berg und Wedding kurz vor Öffnung der Mauer in der Nacht des 9. November '89 erschossen und danach vergraben wurde, um die Tat zu vertuschen. Anwohner aus Westberlin gaben bei der Befragung an, damals Schüsse gehört zu haben, hatten sie aber für ein Freudenfeuerwerk wegen der Öffnung der Bösebrücke gehalten.

Geschke goss sich einen doppelten Havanna Club nach und hörte, ohne sich eine Muschel ans Ohr zu halten, das Meeresrauschen der Karibik. Wie gerne wäre er jetzt in Kuba. Dem Land, von dem er in der DDR geträumt hatte, das erst nach dem plötzlichen Ende seiner Dienstzeit zum einzigen Ziel seiner Reisefreiheit geworden war. Mehrmals hatte er mit dem Gedanken gespielt, sich dort niederzulassen. Doch die von Kindergartenzeiten an vertraute Uckermark und die Aussicht, das Neubauernhaus der Eltern in Potzlow zu erben, zog ihn wie die Aale nach dem Laichen immer wieder dorthin zurück. Hier war er geboren und hier wollte er sterben, wenn er nicht mehr krauchen konnte. In den Knast gehen wegen eines idiotischen Befehls seines UvD kam nicht in die Tüte. Lieber würde er lebenslänglich

Sozialismus ertragen als noch mal zwanzig Jahre Wessi-Diktatur. Wozu ein Auto mit Stern, wenn man wegen astronomischer Benzinpreise mit dem Rad auf Arbeit fahren musste? Freie Fahrt für freie Bürger, Meckpommer ausgenommen? Wenigstens konnte er mit sieben Euro Stundenlohn nicht so tief fallen wie die Banker der Lehmann Brüder ... Nur – wie lange noch, bis Fidel den Löffel abgab und die Kubaner »Wir sind das Volk« skandierend von der Vollbeschäftigung in die totale Arbeitslosigkeit marschierten?

Der Beeper an Geschkes blauem Kittel summte. Eilig verstaute er die Rumflasche in seinem Spind, spülte das Glas aus und verließ den fensterlosen Umkleideraum.

In der Heimwerkerabteilung des Supermarkts herrschte nicht gerade Gedränge, als er sich beim Schichtleiter am Informationsstand zurückmeldete. Ohne vom Computer aufzuschauen, sagte der lächelnd: »Sie haben Ihre zehnminütige Pause um dreihundert Prozent übererfüllt. Wird Ihnen gutgeschrieben.«

»Ich kam einfach nicht vom Klo runter«, stotterte Geschke. »Muss was Verdorbenes gegessen haben.«

»Wenn Sie einen schwachen Magen haben, dann gehen Sie woanders essen als bei Ho Chi Minh oder Atatürk.«

Blödmann, dachte Geschke, hat auch nur zehnte Klasse und spielt sich auf wie sonst was, weil er mit der Filialleiterin schläft.

Am Regal für Haushaltsartikel stand ein alter Mann und prüfte die Reißfestigkeit einer mit Plaste umwickelten Wäscheleine. Geschke sprach ihn von hinten an. »Kann ich Ihnen helfen?«

»Hamse nich ne dickere Leine?«

»Zum Wäscheaufhängen reicht die. Auf die Länge kommt es an. Sind zehn Meter nicht genug?«

»Det verheddert mir ja. Meen Zimmer hat nur drei Meter bis zur Decke.«

Geschke sah den Alten mit freundlicher Nachsicht an. »Die Wäsche hängt man quer zum Trocknen auf, nicht hochkant. Es sei denn, Sie wollen Klettermax spielen. Dann brauchen Sie eine dickere Leine.«

»Sach ich doch! Der Strick muss anderthalb Zentner aushalten.«

»Da empfehle ich Aufzugseil für Dacharbeiten. Oder Seil für Kinderschaukeln.«

»Wat kostet das?«

»Mit Sitzbrett und Metallösen um die sechzig Euro. Ohne alles vom Meter vier Euro fünfzig.«

»Wat, so teuer! Ick will mir doch bloß offhängen.«

Geschke fühlte sich verarscht. »Dafür reicht auch ein Laken. Aber tun Sie's nicht. Denken Sie an Ihre Kinder, wenn die Sie finden und abschneiden müssen.«

»Da machense sich mal keen Kopp. Zu mir komm meene Kinder nich. Die nich.«

Als der Alte schließlich zwei Meter des reißfesten Hanfseils verlangte, weigerte sich Geschke, den Strick für ihn zuzuschneiden. Noch einen Menschen wollte er nicht auf dem Gewissen haben.

* * *

Auf dem Weg ins Büro machte John beim Kollwitz-Bäcker in der Sredzkistraße Station und blätterte in den ausgelegten Zeitungen. Die Boulevardpresse wetteiferte immer noch um die knalligste Geschichte zum Tod des Leiters des Mauermuseums im Fahrstuhl des Springer-Hochhauses. Als hätte einer beim anderen abgeschrieben, behaupteten alle unter exzessivem Einsatz von Adjektiven, dass Manfred Kunkel von der Stasi-Krake umgebracht worden sei, als er die Namen der mutmaßlichen Mörder des im Mauerpark gefundenen Toten öffentlich machen wollte. Woher der

Museumsleiter die Namen wusste, erfuhr John ebenso wenig wie er eine Antwort fand, wer der vergrabene Tote war und wann sein gescheiterter Fluchtversuch stattgefunden hatte. Die ganze Story war so glaubwürdig wie ein Jerry-Cotton-Roman.

Dass Kunkel ermordet wurde, weil er in seinem Archiv die Dienstpläne von DDR-Grenzsoldaten an der Berliner Mauer verwahrte, schien wenig überzeugend. Es konnte sich ja nur um Kopien der Akten handeln, die bei der Bundesanwaltschaft in Karlsruhe lagerten. Immerhin wusste John jetzt, wo er die Namen der Täter finden konnte – im Mauermuseum. Doch Lorenz Straub hatte ihn nur gebeten, die Identität des Opfers zu ermitteln, nicht, die Mauerschützen zu überführen.

Nachdem er seinen Kaffee getrunken hatte, schaute John am Bücherbaum vorbei, wo man kostenlos seine Lektüre eintauschen konnte. Manchmal fand er dort Dinge, die ihn interessierten – Bücher über Hunde, alte Lexika mit schönen Kupferstichen, Berlin-Ratgeber, zerfledderte Ullstein-Krimis von James Hadley Chase, David Goodis, Cornell Woolrich, Charles Willeford, Nachschlagewerke über Physik, Chemie, Medizin, Romane vergessener Autoren.

Diesmal standen in den Nischen der drei zusammengeschraubten Stämme so aufregende Dinge wie *Mein Kind, das unbekannte Wesen*, *Wörterbuch der Babysprache für Eltern*, *Portugiesisch für Anfänger*, *Wie man seine Schulden auf Null bringt*, die gesammelten Werke von Otto Gotsche, die feministische Streitschrift *Lebe wild und gefährlich* von Jutta Ditfurth und *Die Pest* von Camus auf Polnisch. John nahm nur zwei gut erhaltene Reclam-Hefte mit – Franz Werfels Novelle *Nicht der Mörder, der Ermordete ist schuldig* und *Nachtwachen*, den Reprint der Ausgabe von 1805 mit einem Nachwort über den Verfasser, der bis heute nicht hinter dem Pseudonym »Gutglück« ausgemacht werden konnte.

»What are the trees about?«, hörte er eine Stimme mit dänischem Akzent hinter sich.

John drehte sich um. Vor ihm stand eine Frau seines Alters, bewaffnet mit Berlin-Reiseführer und Fotoapparat.

»They are made for free book exchange.«

»Oh, what a marvellous idea.«

»I disagree. The idea might be good, but the design is pathetic and the construction poorly done.«

»You think so«, sagte die Frau, gewohnt, dass Berliner stets widersprachen.

»Yes. Walter Gropius, the Bauhaus-architect, said: Form follows function. Books are made out of trees, but trees don't read books.«

»I think it's a nice idea«, insistierte die Touristin und machte ein Foto vom Bücherbaum.

»An ordinary book-shelf would be much more practical.«

John wünschte der Frau einen guten Tag und ging davon, ohne sich besser zu fühlen. Es machte ihm schon lange keinen Spaß mehr, Touristen, die das alberne Stadtmöbel wie eine germanische Gottheit bestaunten, zu verunsichern. Wäre Seneca dabei gewesen, John hätte geschwiegen und ihn den eigentlichen Zweck des Bücherbaums demonstrieren lassen.

Auf dem Weg ins Büro fand der Detektiv einmal mehr, dass ihm etwas fehlte. Nur in Begleitung des Vierbeiners nahm er die Stadt in voller Schärfe wahr – die Veränderungen der Jahreszeit; das lustige Wandern der Baustellen von einer Kreuzung zur anderen; die wundersame Vermehrung von Arbeitskräften des Ordnungsamts, die unermüdlich kleine Zettel mit Zahlen an die Autos hefteten; die großen und kleinen Hunde, deren Verschiedenheit die der Menschen in Prenzlauer Berg bei Weitem übertraf. Ihre Besitzer zogen mehr Aufmerksamkeit auf sich als jene, die nur Einkaufsbeutel, Rucksäcke oder Zwillingskinderwagen ausführten. Die Hunde wiederum zeigten mehr Interesse an den Menschen, schätzten es, wenn man sie ansprach, und dankten mit deutlicher Körpersprache, so sie nicht von ihren Besitzern an der kurzen Leine geführt und herumkommandiert wurden.

Seneca hieß im Kiez »der vierbeinige Bürgermeister«, weil er gern allein vom Alex bis zur Schönhauser trottete, jedes Restaurant kannte und von jedem Küchenchef etwas spendiert bekam. Damit war nun Schluss. Solange John den Hundevergifter nicht gefunden hatte, ließ er Seneca lieber zu Hause, als ihn an Orten mit dem Verbotsschild »Hunde müssen draußen bleiben« anzuleinen.

* * *

Wolfgang Geschke trat ins Zimmer. Das Büro war wie eine Vier-Sterne-Suite eingerichtet, und er fühlte sich unbehaglich. Seit seiner Einstellung vor drei Jahren hatte er noch nie bei der Filialleiterin des Supermarktes antanzen müssen. Allem Anschein nach war sie nicht auf ein Tänzchen aus, obwohl sie in schwarzem Lederkostüm, lila Rüschenblouse und lila Stöckelschuhen verführerisch aussah. Im Gegensatz zu ihm, der in blaugrauem Kittel, Jeans und Turnschuhen zum Stelldichein erschien. Mit Cowboyhut und Schlangenlederstiefeln, die er beim Square Dance im Verein Ponderosa e. V. trug, hätte er bei der Chefin mehr Eindruck gemacht.

»Nehmen Sie Platz«, sagte Tanja Brill und richtete sich in ihrem Schreibtischsessel auf. Er war zwar etwas niedriger als sein Stuhl, trotzdem kam er sich klein und unbedeutend vor.

»Wie läuft es im Heimwerkerbereich?«

Warum fragt sie danach, dachte Geschke. Das weiß sie doch vom Abteilungsleiter, mit dem sie nach Dienstschluss im Büro heimwerkelt. »Na ja … In letzter Zeit nicht berauschend. Genau genommen seit der Bauhaus-Markt in Prenzlau eröffnet hat.«

»Was glauben Sie, ist dort besser als bei uns?«, fragte die Filialleiterin lächelnd.

Geschke zuckte mit den Schultern. »Die Preise sind mehr oder weniger dieselben. Die Angebotspalette ist umfangreicher als bei uns ...«

Sie fiel ihm ins Wort »Und der Kundenservice?«

»Hab ich noch nicht gecheckt.«

»Sollten Sie aber. In Ihrem Arbeitsvertrag steht, dass Sie in Ihrer Freizeit den Service der Konkurrenz vor Ort evaluieren, um eventuelle Schwachstellen in unserem Markt zu beheben.«

»Mach ich gleich morgen früh. Hab ja Spätschicht.«

Tanja Brills Lächeln gefror zu dem einer Eisfee. »Nicht nötig. Andere Mitarbeiter haben das längt getan. Unser Kundenservice steht dem der Konkurrenz in nichts nach.«

»Das hört man gern«, sagte Geschke und fühlte sich nicht mehr so unbedeutend.

»Ausgenommen der Heimwerkerbedarf. Dort hat sich gestern ein Mitarbeiter geweigert, einem Kunden den gewünschten Artikel zu verkaufen.«

»Das stimmt nicht. Ich wollte dem Mann nur kein Seil verkaufen, mit dem er sich umbringt. Er hat gesagt, dass er sich aufhängen will.«

»Ach! Demnach verkaufen Sie auch keine Messer, Beile, Hämmer, Schraubenzieher ... der Kunde könnte ja damit jemanden ermorden?«

»Wenn er mir sagt, er will jemanden damit umbringen ... womöglich Kinder ... kann ich das doch nicht tun. Ist aber noch nicht vorgekommen ... Außer gestern der Alte. Der meinte das ernst.«

»Sind Sie Psychologe? Glauben Sie alles, was die Leute erzählen?«

Geschke nahm einen unangenehmen Schweißgeruch wahr, der aus seinem Kittel kroch, als er die Arme hob. »Ich wollte nur, dass er es sich noch mal überlegt. Wäre eine schlechte Werbung für uns, wenn man ihn erdrosselt findet und das Preisschild hängt noch am Strick.«

»Reden Sie keinen Quatsch! Was Kunden mit den Artikeln tun, die wir ihnen verkaufen, unterliegt nicht unserer Haftung. Wir sind nicht die Heilsarmee.«

Geschke presste die Arme an den Körper und hätte auch die Hacken zusammengeschlagen, wenn er gestanden hätte. »Kommt nicht wieder vor.«

»Sie sagen es. Ich entlasse Sie fristlos. Die Kündigung wird Ihnen in den nächsten Tagen per Post zugeschickt.«

»Wegen neun Euro? Mehr hat der Strick nicht gekostet.«

»Wegen Ihrer christlichen Verkaufsmoral. Die kann sich unser Unternehmen nicht leisten.«

Geschke gab sich noch nicht geschlagen. »Ob die *Bild-*Zeitung das auch so sieht? Das kostet Sie noch mehr Kunden, wenn ich dort anrufe.«

Die Filialleiterin zeigte sich unbeeindruckt. Sie schien sogar darauf vorbereitet. »Jeder hier weiß, dass Sie heimlich trinken. Falls es Ihnen lieber ist, ändere ich den Entlassungsgrund auf Alkohol während der Arbeitszeit. Da haben Sie noch schlechtere Karten für eine Neubewerbung.«

»Das müssen Sie beweisen, dass ich auf Arbeit trinke.«

Tanja Brill drückte die Eingabetaste ihres Laptops und drehte ihn zu Geschke herum. Auf einem Video sah man, wie er im Aufenthaltsraum einen tiefen Schluck aus der Rumflasche nahm und sie dann in den Spind stellte.

»Ich dachte, solche Stasi-Methoden gibt's nur bei Schlecker.«

»Wie hieß es bei Ihnen – Vertrauen ist gut, Kontrolle ist besser. Wir wollen unsere Mitarbeiter nicht in Versuchung führen«

Geschke wusste, dass es aus war. Doch wie eine Bohrmaschine, die nach dem Abschalten noch zwei, drei Umdrehungen macht, konnte er nicht aufhören. »Falsch! Lenin hat das genau umgekehrt gesagt.«

»Es hätte auch nicht funktioniert«, war sich die Filialleiterin sicher. »Das Gespräch ist hiermit beendet. Ich wünsche Ihnen Glück für die Zukunft.«

»Wozu? Ich habe keine Zukunft«, trat Geschke nach. »So wenig wie dieser Saftladen. Sie werden Ihren Job auch bald verlieren.«

Wie recht er hat, dachte sie, als sie allein war. Die Zentrale zwang sie, die Hälfte der Mitarbeiter zu entlassen. Und am Ende sich selbst. Im Gegensatz zu den Uckermärker Dumpfbacken würde sie jedoch nicht ohne eine Abfindung gehen. Mindestens das Zehnfache der Buschzulage für ein Jahr.

* * *

Er saß eine Weile am Kollwitzplatz in der Sonne bei einem Glas Pernod und fand, dass der Place des Vosges in Paris vielleicht schöner war, aber dreimal so teuer, was die Schönheit verdirbt, die doch im Auge des Betrachters liegt und nicht in seiner Brieftasche. Er beschloss, auf direktem Weg, ohne sich bei seinen Büromöbeln abzumelden, ins Wochenende zu gehen. Die Straßenbauarbeiter im Kiez hatten schon gegen Mittag Feierabend gemacht oder waren am Freitag erst gar nicht erschienen. An der Kreuzung Diedenhofer/Belforter ließen sie sich seit Wochen nicht blicken, was ihm recht war wegen des Lärms und Drecks, der in alle Poren seines Elefantengemüts drang.

Als er die Wohnungstür öffnete, begrüßte ihn Seneca nicht wie gewöhnlich schwanzwedelnd und gähnend im Flur.

»Gassi, Gassi!«, rief John. Keine Reaktion.

Im Schlafzimmer war er nicht, in der Küche nicht und auf dem Sofa im Wohnzimmer, seinem Lieblingsplatz, auch nicht. Der Hund lag zusammengerollt wie ein Gartenschlauch unterm Schreibtisch neben einer Pfütze Erbrochenem. An sich nichts Besonderes, doch der Mageninhalt war nicht wässrig gelb, sondern ein dunkelbrauner, halb verdauter Brei. Buletten, dacht John sofort und hob den Kopf des Tieres an. Seneca atmete regelmäßig, seine Pupillen waren nicht verfärbt, der Speichel in seinem Maul schäumte nicht. »Was ist los mit dir?« Der Hund drehte sich auf die Seite und ließ sich apathisch den Bauch abtasten. John hatte keinen blassen Schimmer, welche äußeren Anzeichen auf eine Vergiftung hinwiesen. Deshalb sammelte er das Erbrochene ein, nahm Seneca auf den Arm und trug ihn aus der Wohnung.

Zur nächsten Tierarztpraxis waren es ein paar Schritte, doch John kam es mit fünfzehn Kilo im Arm vor wie eine Ewigkeit, bis er bei Dr. Tamm im Wartezimmer saß. Ausgerechnet jetzt kastrierte sie einen Kater.

Seneca lag ausgestreckt auf Johns Knien und ließ sich teilnahmslos den Bauch massieren. »Halt durch, mein Kleiner. Was soll ich denn ohne dich machen?« John war zum Heulen zumute, doch es kamen keine Tränen. Dafür schoss die Magensäure in ihm hoch und hinterließ einen bitteren Geschmack auf der Zunge. Wenn der Hund stirbt, stirbt auch sein Mörder, schwor der Detektiv, erschrak bei dem Gedanken und schluckte seine Wut schnell wieder hinunter.

In diesem Moment ging die Tür des Behandlungszimmers auf und eine junge Frau trug ihren Perserkater im Körbchen vor sich her. Sie sah mitgenommener aus als das frisch kastrierte Tier. Im Gegensatz zu Dr. Tamm, einer hochgewachsenen Mittvierzigerin mit bäuerlicher Gesichtsröte.

»Ja, wen haben wir denn da? Unser Bürgermeister. Hinein in die gute Stube.«

John trug den Hund nach nebenan und legte ihn auf den Operationstisch. Im Behandlungszimmer roch es nach Kater, und das störte Seneca gewaltig.

»Bleib ja liegen!«

»So ist's brav. Es tut auch gar nicht weh«, sagte die Ärztin und nahm ihr Stethoskop zur Hand.

»Sie müssen ihm den Magen auspumpen. Man hat ihn vergiftet.«

»Sind Sie sicher?«

John reagierte unwirsch. »Haben Sie nicht mitbekommen, zwei Hunde sind schon tot.«

»Natürlich. Einer ist hier auf dem Tisch gestorben.«

»Dann tun Sie was! Ich möchte nicht, dass meiner der nächste ist.«

Die Ärztin ließ sich nicht aus der Ruhe bringen, hörte Senecas Herztöne ab, leuchtete ihm mit einer LED-Lampe in die Pupillen und tastete seinen Bauch ab.

»Hat er sich erbrochen?«

John zog die Tüte mit Senecas Mageninhalt aus der Manteltasche und hielt sie der Tierärztin hin. »Sieht aus wie Bulette.«

»Ich schick's ins Labor. Aber er hat keine typischen Vergiftungssymptome.«

»Pumpen Sie ihm trotzdem den Magen aus«, befahl John und kämpfte mit allen Reserven seiner Gelassenheit gegen die übermächtige Panik an.

»Wenn Sie drauf bestehen.« Die Ärztin gab dem Tier eine Spritze und bereitete die Magenspülung vor. »Wird eine ziemliche Tortur. Gehen Sie besser raus, sonst muss ich Sie auch noch behandeln.«

John empfand den Rauswurf nicht als Kränkung. Den Anblick grässlich zugerichteter Körpern ertrug er, sofern es sich um menschliche Wesen handelte. Seinen Hund leiden zu sehen, machte ihn fertig.

Auf der Kolmarer Straße war es um die Mittagszeit still wie auf dem Dorf. Nur die schrille Stimme einer leicht hysterischen Mutter drang vom Spielplatz am Wasserturm herüber. »Jonathan! Ich hab dir gesagt, du sollst nicht so doll schaukeln ... Du bekommst Kopfschmerzen, wenn du so doll schaukelst ... Ich kauf dir ein Eis, wenn du artig bist ...«

Bevor er Kopfschmerzen bekam von dem Genörgel, schaltete John sein Telefon ein und wählte die Nummer seines Partners Kurz. Nach drei Klingelrufen sprang die Mailbox an, und John hinterließ eine Nachricht. »Wo steckst du? Noch auf Hiddensee? Wenn du deine Eier behalten willst, dann ruf gefälligst zurück.«

Als er sich die zweite Zigarette ansteckte, grüßte ihn ein Bursche mit Schultasche ausnehmend höflich und betrat die Arztpraxis. John wunderte sich, dass der Junge ohne krankes Tier Dr. Tamm aufsuchte, dachte aber nicht weiter darüber nach und entspannte sich spürbar beim Inhalieren des Nikotins. Die Mütter, die beim Kollwitz-Bäcker zum Latte Macchiato eine Zigarette rauchten, gingen mit ihren Kindern viel lockerer um als jene, die aufschrien, sobald jemand qualmend an ihrem Kinderwagen vorbeilief. Wenn sie das Rauchen auch auf Berlins Straßen verboten, würde er auswandern. Aber wohin? Europa mutierte immer mehr zu einer vereinten Verbotszone mit Brüssel als Hauptstadt und Deutschland als Musterschüler in der Einschränkung bürgerlicher Freiheiten. Doch solange Vater Staat durch Genussmittelsteuer an den Glimmstängeln kräftig mitverdient, bräuchte er nicht nach Kuba zu emigrieren. Das hoffte er jedenfalls, denn Kuba war das letzte Land, in dem er begraben sein wollte. Obwohl es dort zwei Dinge reichlich gab, an denen er sich hierzulande nicht erfreuen konnte – herrenlose Hunde und Zigarren rauchende Frauen.

Nach einer halben Stunde kehrte der Detektiv in die Praxis zurück. Seneca lag noch auf dem Behandlungstisch, war aber aus der Narkose erwacht und wedelte matt mit dem Schwanz, als er John sah. Dr. Tamm untersuchte Senecas Mageninhalt in einer Nierenschale, der Schuljunge stand im weißen Kittel neben ihr mit einem Kästchen voller bunter Papierstreifen.

»Das ist Paul, mein Sohn. Er hilft mir in der Praxis aus, wenn Not am Mann ist.«

»Hallo Paul! Ich bin John. Lass uns zusammen auftreten als Beatles-Revival-Band«, scherzte John. Der etwa vierzehnjährige Junge sah ihn verdattert an und reichte seiner Mutter einen Lackmusstreifen.

»Also, ich kann absolut kein Gift finden. Der hohe ph-Wert der Magensäure deutet jedoch auf eine Entzündung der Bauchspeicheldrüse hin«, erklärte die Ärztin.

John war zugleich erleichtert und schockiert. »Was soll ich machen? Die füttern ihn im Restaurant mit Salami und sonstwie fettigem Fleisch ... Wird er sterben?«

»Ganz gewiss. Wenn Sie nicht besser aufpassen.« Dr. Tamm holte aus dem Medikamentenschrank eine Packung Pancrex-Vet und reichte sie John. »Geben Sie ihm das Pulver täglich ins Futter. Eine halbe Stunde, bevor er frisst, damit der starke Geruch verfliegt. Auf jeden Fall muss noch ein Insulin-Test gemacht werden, weil die Gefahr von Diabetes besteht.«

John nickte. Er wusste, dass die Pankreasdrüse für die Insulin-Produktion zuständig ist, aber auch nicht mehr. »Danke! Was bin ich Ihnen schuldig?«

»Ist der Hund versichert?«

»Sogar für komplizierte Operationen«, sagte John und suchte Senecas Krankenkarte in seiner Brieftasche.

Die Ärztin konnte sich nicht erinnern, wann der Hund das letzte Mal krank gewesen war.

In sieben Jahren hatte sie ihm dreimal Zahnstein entfernt und ihn zweimal auf Herz und Nieren untersucht, gab John beinahe stolz zu Protokoll. »Ist von edlem andalusischen Mischblut.«

So etwas hörte die Tierärztin nicht gern. Sie lebte davon, dass die Leute ihre Lieblinge untersuchen ließen, auch wenn ihnen nichts fehlte, aus Angst vor Krankheiten, die sie durch Kontakt mit anderen Tieren oder Menschen bekommen könnten. Seit TV-Tierkliniksendungen so zahlreich waren wie Kochshows, ging es Dr. Tamms Praxis blendend, obwohl sie das nie zugeben würde.

»Trotzdem muss der Bürgermeister ab jetzt zur regelmäßigen Kontrolle. Damit die kleine Bauspeicheldrüse noch eine Weile mitspielt.«

Während die Ärztin die Rechnung für die Behandlung erstellte, reinigte ihr Sohn die Instrumente, die sie zur Magenspülung verwendet hatte. Das machte er gewissenhaft und routiniert. John hob seinen Hund vom Tisch und stellte ihn auf den Boden. Doch der wollte getragen werden, darum stellte er sich auf die Hinterbeine, krallte sich in Johns Hosenbein und schaute ihn leidend an.

»Alter Simulant! Ich hab's im Kreuz und werd dich nicht nach Hause schleppen.«

Dr. Tamm rechnete noch immer am Computer. »Wenn Sie schon gehen wollen, mein Sohn steckt Ihnen die Rechnung in den Briefkasten.« Das war John sehr recht, denn weder bar noch per EC-Karte konnte er sofort bezahlen.

Beim Verlassen des Behandlungszimmers fiel ihm noch etwas ein. »Womit wurde der Hund im Thälmann-Park vergiftet?«

»Im Labor wurden drei Toxien gefunden, Strychnin, E 605 und Metaldehyd. Es ist in Schneckenkorn enthalten und hat einen süßlichen Geschmack, das den bitteren Beigeschmack des Strychnins neutralisiert«, sagte die Ärztin.

John kratzte sich am Ohr. »Schneckenkorn kann man in jedem Gartenmarkt kaufen. Strychnin ist, wenn ich mich nicht irre, rezeptpflichtig.«

Paul Tamm mischte sich ins Gespräch ein. »Es steht sogar auf der Dopingliste. Der Marathonläufer Hicks gewann die Goldmedaille, indem er während des Laufs Eierlikör mit einem Milligramm Strychnin einnahm.«

»Schlaues Bürschchen, Ihr Sohn. Und so gut erzogen«, staunte John. Dr. Tamms Reaktion war jedoch nicht die einer stolzen Mutter. Mit erhobener Stimme forderte sie ihren Sohn auf, den mit Magensaft bekleckerten Behandlungstisch zu säubern.

»Bis demnächst und vielen Dank«, rief John und schloss rasch die Tür hinter sich. Er wollte nicht Zeuge sein, wenn eine berufstätige Mutter ihren Sohn zur Mitarbeit in ihrer Praxis zwang, obwohl er nach der Schule lieber mit Kumpels abhängen würde. Doch ebenso gut konnte der Junge sich rumtreiben, computersüchtig sein oder sonstwie gefährdet, weshalb er unter Aufsicht beschäftig werden musste. Dasselbe Problem hatte John jetzt mit Seneca. Er konnte ihn nicht mehr allein um die Ecken ziehen lassen, solange jemand die Hundepopulation in Prenzlauer Berg mit Schneckenkorn dezimierte.

9

Das verregnete Wochenende verbrachten sie auf der Couch, mit Beethoven-Musik und Budweiser-Bier. Seneca erholte sich von den Strapazen der Magenspülung, John von Gesine Gramzows schmerzhaft-schöner Massage und seiner Scheu, ihr die richtigen Fragen zu stellen. Zwischen gelegentlichen Gängen zum Kühlschrank und zur Toilette las er seinem Mitbewohner aus Bonaventuras *Nachtwachen* vor. In sechzehn Selbstgesprächen lässt der anonyme Autor einen Nachtwächter über Gott und die Menschen nachdenken. Sein deprimierendes Urteil – beide taugen nichts. Der eine, weil er über den Dingen steht, die anderen, weil sie Dinge tun, die jeder Vernunft spotten. Obwohl beide absolut nichts gemein haben, hängen sie wie Pech und Schwefel aneinander. Nur der Teufel hat Mitleid mit den Menschen, besitzt Geist und Moral, wird nicht müde, seine Deutschen die Idee der Freiheit im Denken und Tun zu lehren. Dafür wird er von ihnen gehasst und gefürchtet, weil sie in ihm die Ursache ihres sklavischen Gehorsams und ihrer Schlechtigkeit sehen. Ein noch immer aktuelles Buch, nicht verboten, weil es kaum einer kannte.

Kurz vor Mitternacht drehte John Klein mit seinem Hund eine Runde um den Wasserturm. Normalerweise scherte der Detektiv sich nicht darum, ob Seneca mit gesenktem Kopf voraus rannte und unter den parkenden Autos oder im Gebüsch nach Essbarem suchte. Jetzt hielt er Ausschau nach dem Hund, der in der Dunkelheit nur durch die helle Rückseite seines zottigen Schwanzes sichtbar blieb. Unter einem Busch nahe dem Spielplatz schnupperte Seneca an einer halb leeren Dose Kittekat. John stürzte hin, nahm ihm die Dose weg und roch dran. Harmlos, dachte er, die milde Gabe einer Oma für streunende Katzen.

Seinen Partner als Spürhund zu benutzen, war eine riskante Sache. Denn was er einmal im Maul hatte, gab er höchst ungern her, schlang es blitzschnell und unverdaut hinunter. Wenn er mit ihm Tag und Nacht den Prenzlauer Berg nach toxischem Futter durchstreifte, rettete das vielleicht anderen Vierbeinern das Leben, führte aber noch längst nicht zum Täter.

Das Einzige, was John blieb, war abzuwarten und auf Hinweise aus der Bevölkerung zu hoffen. Doch wie konnte ein Zeuge erkennen, ob und was jemand absichtlich oder gedankenlos wegwarf? Darum sollte sich besser das Ordnungsamt kümmern, fand John, wusste aber, dass die omnipräsenten Kiez-Sheriffs nichts dergleichen taten, weil es für handliche Wegwerfartikel keine Strafzettel gab. Ihm blieb also nur, sein Gespür für Zusammenhänge einzusetzen, um den Giftmörder zu finden. Oder auf die gute Fee Zufall zu hoffen, die manchmal half, wenn man sie brauchte. John bevorzugte eine andere Magierin – die Zahlenfee, denn statistisch gesehen lag die Erfolgsquote bei negativen Prophezeiungen höher als bei positiven. Warum das so war, wusste niemand überzeugend zu erklären, geschweige denn zu ändern. Sonst wäre die Welt voller Lottomillionäre, glücklicher Paare, jedes Verbrechen gesühnt und John Klein, der beste Detektiv in Prenzlauer Berg, arbeitslos.

* * *

Das Telefon weckte ihn. Er wälzte sich aus dem Bett, sein Blick irrte verschwommen durch die Wohnung, bis er das Klingeln in seiner Manteltasche lokalisiert hatte. »Wer ist da!«

»Der Eiermann. Ich sollte zurückrufen.« Kurz brüllte, weil die Verbindung so schlecht war.

John drückte die Freisprechtaste und benutzte sein Gerät als Mikrofon, um keinen Hörsturz zu bekommen. »Doch nicht mitten in der Nacht!«

»Auf Hiddensee ist es kurz nach zehn. Ich glaube, du brauchst auch Urlaub.«

»Wie schreibt man das?«, gähnte John.

»Auf Russisch *kanikula*. Oder so ähnlich.«

»Das sind Schulferien. Urlaub heißt *otpusk*.«

»Karnickel oder Oktopus ... Wie lange muss ich hier noch rumhängen?«

»Gibt's keine hübschen Matrosen auf Hiddensee?«

»Nur alte Kapitäne und abgetakelte Fregatten.«

»Bleib noch ein paar Tage. Ich geh gleich ins Büro und ruf an, falls Post für dich da ist.« John drückte das Gespräch weg und gähnte. Auch Seneca riss das Maul auf und zitterte vom Kopf bis zum Schwanz, als hinge er in der Steckdose. Bevor er unter die Dusche ging, mischte John das übel riechende Pulver ins Hundefutter.

Als er gepudert und gekämmt in die Küche trat, hatte Seneca das Fressen nicht mal angerührt. Mit stoischer Miene lag er auf der Fensterbank und schaute in den Hof. »Spiel hier nicht den Leidenden. Das ist meine Rolle«, sagte John. Er tastete Senecas Bauch ab und sah ihm tief in die Augen. Alles in Ordnung, fand er und scheuchte den Hund vom Fensterbrett.

Um ganz sicher zu gehen, schaltete er, kaum dass er das Büro betreten hatte, den Computer ein und schaute auf der Internetseite *DogForum* nach, ob weitere Giftanschläge vermeldet wurden. In Prenzlauer Berg gab es bisher zwei, in Friedrichshain-Kreuzberg, Tempelhof-Schöneberg und Mitte ein halbes Dutzend vergiftete Vierbeiner. Damit war Berlin, was Hertha BSC nicht schaffte, deutscher Meister. Vielleicht sollte er mit Seneca Urlaub auf Hiddensee machen. Aber nicht ohne seine Physiotherapeutin.

Normalerweise leerte er nie den Bürobriefkasten, diese unangenehme Aufgabe erledigte sein Partner. Ein flüchtiger Blick auf die Firmenpost gab ihm recht; alte Gewohnheiten soll man nie ändern, es sei denn, die Zukunft der Menschheit steht auf dem Spiel. Die Strom- und Telefonrechnung legte John ungeöffnet auf den Küchentisch, den Brief mit seinem Namen las er, nachdem er sich ein Moskauer Eis aus dem Gefrierfach gegönnt hatte.

Das Schreiben der Staatsanwaltschaft war kurz und unmissverständlich. Es untersagte ihm jede weitere Ermittlungstätigkeit hinsichtlich des unbekannten Toten vom Mauerpark, gleichgültig für welche Institution oder welchen Auftraggeber. Bei Zuwiderhandlung drohe der Entzug der Berufslizenz und ein empfindliches Bußgeld. Nicht so sehr der Inhalt des Amtsbriefes als vielmehr der Tonfall ließ den Empfänger die Nackenhaare aufstellen. Wutschnaubend zog er sein Telefon aus der Tasche und wählte eine Nummer.

»Tach, Professor! Störe ich? Habe schlechte Neuigkeiten. Jemand in der Keithstraße möchte nicht, dass ich ihm ins Handwerk pfusche ... Schätze, meine alten Kollegen. Die leiden unter Erfolglosigkeit, seit sie mich gefeuert haben ... Wie? Fremdes DNA-Material ... Gratuliere! ... Klar mache ich weiter ... Meinen Job habe ich schon mehrfach verloren ...« Während John das Telefon zwischen Kinn und Schulter geklemmt hielt, öffnete er einen Brief ohne Absender an Peter Kurz. »Genau! Das ist wie Sex im Fahrstuhl. Bevor man zur Sache kommt, steigen Leute zu ... Mir sind die Hände gebunden. Aber wann arbeitet ein Privatdetektiv schon mit den Händen. Ich halte Sie auf dem Laufenden.«

Bevor er das Telefon ausschalten konnte, fiel etwas in seinen Schoß. John starrte auf den Inhalt des Kuverts – das Farbfoto eines spanischen Torreros, der dem applaudierenden Arenapublikum stolz die Hoden eines Stiers entgegenhält.

* * *

Gesine Gramzow trat ins Behandlungszimmer. Ihr Patient lag regungslos wie ein gestrandeter Wal auf dem Bauch und atmete schwer.

»Wie geht es Ihnen?«

»Vorne gut, hinten befriedigend«, sagte John und öffnete die Augen, um sich zu vergewissern, ob sein erster Eindruck von dieser Frau zwei Tage später noch Bestand hatte. Er musste sich korrigieren. Die Gramzow war nicht nur ausnehmend hübsch, sie konnte jedem thailändischen Massagesalon in der Stadt Konkurrenz machen, wäre sie nicht so berlinisch geizig mit einem Lächeln. Sie trug ein langes weißes Hemd mit tiefem Ausschnitt, darunter eng anliegende schwarze Leggins. Die weiblichen Rundungen unter dem Hemd waren, um es im Jargon von Skilehrern auszudrücken, Idiotenhügel und widerstanden auch ohne Sicherheitsgurte der Schwerkraft.

»Ich habe von Ihnen geträumt«, stöhnte John, während sie wieder Zigarren auf seinem Rücken drehte.

»Nehmen Sie's nicht romantisch. Die Psychologen nennen das Übertragungseffekt. Ihr *Ich* bildet sich ein, dass ich das ideale *Es* bin, das Ihre Schmerzen lindert. Ich bin aber nur ein Tauschgeschäft Ihrer Krankenkasse.«

»Sie sind eine Frau, von der ein Mann in meiner Lage sonst nicht zu träumen wagt.«

»Und Sie sind ein ganz raffinierter Anmacher«, erwiderte sie und kniff noch fester in seine verspannte Muskulatur.

John schwankte zwischen Schmerz- und Lustempfinden.

»Es war nichts Sexuelles. Ich träumte, dass Sie mir die Haut bei lebendigem Leibe abziehen. Darunter waren kein Blut und keine Muskeln, sondern Erde und Gras. Als wäre ich schon lange tot und begraben.«

Gesine Gramzow ließ von ihm ab und wischte sich den Schweiß von der Stirn. »Hören Sie auf mit diesen Geschichten! Sie bringen mich ganz durcheinander.«

»In der Sauna muss ich auch immer reden. Ich weiß nicht, warum.«

»Weil Hitze eine stärkere Durchblutung des Gehirns bewirkt«, erklärte sie leicht genervt. »Mir wäre es lieb, wenn sie einen kühlen Kopf bewahren.«

»Keine Sorge. Ich werde Ihnen keinen Heiratsantrag machen, solange ich in Ihrer Gewalt bin.«

»Bitte nicht! Hab in dieser Woche nämlich schon drei bekommen.«

John grunzte wie ein Ferkel, während sie seinen Hals durchknetete. »Sie glauben nicht, was ich mir täglich anhören muss.« In seinem Kopf schlug es zwölf und ein Silvesterfeuerwerk entlud sich, als sie ihn hinter den Ohren massierte.

»Eheversprechen sind noch das Netteste. Meistens geht es um Ganzkörpermassage. Wenn Sie verstehen, was ich meine.«

John nickte. Er versuchte, ans Finanzamt zu denken, um sein Verlangen nach Ganzkörpermassage in den Händen von Gesine Gramzow abrupt abzuwürgen.

»Wie wird man überhaupt Privatdetektiv?«, fragte sie, nachdem sie ihn mit Ohrenkraulen so weit gebracht hatte, alles zu gestehen.

»Indem man eine steile Beamtenkarriere nach unten macht«, antwortete John wahrheitsgemäß.

»Gefällt Ihnen das, im Leben anderer Leute herumzuschnüffeln?«

»Darüber hab ich nie nachgedacht«, erwiderte John nicht wahrheitsgemäß.

»Und was verdient man so dabei?«

»Weniger als mit Ganzkörpermassagen.«

Die Antwort brachte Gesine Gramzow endlich zum Lächeln. »Ich arbeite weit unter Tarif. Was nichts über meine Qualitäten aussagt«, betonte John.

»Dann haben wir etwas gemein.« Sie gab dem Patienten einen Klaps auf den Rücken und sagte: »So. Das war's für heute.«

John rollte sich von der Liege und wiegte den Kopf. Die Schmerzen waren wie abgeschaltet, aber ihm bereitete etwas Kopfzerbrechen. Auch bei den vier weiteren Massagen würde er es nicht schaffen, Gesine Gramzow über ihren vermissten Sohn zu befragen. Die Haut war näher als das Hemd, wie das Sprichwort sagt. Er musste sich etwas einfallen lassen.

»Würden Sie mit mir am Wochenende tanzen gehen?«

Gesine Gramzow sah ihn überrascht an. »Wozu?«

»Ich möchte mich mit Ihnen ... was hier schlecht geht ... ernsthaft unterhalten«, druckste er herum.

»Worüber«, fragte sie und hob die Augenbrauen. »Ich bin keine sonderlich gute Gesprächspartnerin.«

»Dann reden wir mit Händen und Füßen.«

»Sie meinen es ernst«, sagte sie mit einem Anflug von Traurigkeit.

John nickte und gab ihr seine Visitenkarte. »Rufen Sie mich an, wenn Sie es sich überlegt haben.«

»Ich sage es Ihnen im Voraus: Es führt zu nichts.«

»Ich bitte Sie trotzdem darum.«

Sie gab ihm diesmal nicht die Hand und verließ das Behandlungszimmer. Nachdem er sich angezogen hatte, kippte er sich kaltes Wasser ins Gesicht, um wieder klar denken zu können. Zum zweiten Mal innerhalb hatte er, ohne es zu wollen, die Trennlinie zwischen Privatem und Beruflichem ignoriert und sich völlig verzettelt. Schon die

Berufsbezeichnung Privatdetektiv war ein Widerspruch in sich, wie die ständige Gratwanderung zwischen Mitgefühl und sturem Blick aufs Geld. Obwohl der Tote im Mauerpark ihm keinen müden Cent einbrachte, weil er den Fall aus purer Gefälligkeit übernommen hatte, war er Lorenz Straub dankbar. Gleichzeitig verfluchte er ihn.

* * *

Er kam allein, ohne Personenschutz, obwohl man ihm gedroht hatte, sich hier nicht blicken zu lassen. Seit Jahren war die Stargarder Straße eine Dauerbaustelle, auf der auch bei schönem Wetter nur symbolisch gearbeitet wurde. Doch die Kontrolle der Bautätigkeit ging ihn so wenig an wie die gängige Praxis von Schwarzarbeit, Leistungsbetrug, Terminüberziehung, dafür waren Zollamt und Rechnungsprüfstelle zuständig. Als Stadtrat für Öffentliche Ordnung hatte er dafür zu sorgen, dass das Leben im Bezirk gemäß den gesetzlichen Vorgaben reibungslos funktionierte. Das war in der DDR nicht anders gewesen, nur die ökonomischen Bedingungen und politischen Gestaltungsmöglichkeiten waren heute um einiges besser. Die Gefahr, vom Volk abgewählt zu werden, musste er auch in der Demokratie nicht fürchten, weil jene, die ihn gern loswürden, durch das System der Zweitstimme für parteiliche Sammellisten mit roten Kreuzchen auf grünen Zetteln nur wenig ausrichten konnten. Bei der Wahl in drei Monaten war er Spitzenkandidat seiner Partei fürs Bürgermeisteramt. Der noch amtierende hatte ihn die letzten vier Jahre die Drecksarbeit machen lassen und sich den Pankowern als netter Nachbar präsentiert, ohne die Probleme, die mit der Zusammenlegung dreier Stadtbezirke entstanden, anzupacken. Höchste Zeit, dass jemand mit harter Hand durchgriff, jemand wie er.
Trotz dunkler Sonnenbrille erkannte der andere ihn schon

von Weitem. Zwar hatte er inzwischen etwas zugelegt und Haare gelassen, doch sein zackiger Gang verriet auch im Zivilleben den preußischen Offizier.

Der ihn erwartete, kroch unter der Hebebühne hervor, wischte sich die ölverschmierten Hände am Overall ab und ging dem Besucher entgegen.

»Tach, Genosse Feldwebel!«
»Den Genossen vergiss mal gleich.«
»Tschuldige. Aber bist du nicht bei den Sozis?«

Der Besucher sah sich um. In einem offenen VW Käfer lag ein junger Mechaniker und bastelte an den Elektrokabeln herum.

»Können wir irgendwo in Ruhe reden?«
»Klar. In meinem Büro. Is aber grad nich aufgeräumt.«

Das war leicht untertrieben. Was der Mechaniker sein Büro nannte, war ein fensterloser Raum mit abgewetzten Polstermöbeln vom Sperrmüll und Playmate-Postern der Monate Mai bis September auf der von Tabak- und Tütensuppendunst vergilbten Tapete. Die Wachstuchdecke auf dem Tisch war voller Brandflecke, der Aschenbecher, ein Zylinderkopf, quoll über vor Kippen. Zwei wackelige Polsterstühle standen beiderseits des Tisches.

Der Gast im grauen Anzug nahm auf dem mit den wenigsten Ölflecken Platz. Der Mann im Overall machte es sich auf der durchgesessenen Couch bequem.

»Kann dir leider nischt anbieten. Weil ick Prozentiges nich trinke und der Kaffee grad aus ist.«

»Dann lass uns zur Sache kommen. Wie viel soll es kosten?«

Der Mechaniker schnipste zwei Zigaretten aus der F6-Schachtel und bot dem Gast eine an. Der hob entsetzt die Hände und atmete flach, um seiner Lunge so wenig Rußpartikel wie möglich zuzumuten. »Dass du noch dieses Ostkraut qualmst ...«

»Schlechte Jewohnheiten sind wie Heimatjefühle. Ick hab mir schon jenug abjewöhnen müssen«, sagte der Mechaniker und blies Rauchringe in die Luft. »Wat war noch mal deine Frage?«

Der Besucher hustete. »Wie viel du von mir willst.«

»Komm janz drauf an, wat dir dein Job so wert ist. Ick weeß nich, wat man so verdient als ...«

»Du würdest den Job nicht machen für das bisschen Geld.«

Der Hausherr suchte Streichhölzer, weil seine Zigarette ausgegangen war.

»Tu mir den Gefallen und lass die Kippe aus«, bat sein Gast. »Ich habe nämlich Asthma.«

Der Raucher zerdrückte die Kippe im Aschenbecher und stellte ihn unter den Tisch. »Mir würdense so'n Job nich anbieten, ohne Abitur und Vitamin B. Ick hab meinen Verstand in den Händen. Is ja ooch was wert, oder?«

Der Angesprochene nickte. Nicht wegen der schlichten Weisheiten, die sein Gegenüber von sich gab, sondern wegen dessen Ausdrucksweise. Berlinisch war für den gebürtigen Rostocker Ausdruck geistiger Beschränktheit. Umso mehr hoffte er, die Sache mit einem verschmerzbaren Verlust zu beenden. »Wie viel wert? Ich habe wenig Zeit.«

Der Hausherr hatte es nicht eilig. »Nich mehr, als zwee Hände tragen können.«

»Bekommt Geschke auch seinen Anteil?«

»Wäre nur jerecht. Wir waren ja zu zweet.«

»Also ja oder nein?«, fragte der andere genervt.

»Leider is Wolfjang nich zuverlässig. Säuft wie'n Loch und quatscht zu viel. Darum lassen wir ihn besser raus aus dem Jeschäft. Det verlangt nämlich absolute Verschwiejenheit.«

»Welche Garantie habe ich, dass du dich an die Abmachung hältst? Wir können ja schlecht einen Vertrag aufsetzen.«

»Warum nich? Du schreibst mir nen Schuldschein, und ick zerreiße det Ding, wenn die Kohle bezahlt is.«

Er war noch nie in einer solchen Situation und musste überlegen. Ein Schuldschein hatte juristische Beweiskraft, konnte eingeklagt werden, wäre aber keine Sicherheit für ihn, dass der Erpresser nicht weitere Forderungen stellte. Deshalb war er gegen eine schriftliche Vereinbarung. Dass sie vor Gericht ohnehin null und nichtig war ohne notarielle Beglaubigung, behielt er für sich.

»Hast recht. Is keene jute Idee. Bloss nischt Schriftliches ... Een Schuldschein is nur wertloses Papier ohne Stempel vom Notar.«

Ist doch nicht so beschränkt, wie er aussieht, dachte der andere.

»Ick jeb dir mein sozialistisches Ehrenwort, dass ick dir hundertprozent in Ruhe lasse, wenn du jezahlt hast. Ick bin nich gierig ...«

»Nicht gierig bis zu welcher Summe?«

Der Mechaniker spielte mit der Klappe seines Zippo-Feuerzeugs. Er wollte die Situation auskosten. Es wäre schön, zu sehen, wie sein ehemaliger Vorgesetzter, den sie in der Grenzbrigade »die Heulboje« genannt hatten, ins Schwitzen kam.

Doch der blieb äußerlich die Ruhe selbst, nur das Geschnipse machte ihn nervös.

»Ick brauch det Jeld für'n neuen Laden. Bin hier nämlich jekündigt. Hab aber ne Bude in Weißensee in Aussicht. Von nem türkischen Mitbürger.«

»Wie viel!«

»Kennste den Witz? Sitzen zwee Obdachlose vorm Rathaus Pankow. Sacht der eene zum andern: Weeste Keule, wohnen is ooch nich alles.«

Der Besucher quälte sich ein Lächeln ab. »Nun spuck's endlich aus!«

»Wollte ja nur sagen, ick verlange nich mehr als nötich. Den Kredit von der Bank, den se mir nich jeben wollen für den neuen Laden ... achtzig Mille.« Er kniff die Augen zusammen und wartete, dass sein Gegenüber eine Knarre rausholte und ihn über den Haufen schoss. Der Knall ließ auf sich warten. Die Stille vor dem Schuss, dachte er.

»Einverstanden. Aber ich kann nicht alles auf einmal zahlen.«

Der Erpresser zog die Augenbrauen hoch. Schon bereute er, dass er keine höhere Summe verlangt hatte. »Ick ooch nich. Aber die Hälfte muss ick gleich anzahlen. Gleich heeßt, so schnell wie möglich.«

»Einen so hohen Betrag kann ich nicht mit einem Mal abheben. Die Bank schaut da bei mir genau hin.«

Der Mann im Overall hasste komplizierte Dinge und Banken sowieso. »Is nich mein Problem. Bis nächste Woche bringste mir das Jeld vorbei. Oder ick hol's mir von die *Bild*-Zeitung.«

»Hast du keine Angst, dass sie dich einbuchten?«

»Ick hab nich jeschossen. Wolfjang hat wie'n Blöder drauflosjeballert ... Und meene Idee waret ooch nich, den Jungen zu verbuddeln ... Befehlsnotstand.«

Jetzt verlor er die Fassung. »Schluss damit!«, brüllte er im Offizierston. »Die Sache ist zwanzig Jahre her und längst verjährt. Weil es nicht Mord war, sondern unsere verdammte Pflicht ... also bestenfalls Totschlag.«

»Irrtum, Genosse Heulboje! Wenn ick die *Bild*-Zeitung erzähle, dass der Flüchtling noch jelebt hat ...«

»Hat er nicht! Geschke war der beste Schütze in der Brigade.«

»Wenn ick sage, er hat noch jelebt, kann keener det Jejenteil beweisen.«

Seine Selbstsicherheit entwich mit einem hörbaren Zischen. »Dann sind wir zu dritt wegen Mordes dran.«

»Is mir so was von ejal. Wenn ick den Laden verlier, jehe ick lieber in Knast als in Hartz. Brauch ick keene Miete zahlen.«

»Ich werde sehen, was ich machen kann.« Er erhob sich und schaute an sich herab, ob ein Ölfleck auf seinem Anzug war. Der andere steckte sich eine Zigarette an.

»Aber ruf mich nicht im Büro an«, befahl der Mann im grauen Anzug und ging zur Tür.

»Verstehe. Feind hört mit.«

Wenn der wüsste, dachte er beim Verlassen des Geländes, dass jeder, der mit Senatsgeldern zu tun hat, unter ständiger Beobachtung stand. Er besonders, seit auf Betreiben der Linken gegen ihn ermittelt wurde wegen angeblicher Vorteilsnahme bei der Vergabe von Bauaufträgen.

Der Mann im Overall zündete sich an der abgebrannten Zigarette die nächste an. Er liebte den Geruch von Nikotin und Schmieröl. Der Geruch von Freiheit. Obwohl er mit seiner elenden Bude weniger verdiente als ein Beamter im Ruhestand, war er sein eigener Herr. Für dieses Privileg würde er alles aufs Spiel setzen. Auch auf die Gefahr hin, dass Genosse Heulboje zur Polizei rannte und ihn als Erpresser anzeigte. Aber für so dumm hielt er ihn nicht. Der Mann hatte mehr zu verlieren als er und Geschke, zwei ehemalige Grenzsoldaten, die den Untergang von Erichs Traumschiff zwar überlebt hatten, aber irgendwie nicht mit dem Arsch an die Wand gekommen waren.

Er griff zum Telefon und rief seinen alten Kameraden an, um ihm seinen Anteil des versprochenen Lottogewinns in Aussicht zu stellen. Für den neuen Laden würde er nur knapp fünfzig Mille brauchen. Für den Rest konnte Geschke die Schuld auf sich nehmen und einen guten Anwalt bezahlen, falls man sie vor Gericht stellte.

Nach dem vierten Klingeln nahm jemand den Hörer ab. Doch es war nicht Geschke, sondern sein Vater.

»Is Wolfgang da? ... Wat hat er? Det glob ick nich ... So ein dämlicher Idiot! ... Tschuldigung, is mir so rausjerutscht ... Ick wollte nur hören, wie's ihm so jeht ... Denn mal nischt für unjut.« Er drückte das Gespräch weg und griff mit zitternder Hand nach der nächsten Zigarette. Das Zippo gab kein Feuer, so sehr er auch am Rädchen drehte. Wütend warf er es in die Ecke und goss sich eine Fanta ein. Ejal, wie man's dreht, dachte er, auch ein halb volles Glas ist irgendwann leer.

10

Er hatte das *Delicious Doughnuts* vorgeschlagen, doch sie bestand auf *Clärchens Ballhaus*. Das letzte Mal war er am 8. März 1989 mit den Kolleginnen der Mordkommission Mitte in dem Tanzlokal in der Auguststraße gewesen. Von außen sah es noch so schäbig aus wie damals, nur dass man heute auf dem Fundament des im Krieg weggebombten Vorderhauses an gedeckten Tischen essen konnte. Zu seinem Erstaunen hatte sich drinnen nicht viel verändert außer dem Publikum. Die Jungen trugen Vierzigerjahre-Look statt Jeans, die Älteren Freizeitmode von Hennes & Mauritz statt Chiffon und Smoking; die Kellner flitzten wie Ameisen, statt untätig herumzustehen und Ausschau nach Weddinger Gigolos zu halten, die einsame Ostfrauen abschleppten, weil die Trinkgeld in West gaben. Das Speiseangebot war reichhaltiger und verlockender als früher. Mit vollem Bauch Swing zu tanzen, schien John allerdings so unpassend wie die Aufforderung an Gesine Gramzow, ihn zu küssen.

Er bestellte ein Bier und zog den Bauch ein, um wenigstens im Sitzen eine gute Figur zu machen. Wie die Paare auf dem Parkett, die ihre überschüssigen Pfunde durch Tanzen abtrainierten und dabei noch glücklich aussahen. Schon beim Zusehen kam er ins Schwitzen und fürchtete, sich zu blamieren, weil er schon lange nicht mehr das Tanzbein geschwungen hatte. Doch was tut man nicht alles aus Liebe zum Beruf und aus Zuneigung zu einer Frau. Er würde sie von Berufs wegen unglücklich machen, um der Wahrheit zu dienen. Auch wenn er hoffte, sie würde sich von allein offenbaren oder beim Tanzen – *per aspera ad astra*.

Er hatte sich mit zwei Bieren Mut angetrunken, als seine Physiotherapeutin zur Behandlung außerhalb der Sprechstunde erschien. Sie sah umwerfend aus in einem trägerlosen schwarzen Kleid und roten Schuhen. Ein Traum in Technicolor mit der Begleitmusik des Schlagers *We'll meet again, don't know how, don't know when* von Ross Parker. Welches Recht hatte er, dieses schöne Bild mit hässlichen Erinnerungen zu übermalen, dachte John, als Gesine Gramzow an seinem Tisch Platz nahm.

»Tut mir leid. Ich hatte noch einen Patienten mit totaler Rückenblockade«, entschuldigte sie lächelnd ihre Verspätung.

»Ich fühle mich fit wie Fred Astaire mit achtzig.«

»Also los. Mal sehen, ob Sie ein so guter Tänzer sind, wie Sie behaupten.«

Sie betraten die Tanzfläche, wo die Paare wie bei einem Turnier um die besten Haltungsnoten konkurrierten, und wurden sofort ein eingespieltes Team. Gesine flog übers Parkett, als wolle sie das Gesetz der Gravitation widerlegen. John beherrschte die klassischen Swing-Schritte nicht wirklich, war aber trotz seiner Leibesfülle ein ziemlich guter Rock'n'Roll-Tänzer. Mühelos hätte er die zierliche Frau über die Schulter werfen können, doch sie legte keinen Wert auf Showeinlagen und entzog sich ihm jedes Mal, wenn er sie an sich drückte. Wie Rotkäppchen, die mit dem Wolf tanzt, verband die beiden eine gewisse Spannung, doch die allem Direkten und Vulgären abgeneigte Musik der Vierziger löste diese Spannung in wohlige Erschöpfung auf. Nach drei Nummern hatten sie den Siedepunkt erreicht und brauchten eine Abkühlung.

»Was trinken Sie«, fragte John außer Puste.

»Orangensaft.«

»Mit Wodka oder Gin?«

Sie sah ihn an mit einer Mischung aus Mitleid und Verachtung. »Geben Sie sich keine Mühe, mich zu verführen. Ich trinke keinen Alkohol.«

Kein Wunder, dass sie so blass aussieht, dachte John. Die Textilstudentinnen im Dessauer Bauhaus hatten sich auf Anraten eines esoterischen Malers nur von Orangensaft ernährt und waren alle schwer krank geworden.

»Mit frisch gepresstem O-Saft kann ich nicht dienen«, sagte der Kellner.

Gesine sah ihn herablassend an. »Dann nehme ich stilles Wasser. Eine Flasche.«

»Und mir bitte noch ein Radeberger«, fügte John hinzu.

»Sie tanzen, als hätten Sie keine Rückenprobleme.«

»Geht mir viel besser. Dank Ihrer begabten Hände.«

Gesines skeptischer Blick traf ihn unvorbereitet und ließ ihn leicht erröten. »Sie sind doch nicht etwa ein Simulant?«

»Nicht im Geringsten. Ich bin leicht zu durchschauen.«

»Muss ein Detektiv sich nicht verstellen und andere täuschen?«

»Schon. Aber vor allem muss er neugierig sein.« John kramte in seiner Tasche nach Zigaretten, bis ihm einfiel, dass man hier nicht mehr rauchen durfte. »Ich will ehrlich sein. Es gibt noch einen Grund, weshalb ich zu Ihnen in die Behandlung gekommen bin.«

Gesine schaute zu den Tanzenden. Die Situation war ihr unangenehm, aber nicht lästig. »Sie wollten mich kennenlernen.«

»Nicht so, wie Sie denken. Ich ermittle in einem komplizierten Fall und brauche ein paar Auskünfte ...«

»Von mir? Ich habe kein Verhältnis mit einem verheirateten Mann. Und mit Versicherungsbetrug habe ich auch nichts zu schaffen.«

John wusste nicht, wie er auf den heiklen Punkt zu sprechen kommen sollte. Zum Glück brachte der Kellner Wasser und Bier.

»Zum Wohl!« Gesine sah ihn erwartungsvoll an.

»Sie haben vielleicht von dem Toten im Mauerpark gelesen.« Gesine Gramzow nickte und wirkte plötzlich noch blasser. »Ich ermittle unabhängig von der Polizei für einen Freund. Er ist Pathologe ... Um es kurz zu machen: Wir glauben, dass es Ihr Sohn ist.«

Gesine trank das volle Glas Wasser in einem Zug. »Seit es in der Zeitung stand, warte ich jeden Tag darauf, dass die Polizei vor der Tür ...« Sie bekam einen Hustenanfall. Tränen schossen in ihre Augen, sie rang nach Luft.

John reichte ihr ein Taschentuch und wartete, bis es vorbei war. »Noch ist nicht erwiesen, wer der Tote ist.«

»Und wie kommen Sie dann auf mich?«, fragte sie, während sie sich die Wangen tupfte.

»Die Armbanduhr des Toten. Es ist eine seltene, teure Uhr, die zu besonderen Anlässen vom Staat verliehen wurde. Jans Vater war ein verdienter Wissenschaftler des Volkes.«

Gesines Blick irrte durch den Ballsaal. Die Gäste plauderten, aßen, tranken oder warteten ungeduldig auf die nächste Tanzrunde. Alles war wie vor einer Minute, aber nicht für sie. Der Vorhang des Vergessens war weggezogen. Völlig unvorbereitet musste sie in einem Stück mitspielen, das nicht in dieses heitere Tanztheater passte. Sie wollte gehen. Aber sie blieb sitzen.

»Möchten Sie, dass wir gehen?«, hörte sie John Klein fragen.

Gesine Gramzow schüttelte den Kopf. Sie wollte reden, sie wollte nicht eher gehen, bis der letzte Funke Hoffnung erloschen war, dass der Detektiv sich geirrt hatte.

»Wie sieht die Uhr aus?«

John zog ein Foto aus der Jacketttasche. Gesine betrachtete es nur kurz und gab es mit versteinertem Gesicht zurück. Sie schwieg lange.

»Günter mochte die Uhr nicht«, sagte sie dann. »Er hat sie seinem Sohn zur Jugendweihe geschenkt. Als Jan die Uhr zur Pfandleihe brachte, löste sein Vater sie für tausend Mark aus und gab sie ihm zurück, als er das Abitur bestanden hatte. Das war im Sommer '89.«

»Wann haben Sie Jan das letzte Mal gesehen?«

»Am Morgen des 9. November. Er musste noch mal zum Wehrkreiskommando und hoffte, wegen seiner Schuppenflechte ausgemustert zu werden. Seitdem ist er verschwunden.«

»Weil sie ihn nicht vom Wehrdienst freistellen wollten«, dachte John laut.

»Als wir davon erfuhren, ist mein Mann am 10. zur Polizei. Wir nahmen an, dass er in der Nacht zuvor nach Westberlin rüber ist. Dort hat er sich aber bei keiner Behörde gemeldet. Nicht unter seinem Namen.«

»Haben Sie nie Nachricht von ihm bekommen?«, fragte John.

»Kein Anruf, kein Brief. Nicht mal eine Postkarte. In ganz Deutschland haben wir nach ihm suchen lassen. Später auch über Interpol.«

Das Schweigen lag wie ein Leichentuch zwischen ihnen.

»Dass Jan tot ist, habe ich immer geahnt ... Aber wer soll ihn umgebracht und im Mauerpark verscharrt haben? Und warum?«

John vermied es, sie anzusehen. »Die Obduktion hat ergeben, dass er erschossen wurde und mindestens zwanzig Jahre dort lag. Wenn Jan am 9. November verschwunden ist, hat er wohl versucht, über die Mauer zu flüchten. Kurz vor Öffnung der Grenze.«

»Die haben doch keinen an Ort und Stelle vergraben. Das ist absurd! So was haben die doch nicht getan.«

»Normalerweise nicht. Aber was war schon normal in dieser Nacht? Wahrscheinlich ist es passiert, nachdem der

Schießbefehl aufgehoben worden war. Entweder wurden die Grenzer zu spät informiert, oder sie haben aus Versehen geschossen. Weil sie überrascht waren, dass noch jemand sein Leben riskiert ... Was weiß denn ich?«

Sie schüttelte trotzig den Kopf. »Völlig unmöglich! An dieser Stelle konnte niemand die Mauer überwinden. Darum gab es dort nie einen Toten.«

Obwohl sie falsch lag, widersprach John nicht. Ein Betrunkener aus dem Wedding war 1982 von DDR-Grenzern am selben Mauerabschnitt erschossen worden. »Es tut mir leid, dass Sie es durch mich erfahren mussten.«

Gesine Gramzow wurde wütend. »Sie elender Feigling! Sie hätten es gleich sagen können, statt sich als Patient einzuschleichen.«

John errötete. »Okay, ich bin feige. Aber mein Rückgrat hält wirklich mehr aus, seit ich bei Ihnen in Behandlung bin. Deshalb habe ich Sie zum Tanzen eingeladen.«

»Sie sind nicht der erste Patient, der bei mir landen will. Aber der erste, der es so gründlich versaut hat. Darauf können Sie sich was einbilden.«

John hielt Ausschau nach dem Kellner. »Sie können den Überbringer der schlechten Nachricht köpfen. Wichtiger wär's, jene zu bestrafen, die Ihren Sohn auf dem Gewissen haben.«

Gesine winkte ab. »Nach so langer Zeit?«

»Mord verjährt nicht.«

»Sie sagen, mein Sohn wurde aus Versehen umgebracht. Woher wollen Sie das wissen?«

»Ich weiß es nicht. Ist nur eine Hypothese.«

»Scheren Sie sich zum Teufel!« Gesine gab dem Kellner ein Zeichen, doch der übersah die Handbewegung. John war hingerissen von der Geste. Aber er musste die Sache zu Ende bringen, denn ein zweites Rendezvous mit Gesine Gramzow würde es kaum geben.

»Eine allerletzte Frage. Haben Sie noch Kontakt zu Jans Vater?«

Gesine schien durch ihn hindurchzusehen. »Eigentlich nicht. Aber wenn Jan sich bei ihm gemeldet hätte, wüsste ich es ... Unsere Ehe ist nicht am Verlust unseres Sohnes zerbrochen. Mein Mann war ein Frauenheld, wie er im Buche steht.«

Obwohl John keine Arztromane las, konnte er sich ausmalen, was es hieß, Chefarzt von einer Kompanie junger Assistentinnen zu sein. »Ich zahle«, sagte er.

»Eine Runde tanzen wir noch«, entgegnete Gesine unvermutet, stand auf und zog ihn mit sich auf die Tanzfläche.

Danach gingen sie ohne ein Wort nebeneinander her durchs Scheunenviertel, liefen bei Rot über die Torstraße und hinauf zum Teutoburger Platz. Nachdem sie den Park durchquert und ein knutschendes Paar auf einer Bank gestört hatten, blieb sie vor einem Haus stehen und sagte: »Hier wohne ich. Bier habe ich keins im Kühlschrank, aber eine Flasche Champagner.«

John war unsicher, ob er das Angebot annehmen sollte. Es abzulehnen erschien ihm herzlos nach der emotionalen Achterbahnfahrt dieses Abends. Eine halbe Stunde später lag er nackt auf dem Rücken in ihrem Bett. Sie hockte auf ihm, massierte mit seiner Eichel ihre Schamlippen und, als er in sie eingedrungen war seine behaarte Brust mit ihren begnadeten Händen. Wie immer beim ersten Mal mit einer Frau kam er vor ihr, hatte jedoch genug Alkohol im Blut, um nach kurzer Pause weiterzumachen. Sie küsste ihn zärtlich, bevor sie sich von ihm hinunterrollte und auf der Stelle einschlief.

John bekam trotz Schafezählen kein Auge zu. Er wusste, dass hinter der ersten Ecke der Traumstadt Lea auf ihn wartete. Am Morgen erwachte er mit trockener Kehle und Rückenschmerzen. Die andere Hälfte des Bettes war leer. In der Küche fand er neben einem Glas Orangensaft und einer Schale Müsli einen Zettel. Darauf stand: *Danke für den schönen Tanzabend. Bitte die Wohnung abschließen und den Schlüssel in der Praxis abgeben. P.S.: Es ist nicht der Schlüssel zu meinem Herzen.*

Ohne das Frühstück anzurühren, das er nur als Hungerlohn für mangelhafte Dienstleistung ansehen konnte, machte er sich auf den Weg in die Christburger Straße. Es regnete in Strömen. Die Menschen hasteten griesgrämig über die Prenzlauer Allee, doch ihm war nach Fröhlichsein und Singen. Hätte er einen Regenschirm besessen, könnte er wie Gene Kelly in *Singing in the Rain* durch die Pfützen tanzen.

In ihrer Praxis war Gesine Gramzow nicht zu sprechen. Er gab den Schlüssel am Empfang ab und erntete einen Blick voller Verwunderung und Verachtung von der Sprechstundenhilfe. Er nahm es mit Würde und fragte, wann er den nächsten Termin hätte. Wegen Pfingsten erst nächste Woche Mittwoch, war die Antwort.

Eine Woche ohne Gesines Hände, dachte John und spürte ein Stechen im Rücken. Ihm fiel der Spruch »Pfingsten sind die Geschenke am geringsten« ein, nicht jedoch die eigentliche Bedeutung des verdammten Feiertags. In einer Woche war er eine Woche älter und seine Chance auf Gesine Gramzow als Tanzpartnerin fürs Leben noch mehr geschwunden. Sie schienen ihm, als er sein Spiegelbild in der Glastür betrachtete, ohnehin nicht hoch.

* * *

Hauptkommissar Schwitters mochte es nicht, wenn man ihn warten ließ. Schon gar nicht, wenn einer seiner Mitarbeiter zu spät kam. Scholz gab den Baustellen auf der Stettiner Autobahn die Schuld. Die alte Reichsautobahn habe

Krieg und Kommunismus überstanden, sagte er, die neue Fahrbahndecke nicht mal ein Jahr. Man müsse eine SoKo gegen organisierte Unfähigkeit ins Leben rufen.

Schwitters fummelte an seiner Armbanduhr. »Wozu haben Sie ein Mobiltelefon?«

Scholz setzte sich an den Konferenztisch und packte seine Aktentasche aus. »War kein Netz. Ist eben tiefster Osten.«

»Was hatten Sie in Prenzlau zu suchen?«

»Die Kollegen dort riefen an und sagten, sie hätten einen Erhängten mit einem Abschiedsbrief. Darin steht, dass der Selbstmörder, Wolfgang Geschke, als NVA-Grenzer einen Mann erschossen hat ... Raten Sie mal, wann.«

Schwitters mochte keine Ratespiele und zuckte mit den Schultern.

»9. November '89 am Cantian-Station.«

»Das ist unglaublich.«

»Aber wahr. Ich hab den Brief gelesen. Und den Nachlass mitgebracht.«

Scholz entnahm seiner Aktentasche ein Foto und schob es seinem Chef hin. Es zeigte zwei Soldaten und einen Feldwebel in NVA-Uniform.

»Der mit dem Hundeblick ist Geschke. Der andere mit dem breiten Grinsen heißt Knapp, Norbert. Geschkes Eltern erinnern sich auch deshalb an ihn, weil er einen Tag nach dem Selbstmord ihres Sohnes anrief. Aus Berlin.«

Schwitters drehte das Foto um, es war nicht beschriftet. »Wo wohnt dieser Knapp?«

»Moment.« Der Kommissar wühlte in seinen Unterlagen. »Hab gleich im Einwohnermeldeamt nachgefragt ... Hier ist es ... Swinemünder Straße 45, in Prenzlauer Berg. Telefon negativ.«

»Waren Sie noch nicht bei ihm?«, fragte Schwitters ungehalten. Scholz versuchte es erst gar nicht mit einer Ausrede. Schwitters würde sie sowieso nicht gelten lassen. »Bestellen Sie ihn schleunigst ein, bevor er sich auch noch umbringt.«

»Aber nicht mehr heute. Ich bin ziemlich kaputt.«

»Und was ist mit dem Dritten?«

Scholz holte tief Luft. »Den kennen die Eltern von Geschke nicht. Vielleicht weiß Knapp mehr. Aber ich glaube nicht, dass der Feldwebel geschossen hat. Der saß bestimmt in seiner gemütlichen Schreibstube.«

Schwitters sah den Kommissar herablassend an. »Ohne Befehl hätten die Soldaten den Toten wohl kaum vergraben. Verantwortlich für den Grenzabschnitt war dieser Mann mit der strammen Haltung. Den möchte ich schnellstmöglich hier haben.«

»Wir finden ihn. Ist nur eine Frage der Zeit.«

»Aber bitte nicht erst, wenn Sie in Rente gehen.«

»Ich hab noch zwei andere Tötungsdelikte«, bemerkte Scholz ruhig. Er trug eine kugelsichere Weste um sein Gemüt, an der die ewigen Sticheleien seines Chefs abprallten. Das eine Jahr bis zu seiner Verrentung würde er noch durchhalten, auch wenn der verdammte Krebs an seinen Hoden nagte. »Beinahe hätte ich's vergessen. Geschke wurde von seinem Arbeitgeber gefeuert. Wegen Trunkenheit im Dienst … Der Selbstmord kann also auch damit zu tun haben.«

»Das tut nichts zur Sache. Wir haben es schriftlich, dass er der Todesschütze war.«

»Oder der andere. Vielleicht auch beide.«

»Das ist Sache der Justiz. Was wir liefern müssen, ist die Identität des Opfers. Die möchte ich nicht aus der Zeitung erfahren. Kann man nicht über diese Uhr etwas rauskriegen?«

»Werd's versuchen.« Scholz wollte endlich ins verdiente Pfingstwochenende. Er nahm seine Aktentasche, ließ aber in der Eile das Foto aus Geschkes Nachlass auf dem Tisch liegen.

Schwitters fing ihn in der Tür ab. »Haben Sie in den Vermisstenanzeigen aus Ostberlin keine in Frage kommenden Kandidaten gefunden?«

»Etliche. Vielleicht kann ein anderer Kollege sich darum kümmern.«

»Sie wissen, ich habe niemanden«, tobte Schwitters.

»Sollen doch Wondras Leute auch mal tätig werden. Die sitzen nur rum und warten, bis ihre Karteileichen offiziell für tot erklärt werden.«

Bevor der Chef neue Gründe fand, die Sache auf ihn abzuwälzen, schloss Scholz die Tür hinter sich und ging, so schnell er konnte, ins verdiente Wochenende.

* * *

Spät abends, als Herr und Hund einen kurzen Gang um den Wasserturm machten, war der Himmel ein heller Samtvorhang mit Glitzersteinen wie einst im Kino *Kosmos*. Venus und Jupiter standen beängstigend dicht überm Halbmond, weswegen die Polizei eine Hotline einrichtete für besorgte Berliner, die die seltene Planetenkonstellation für außerirdische Flugobjekte hielten. John fürchtete sich weniger vor grünen Männchen als vor vergifteten Buletten und ließ Seneca nicht eine Sekunde aus den Augen. Doch der jagte nicht mal Kaninchen, sondern lag träge auf der Wiese des Wasserspeichers und wartete, dass sein Humanoid endlich mit der romantischen Betrachtung des Mondes fertig wurde.

John erinnerte sich an einen Satz von Bonaventuras Nachtwächter: »*Kehre mit mir zurück ins Tollhaus, du stiller Begleiter, der du mich bei meinen Nachtwachen umgibst.*« Er dachte dabei aber nicht an den Mond, vielmehr an den Toten im Mauerpark und an den Giftmischer, der Vierbeiner hasste. Warum nur? In Prenzlauer Berg gab es weniger kläffende Hunde als schreiende Kinder. Und nicht halb so viel Hundeattacken wie Schlägereien oder Raubüberfälle. Richtete sich der Hass des Bulettenmörders womöglich gar nicht gegen Hunde, nur gegen ihre Besitzer? Im Unterschied zu gewöhnlichen Gewalttätern töten Soziopathen nie im Affekt, aus kalter Rache oder Gier. Ihr Ziel ist es, Dinge zu tun, für die es kein nachvollziehbares Motiv gibt, weshalb man sie so gut wie nie in Verbindung mit dem Opfer bringen kann. Die einzige Chance ist, sie auf frischer Tat zu ertappen. Doch weder die Polizei noch John konnten an allen Orten seines Kiezes gleichzeitig sein, jede Nacht Streife gehen und auf den Zufall hoffen.

Es gab nur eine Möglichkeit, die Sache zu beenden: Er musste dem Täter eine Falle stellen. Trotz des himmlischen Dreigestirns kam ihm keine Erleuchtung, wie diese Falle konstruiert sein sollte. Als Köder würde er nicht seinen Hund benutzen, der auf den Namen eines römischen Dichters hörte, den man zum Tod durch Gift verurteilt hatte. »Der Köder, das bin ich!«, rief John so laut, dass es bis zum Wasserturm hallte. Zum Glück hörte es niemand. Nur Seneca spitzte die Ohren, weil er statt Köder Köter verstand.

* * *

Norbert Knapp startete den Motor des Opel Kadett. Nach dem vierten Versuch sprang er stotternd an und machte Geräusche wie eine Waschmaschine, in der Münzen scheppern. Er fuhr den Wagen auf die Hebebühne, schaltete die Zündung aus und zog am Hebel unterm Lenkrad, um die Motorhaube zu entriegeln. Als er sie öffnete, wirbelte ihm eine Wolke aus Rost und Staub ins Gesicht. Die Tür im Garagentor war aufgegangen, und ein kräftiger Windzug wehte in die Werkstatt. Knapp drehte sich um, nahm aber wegen des Drecks in seinen Augen nur eine undeutliche Silhouette wahr.

»Hab längst Feierabend. Erst nach Pfingsten wieder.«

Aus dem Radio dröhnte *Smoke on the Water* von Deep Purple, und er hörte die Antwort nicht, sah nur das Kopfnicken der Silhouette und dass sie sich zur Tür wendete. Knapp rieb sich die Augen am Kittelärmel, beugte sich über den Motor und zog zuerst den Ölfilter ab, dann die Zündstecker und versuchte, mit einem Kopfschlüssel die Kerzen zu lösen. Sie saßen fest, weshalb er zum Hammer griff und sachte gegen den Hebel des Kopfschlüssels schlug. In diesem Moment traf ihn etwas Stahlhartes mit Wucht am Hinterkopf, dass ihm Hören und Sehen verging. Er bekam nicht mehr mit, dass jemand den vollen Benzinkanister aus dem Regal nahm und in der Werkstatt ausgoss. Wie dieser Jemand im Büro den leeren Kochtopf auf die Heizplatte stellte, eine ölgetränkte Schnur vom Topf bis zur Werkstatt legte und den Schalter der Kochplatte auf niedrige Heizkraft stellte. Noch hätte die Sache für Norbert Knapp einen glimpflichen Ausgang nehmen können, wäre er nach dem K.-o.-Schlag wieder auf die Beine gekommen. Doch der späte Besucher nahm ihn beinahe liebevoll in den Arm und drückte seine Halsschlagader mit dem Daumen ab. Bis seine Seele in den Himmel flog. Oder in die Hölle.

Dreißig Minuten später ging bei der Feuerwache 13 ein Notruf ein. Aus einer Garage in der Stargarder Straße stieg dicker Rauch auf. Fünf Minuten nach dem Anruf rollten zwei Löschzüge und ein Notarztwagen mit schrillem Sirenengesang über die Oderberger Richtung Kastanienallee, dass den auf nichts Wartenden im *Godot* Hören und Sehen verging.

Die Feuerwehr brach das Garagentor auf, und meterhohe Flammen schlugen ihr entgegen. Es dauerte Stunden, bis der Brand gelöscht werden konnte. Als man den Toten fand, beziehungsweise was von ihm übrig war, klingelte das Handy von Lorenz Straub. Er lag in der Koje seines Segelbootes am Ufer des Kleinen Wannsees und wusste augenblicklich, dass sein Pfingstfest versaut war. Er blieb nicht der Einzige, der sich wünschte, an diesem Wochenende auf einer fernen Insel ohne Telefon und Internet zu sein.

11

Am Samstagvormittag wurde Kommissar Scholz von der zentralen Einsatzstelle der Berliner Polizei per SMS über den Toten in der Kfz-Werkstatt eines gewissen Norbert Knapp informiert, als er in seinem Garten in Gatow Tomaten pflanzte. Mit saurer Miene betrat er die Laube und sagte zu seiner Frau: »Schatz, heb ein Stück Erdbeertorte für mich auf. Ich muss ins Präsidium.«
»Aber die Kinder kommen nachher zum Kaffee.«
»Eben. Die tun immer so, als gäb's keinen Bäcker in Potsdam.«
»Wann kommst du wieder?«
»Kann spät werden. Kann auch sein, dass ich zum Kaffee wieder da bin und nie mehr weg muss.«
»Das sagst du jedes Mal.«
»Diesmal ist es anders«, meinte der Kommissar und kramte hektisch seine Sachen zusammen.
»Dann lass dich doch in den Vorruhestand schicken...«
»Niemals! Von dem bisschen Rente können wir nicht leben.« Scholz klemmte die Aktentasche untern Arm und küsste seine Frau auf die Stirn. »Macht's euch schön.« Er schloss das Gartentor hinter sich und fühlte einen dumpfen Schmerz in der Brust. Weil er seiner Frau nicht erklären konnte, dass er seinen Ruhestand nicht mehr lange würde genießen können. Auch ohne den Krebs würde jemand wie er, der sein Leben lang hart gearbeitet hatte, als Rentner eingehen wie eine Primel ohne Wasser.
Mit Blaulicht fuhr der Ermittler in die Keithstraße. Sein Chef war zum Glück nicht da. Er spielte Tennis im Grunewald und wollte nur im äußersten Fall gestört werden, hieß

es bei der Dienstbereitschaft. Scholz fand, dass die Sache das Attribut *äußerst* nicht verdiente, und ließ sich die Büroschlüssel geben. Noch im Treppenhaus rief er in der Pathologie an und fragte, ob die Brandleiche schon identifiziert sei. Straubs Assistentin war am Telefon und erklärte kurz angebunden, man sei noch beim Obduzieren. Ohne Gebissanalyse sei eine Identifizierung unmöglich, da der Tote bis auf die Knochen verbrannt war. Scholz sagte, bei dem Brandopfer handle es sich wahrscheinlich um den Inhaber der Werkstatt, gegen den im Fall Mauerpark ermittelt wurde. »Dann machen Sie rasch den Zahnarzt des Mannes ausfindig, damit wir Gewissheit haben«, entgegnete die Frau am Telefon. Obwohl Scholz wusste, dass vor nächsten Dienstag kein Zahnarzt Sprechstunde hatte, bat er um den Obduktionsbericht, sobald er fertig war.

Für ihn gab es keinen Zweifel, wer der Tote war. Niemand in der MK 6 hatte so viel Pech wie er und verlor hintereinander zwei Hauptverdächtige einer Ermittlung. Gestern hätte er den einen noch verhören können, hielt es aber für aufschiebbar. Schwitters würde ihm die Hölle heiß machen und ihm den Fall entziehen. Aber bis nächsten Dienstag war es noch sein Fall, und er würde bessere Arbeit als jeder andere leisten. Denn er hatte nichts mehr zu verlieren. Und nichts mehr zu gewinnen.

* * *

John erfuhr vom Brand in der Stargarder Straße, bevor es in der Zeitung stand. Einer der Stammgäste beim Kollwitz-Bäcker war Feuerwehrmann. Für gewöhnlich nervte John den kettenrauchenden, literweise Kaffee trinkenden Bär mit dem Kindergesicht nicht mit Fragen nach den neuesten Geschichten vom Notruf 112. Höchstens dass er nach kriegsähnlichen Zuständen am 1. Mai und Silvester fragte, wie viele Tote es gegeben habe. Er wunderte sich jedes Mal, wenn er zu hören bekam: keinen.

An diesem Sonntagmorgen war die Welt noch in Ordnung und der Prenzlauer Berg ein Vorort von Itzehoe. John hatte schlecht geschlafen, Chris Fromholdt, der Kollege von der Feuerwehr, gar nicht.

»Was war los letzte Nacht? Habe mindestens zehn Feuerwehrsirenen gehört.«

»Vier Löschzüge und zwei Notarztwagen«, korrigierte der Feuerwehrmann. »Den Brand haben wir trotz allem kaum unter Kontrolle gekriegt.«

»Wo hat's denn gebrannt?«

»In der Stargarder. Eine der Garagen hinter der Tankstelle.«

»Doch nicht etwa die Autowerkstatt«, entfuhr es John.

»Genau die. Ist jetzt vulkanisiert und liegt in Schutt und Asche.«

»Hab dort meinen alten Mercedes durch den TÜV bringen lassen … bei olle Norbert … Doch nicht etwa Brandstiftung?«

Fromholdt strich mit der Hand über sein schütteres Haar, das sich nicht bändigen ließ und sich wie unter Strom erneut aufrichtete. »Ich bin kein Brandsachverständiger. Die sagen, es sieht nach einem Unfall aus. Für mich nach heißer Sanierung. Die Garagen sollen abgerissen werden für ein Wohnhaus.«

»Ist jemand draufgegangen?«

»Wahrscheinlich der Besitzer der Schrauberbude.«

John war sichtlich betroffen. Zwar hatte jemand letztes Jahr seinen goldenen Mercedes 300 abgefackelt, und seither erfreute er sich des klimaneutralen Daseins als Fußgänger, aber Knapps Tod ließ ihn nicht kalt.

»War kein schöner Anblick«, sagte Fromholdt mit vollem Mund.

John wollte es sich nicht vorstellen. »Wie kriegst du das bloß aus deinem Kopf?«

»Sobald ich eine Woche frei habe, gehe ich auf Korsika bergsteigen. Ist die beste Therapie.«

»Nicht für mich. Mir wird schon schwindlig, wenn ich mich zu weit aus dem Fenster lehne.«

Fromholdt sah den Detektiv mit müden Augen an. »Was ist dein Sternzeichen?«

»Steinbock. Muss festen Boden unter den Hufen spüren, sonst gerate ich in Panik.«

»Hab dich nie auf allen vieren rumlaufen sehen«, lachte Fromholdt.

»Ich schon. Wenn ich einen sitzen habe.«

»Ich darf nicht mal ein Bier schief anschauen, seit ich die Halbjahresprüfung nicht bestanden habe. Bin zu schwer für die achtzig Kilo Ausrüstung.«

»Und nun?«

»Wenn ich die Nachprüfung auch nicht bestehe, muss ich in den Innendienst ... Papierkram und so.« Fromholdt zündete sich eine Zigarette an. »Mit Rauchen soll ich auch aufhören, sagt der Arzt. Da werd ich noch fetter und komme nie mehr in Einsatzdienst.«

John packte die Gelegenheit beim Schopf, um über sein Lieblingsthema zu philosophieren. »Alles Gute hat sein Schlechtes und alles Schlechte auch Gutes. So bleibt die Welt im Gleichgewicht und nichts ändert sich.«

»Bei mir ist nichts im Lot. War schon ein Jahr wegen Burnout freigestellt. Bei vollem Gehalt.«

»Beneidenswert. Wär ich bloß Beamter geblieben.«

»Ich geh jetzt schlafen. Und du?«

»Warte auf meinen Hund. Der dreht grad seine Runde ... Verdammt! Ich muss ihn suchen, wegen der Giftköder.« John wünschte Fromholdt frohe Pfingsten und eilte in Richtung Husemannstraße davon.

Als er sich dem Kollwitzplatz näherte, hörte er schon von Weitem das Gekreische »Kinder, aufpassen! Ein Hund ohne Leine.«

Das konnte nur Seneca sein, obwohl er stets einen Bogen um den Spielplatz machte und sich nur im Gebüsch hinter der Kollwitz-Plastik herumtrieb.

»Können Sie nicht lesen? Hier herrscht absolutes Hundeverbot«, skandierte der Chor der klagenden Mütter im Sandkasten.

John machte eine Geste des Bedauerns. »Ich schon, aber mein Hund nicht.« Mit schnellem Schritt entfernte er sich aus der Verbotszone und sah, dass Seneca etwas im Maul hielt. Er packte ihn am Kopf, drückte sein Gebiss auseinander und versuchte, ihm die Beute zu entreißen. Vergebens.

»Blöder Hund«, rief der Detektiv und nahm ihn an die Leine. Seneca ließ die Ohren hängen und trottete lustlos neben ihm her. John grämte sich, dass er genauso panisch reagierte wie die Sandkastenmütter. Seine Angst vor vergifteten Buletten war zwar nicht so übertrieben wie deren Kontrollzwang, doch was machte es für einen Unterschied, wenn man sich öffentlich als Nervenbündel zur Schau stellte? Früher gab man sich vor Mutter Käthe gelassen, um der stets wachsamen Staatsmacht zu zeigen, dass der Prenzlauer Berg nicht Marzahn war, keine sozialistische Schlafstadt, sondern ein Stück lebendiges Altberliner Milieu, wo man der Obrigkeit mit proletarischem Unmut begegnete. Jetzt war vieles anders hier – ordentlich, standesbewusst, liberal, langweilig. Nicht wie Marzahn, eher wie Mainz-Kastel.

Weil der Prenzlauer Berg seit mehr als dreißig Jahren sein Lebensmittelpunkt war, konnte John Altes mit Neuem vergleichen, rechnete aber nicht dauernd Verlust und Gewinn gegeneinander auf. Er hatte andere Sorgen. Das Wohl seines Hundes war derzeit die größte. Er würde sogar zur Pfingstmesse in der Immanuelkirche beten, damit ihm kein Leid geschähe, wenn er sicher wäre, dass es nützte.

Vorm Restaurant *Gugelhof* ließ er Seneca von der Leine und hängte sie sich um den Hals. Da gehörte sie hin, denn Menschen waren gefährlicher als Hunde.

* * *

Nachdem er zu Hause eine halbe Stunde auf dem Ohr gelegen und an nichts anderes als Gesine Gramzows schneeweißen Körper gedacht hatte, beschloss er, sich dafür zu bestrafen und im Büro die längst fällige Steuererklärung zu erledigen. Seneca freute sich, schon wieder rauszukommen. »Du bleibst hier! Ich bin es nicht gewohnt, an der Leine zu laufen«, sagte John und machte sich allein auf den Weg.

Er schloss die Tür zum Büro auf und wunderte sich über das Ausbleiben des Blinkens der Alarmanlage. Auf dem Küchentisch stand unangetastet das Geschirr vom Vortag, sein Schreibtisch war so unaufgeräumt wie immer, doch irgendetwas war anders. Peters Zimmertür! Gestern war sie verschlossen gewesen, jetzt angelehnt. John drückte die Tür auf und trat ein. Obwohl die Mittagssonne im Zimmer stand, sah er plötzlich Sterne, dann völlige Dunkelheit, und der Boden unter seinen Füßen tat sich auf.

Als das Licht wieder anging, steckte sein Kopf in einer Schraubzwinge. Eine Hand tätschelte seine Wangen, doch es war nicht die von Gesine Gramzow, vielmehr eine, die nie Schwerstarbeit verrichtet hatte und nach Salz schmeckte. John schlug die Augen auf. Über ihm kniete Peter Kurz.

»Was hab ich bloß getan!«, sagte Kurz und hielt ihn wie einen Sterbenden im Arm.

John strampelte wie ein Maikäfer auf dem Rücken, um sich aus der Umarmung zu befreien. »Bist du so ausgehungert, dass du *mich* flachlegen musst?«

Peter half ihm auf die Beine. Er sah zerknirscht aus. »Ich dachte, es wäre der verdammte Russe.«

»Ich hoffe, er schneidet dir die Eier ab.« John klopfte den Staub von seinem Sonntagsanzug und bemerkte das Bettzeug auf der Couch. »Wieso schläfst du hier? Ich denke, du bist auf Hiddensee.«

»Hab's nicht mehr ausgehalten ohne dich«, sagte Kurz und stellte die Bronzebüste, mit der er seinen Partner niedergeschlagen hatte, zurück ins Regal. Es war der Kopf von Johann Joachim Winckelmann, dem homosexuellen Prediger der stillen Einfalt und edlen Größe.

John taumelte durchs Zimmer und hielt sich den Hinterkopf. »Und warum schläfst du nicht zu Hause?«

»Komm, setz dich hin. Ich rufe den Notarzt.«

»Nicht nötig ... oder doch. Sie sollen eine Zwangsjacke mitbringen.«

»Ich kann nicht mehr zu mir. In meinem Briefkasten war ein Foto ...«

John setzte sich aufs Sofa und massierte sich die Beule am Kopf. »Die Eier eines Stiers.«

»Woher weißt du das?«

»Von mir stammt der Gruß nicht«, versicherte John.

»Ich bin erledigt. Wir sind erledigt«, sagte Kurz, eilte in die Küche und kehrte mit einem großen Messer zurück, mit dem er bedrohlich herumfuchtelte. John wich ihm aus. »Mach keinen Blödsinn!«, rief er entsetzt. »Wir können über alles reden.«

»Setz dich hin. Ich brauche das Messer, sonst kriegst du eine Beule.« John hockte sich auf die Couch und ließ zu, dass Peter die kalte Klinge flach auf seinen Hinterkopf drückte. »Du musst etwas unternehmen. Ich will nicht aus Berlin weg.«

»Hier kannst du dich nicht verstecken. Der Russe kennt doch die Adresse.«

»Ich ziehe zu dir. Vorübergehend«, strahlte Peter.

John wies den Vorschlag entschieden zurück, sah aber ein, dass es besser war, als ebenfalls sein Nachtlager im Büro aufzuschlagen, um den Partner zu beschützen.

»Du schläfst auf dem Sofa. In mein Bett darf nur mein Hund.«

»Soll ich nicht doch 112 anrufen?«

»Wehe!«

Peter hielt ihm einen Zeigefinger vor die Augen und bewegte ihn hin und her, um die Reaktion der Pupillen zu testen. Johns Blick folgte unsicher dem Finger. »Das ist eine Gehirnerschütterung. Du musst zum Arzt.«

»Quatsch! Man schielt nur bei Schädelbruch. Bring mich nach Hause. Ich muss mich hinlegen.«

* * *

Vom Einsatzleiter der Feuerwehr erfuhr der Kommissar, dass als mögliche Brandursache ein ausgeglühter Kochtopf in Frage kam. Die schnelle Ausbreitung des Feuers und seine hohe Intensität waren ungewöhnlich und schlossen den Verdacht auf eine präparierte Brandfalle zum Zwecke eines vorgetäuschten Unfalls nicht aus. Die Brandermittler sicherten noch vor Ort alle diesbezüglichen Spuren.

Scholz holte sich Kaffee aus dem Automaten und grübelte über Norbert Knapps Tod nach. Er kam völlig unvorhersehbar und war nach aller Erfahrung mit Suizidpraktiken kein Selbstmord, ein Unfall in kurzer Abfolge nach Wolfgang Geschkes Tod mehr als fraglich. Mord in Tateinheit mit schwerer Brandstiftung schien die logische Schlussfolgerung. Auch die beste Lösung, weil ihn dann keine Schuld traf, Schwitters ihn nicht wegen Ermittlungsversäumnisses abservieren konnte. Der Tote im Mauerpark war ihm zunächst als lästiger Routinefall erschienen, viel

Arbeit, wenig Anerkennung. Jetzt war daraus ein Fall mit drei Toten geworden, der Schlagzeilen machte und dem, der ihn löste, neben Arbeit auch Ansehen versprach. Die letzte Chance für Scholz, sich im Lehrbuch der Kriminalistik zu verewigen.

Er nahm ein Kuvert aus seinem Fach für Posteingänge. Es enthielt eine Liste mit Namen und Dienstgraden von NVA-Grenzsoldaten, die bis Ende 1989 im Abschnitt Bernauer-/Gleimstraße eingesetzt gewesen waren. Beim Durchblättern der Unterlagen stieß der Kommissar seinen Kaffeebecher um, und die schwarze Brühe ergoss sich über die Liste. Ein Glück, dass der Kaffee so dünn ist, dachte Scholz und wischte ihn mit dem Ärmel ab. Obwohl das Papier fleckig war, konnte man die Namen der Grenzer, die in der Nacht vom 9. auf den 10. November '89 auf Posten gewesen waren, gerade noch lesen: Soldat Wolfgang Geschke, Soldat Norbert Knapp, Feldwebel Gunnar Becher. Der Kommissar machte hinter die beiden ersten ein schwarzes Kreuz und einen roten Kreis um den Namen des Postenführers. Ihn musste er schleunigst ausfindig machen, denn vielleicht war er der nächste Todeskandidat. Falls er nicht schon gestorben war.

Zu gern hätte Scholz jetzt die Genugtuung über seine Erkenntnisse mit einem Stück Erdbeertorte gekrönt. Seine einzige Sorge war Schwitters' krankhafter Ehrgeiz. Einen solchen Fall würde er nutzen, um auf der Karriereleiter mehrere Stockwerke nach oben zu gelangen. Nur wer hoch steigt, kann auch tief fallen, dachte Scholz und rief die technische Bereitschaft an. Sie sollten ihm zwei Beamte schicken, um die Wohnung von Norbert Knapp zu öffnen. Nach den Unterlagen des Meldeamtes war Knapp geschieden, hatte zwei Kinder und lebte allein. Wenn er das Brandopfer war, bedurfte es keines richterlichen Beschlusses, die Wohnung zu durchsuchen.

* * *

Schon auf dem Weg vom Büro in seine Wohnung bereute er den Entschluss, seinen Partner bei sich einzuquartieren.

»Du gehst mir auf den Geist«, sagte John. Peter hockte neben ihm auf dem Sofa, knisterte mit einer Tüte Kartoffelchips und zappte per Fernbedienung durch die TV-Programme. »Warum gehst du nicht ins *Stahlrohr* einen trinken?«

»Ist noch zu früh. Außerdem fängt der Tatort gleich an.«

John quälte sich vom Sofa und verließ trotz seiner Kopfschmerzen fluchtartig das Wohnzimmer. »Davon habe ich geträumt. Ein gemütlicher Fernsehabend zu zweit mit Cola und Chips.«

»Bleib doch. Vom Tatort kannst du noch was lernen.«

John kam im Mantel zurück ins Zimmer. »Ich bemühe mich, alles zu vergessen, was ich bei der Kripo gelernt habe.«

»Kein Wunder, dass uns die Kunden wegbleiben.«

John wollte etwas erwidern, doch Peter hatte schon diesen Tunnelblick auf die Glotze, der jede Kommunikation unmöglich macht. Seneca war gegen die Flimmerkiste immun und wollte nur raus. »Du bleibst hier und bewachst das Weinregal. Ich will nicht, dass der da den guten Gigondas aufmacht. Hörst du! Nur an den Kühlschrank darfst du ihn lassen.« Seneca drehte den Kopf erst zur einen Seite, dann zur anderen und legte sich in der Küche quer vors Weinregal.

Die Abendluft roch nach Flieder und Hundekot, als John die Diedenhofer bis zur Knaackstraße ging. Bei jedem Schritt läuteten die Glocken in seinem Kopf, obwohl die Beule dank Peters Messertrick nahezu verschwunden war. Für die fünf Minuten Fußweg zum *Pasternak* brauchte der Detektiv diesmal die doppelte Zeit.

Das russische Lokal war am Pfingstsonntag leerer als sonst. John nahm am Tisch für Stammgäste neben der Tür Platz und verlangte ein großes Moskwa-Bier. »Ist Arseni nicht da?«, fragte er die Kellnerin, eine Russin mit blonder Turmfrisur und knallroten Lippen.

»Ist schon da«, lächelte die Russin. »Schaut immer zuerst, ob keine Küchenschaben in Kochtopf sind.«

John hatte volles Verständnis. Was Arsenitschka lernte, vergaß Arseni nimmermehr.

Nach fünf Minuten erschien ein Mittvierziger, der eher wie ein Intellektueller aussah als wie ein Geschäftsmann. Mit einem Glas Tee im Silberbecher setzte er sich an den Stammtisch. »Wie geht's, Herr Kommissar?

»*Plocho, otschn plocho.*«

»Trink Wodka und alles ist wieder *choroscho*.«

»Diesmal nicht, Arseni. Ich habe ein Problem, das sich nicht wegtrinken lässt.«

»Ihr Deutschen besteht nur aus Problemen«, winkte der Russe ab. »Und wenn ihr keine habt, erfindet ihr welche.«

»Im Ernst. Ich brauche deine Hilfe.«

»Wie viel«, fragte Arseni ohne zu zögern.

John dachte nach. Geld wäre die beste Lösung. Aber von Russen borgen heißt dem Teufel seine Seele verpfänden. »Zu teuer ... Ich denke an eine elegantere Methode, das Problem aus der Welt zu schaffen.«

In kurzen Worten erklärte John dem Russen, worum es ging. Zuletzt reichte er ihm die Visitenkarte des Autohändlers, der es auf Peter abgesehen hatte.

»Kein Russe, ein Ukrainer«, sagte Arseni verächtlich und griff zum Telefon. Johns Russischkenntnisse waren etwas, das er trotz aller Bemühungen nicht restlos vergessen hatte. Darum hörte er dezent weg, als sich Arseni mit jemandem besprach, und trank sein Bier. Nach zwei Minuten war das Telefonat beendet.

»Zwei alte Freunde, Afghanistan-Veteranen, kümmern sich darum.«

John wusste, dass jedes weitere Wort überflüssig war.

»Was bin ich dir schuldig?«

»Zahl meinen Tee«, lächelte Arseni. »Und sag deinem Partner einen schönen Gruß. Er kann noch viele Kinderchen machen.«

»Darauf ist er bestimmt nicht scharf«, grinste John. »Ich sag's ihm trotzdem.«

»Entschuldige mich. Ich muss nach Charlottengrad zur Familie.«

John trank in Ruhe sein Bier aus, um nicht vor Ende des Tatorts zu Hause zu sein. Er sah zufrieden aus, aber nicht glücklich, als er den Heimweg antrat. Peters Problem hatte er auf elegante Art gelöst, das Leben seines Hundes ließ sich nicht einfach *à la russe* versichern.

Auf der Diedenhofer Straße, auf Höhe des Wasserspeichers, kam ihm ein Bursche entgegen. Augen und Nase des Milchgesichts waren durch eine Kapuze verdeckt. Bevor sich ihre Wege kreuzten, bog der Junge in den Park ab und verschwand in der Dunkelheit. Dass der Halbwüchsige ihm aus dem Weg ging, um nicht erkannt zu werden, war offensichtlich. Sein Verhalten schien jedoch nicht ungewöhnlicher als das von Erwachsenen, die sich nachts in einsamen Vierteln begegnen und ängstlich die Straßenseite wechseln. Aus reiner Gewohnheit notierte der Detektiv in seinem Gedächtnis: *männliche Person, zirka fünfzehn Jahre, Kapuze, Rucksack, geduckte Körperhaltung, geht Leuten aus dem Weg*. Auf die Idee, dem Jungen in den Park zu folgen, verfiel John nicht. Er war zu müde und zwanzig Kilo zu schwer für eine Verfolgungsjagd. Das nächste Mal, wenn er dem Bürschchen begegnete, würde er ihn sich schnappen und nachsehen, was in seinem Rucksack war.

* * *

Obwohl er versuchte, an nichts zu denken, fand er keinen Schlaf. Letztes Jahr noch zwang ihn die Frühjahrsmüdigkeit mit den Hühnern zu Bett. Inzwischen besaß er keine mehr, es lohnte die Mühe nicht, seit ein kochfertiges Suppenhuhn im Supermarkt fünf Euro kostete. Auch die Gartenarbeit machte ihm keinen Spaß mehr, wegen des Ungeziefers und der horrenden Wasserpreise. Längst hätte er die Parzelle verkauft, doch seine Kinder fanden das Laubenpieperdasein auf einmal *in* und gar nicht mehr spießig. Dass sie jedes Wochenende den Garten okkupierten, störte ihn anfangs, nach der Diagnose war er froh, die ganze Bande um sich zu haben. Trotzdem würde er seinem Chef nicht den Gefallen tun und in den Vorruhestand gehen. In dieser Sache war er stur. Für ihn war es eine Frage der Selbstachtung.

Auf Zehenspitzen schlich er aus dem Gartenhaus, setzte sich auf die Veranda und nahm den Karton zur Hand, den er in der Wohnung von Norbert Knapp sichergestellt hatte. Um seine Frau nicht zu wecken und wegen der Mücken, ließ der Kommissar das Außenlicht aus und leuchtete mit der Taschenlampe auf die Fotos in dem Karton. Er war beschriftet mit dem Wort »Fahne«, das Synonym für die Armeezeit in der DDR. Für Knapp musste es eine herrliche Zeit gewesen sein, denn auf fast allen Fotos strahlte er wie ein Honigkuchenpferd. Nicht sein Kumpel Geschke, der aussah wie Buster Keaton in Uniform, nur nicht so hübsch. Auf zwei Fotos war auch ein Feldwebel mit betont wichtigem Gesichtsausdruck abgebildet. Auf der Rückseite der Fotos stand: Gunnar »Heulboje« Becher. Auf einem anderen Foto wurde dem Feldwebel von einem Major die Schützenschnur an die Uniform gehängt, während Knapp und Geschke nur irgendein Abzeichen verliehen bekamen.

Der Kommissar stutzte. Wenn dieser Feldwebel so ein Meisterschütze war, hatte etwa er die tödlichen Schüsse auf den Flüchtling abgegeben und nicht die beiden Soldaten? In seinem Abschiedsbrief bezichtigte sich Geschke, geschossen zu haben. Das ballistische Gutachten stellte fest, dass die Schüsse aus ein und derselben Waffe stammten. Trug der Postenführer eine Kalaschnikow oder eine Pistole? Scholz wusste es nicht. Auf jeden Fall musste er schnell diesen Gunnar Becher finden, bevor der womöglich auch noch über den Jordan war. Im POLAS, dem polizeilichen Auskunftssystem, würde er ihn nur finden, wenn der Gesuchte nach der Wende straffällig geworden war. Seine Personaldaten im Bundeswehrarchiv waren nach zwanzig Jahren nicht mehr aktuell, der Berufssoldat war vermutlich längst ausgemustert und führte ein unbescholtenes Dasein. Blieb nur das Einwohnermeldeamt, das vor Dienstag nicht öffnete. Dieses verdammte Pfingsten hing wie ein Klotz an seinem Bein. Morgen kamen die Kinder wieder und blieben bis Montag. Vertane Zeit. Wenn er keine nennenswerten Ergebnisse vorzuweisen hatte, würde Schwitters ihn am Dienstag gleich wieder nach Hause schicken.

Scholz betrachtete den Großen Bären am Nachthimmel. Weil der Bär das Berliner Wappenzeichen ist, hatte er ihn immer für einen, für seinen guten Stern gehalten.

12

Morgens um sechs wurde John Klein vom Pfingstgeläut der Immanuelkirche geweckt. Dass er, die Augen nur halb geöffnet, wirres Zeug redete, hatte nichts mit der Inspiration durch den Heiligen Geist zu tun, vielmehr mit dem Traum von einer als Kunstperformance deklarierten Party im Guggenheim-Museum, bei der er Sex mit Pipilotti Rist hatte. Ihre Hände hatten nach Massagegel gerochen wie die von Gesine Gramzow. Zumindest war sich John sicher, dass die Glocken wirklich läuteten und nicht nur in seinem Kopf.

Der Nacken tat ihm weh. Peter war nicht aus dem *Stahlrohr* zurückgekehrt, sein Bettzeug lag ordentlich gefaltet am Fußende des Sofas im Wohnzimmer. John machte sich keine Sorgen um den Partner, er musste selber wissen, von wem er sich abschleppen ließ. Dennoch schickte er eine SMS mit den Worten »Gut geschlafen?« Während er auf Antwort wartete, schaute er in seinem Laptop nach neuen E-Mails.

Eine kam von Lorenz Straub. Er schrieb, dass sie die Leiche eines gewissen Norbert Knapp seziert hatten, der laut Kommissar Scholz im Verdacht stehe, an der Tötung des jungen Mannes im Mauerpark beteiligt gewesen zu sein. Knapp sei bis zur Unkenntlichkeit verbrannt. Um die Identität des Mannes zweifelsfrei zu klären, bedurfte es der Gebissanalyse seines Dentisten. Ob die bei dem Toten im Mauerpark gefundene fremde DNA von der Brandleiche stammte, würde sich frühestens in einer Woche herausstellen. Bis dahin hoffe er, die Genprobe des anderen Mauerschützen zu bekommen, der sich in Potzlow erhängt hatte.

Wichtiger als die Identität der Täter sei aber für ihn die des Opfers. Ob Klein da schon Genaueres wisse?

John antwortete: *Lieber Straub, aus Gründen, die ich nicht näher erläutern möchte, interessiert mich persönlich, wer Jan Felsberg umgebracht hat – so heißt der Tote aus dem Mauerpark. Dass in einer Woche zwei ehemalige Grenzer verstorben sind, lässt den Schluss zu, dass es noch mehr Zeugen oder/und Täter gibt. Bubi Scholz ist kaum der richtige Mann, Licht in diesen Fall zu bringen. Geben Sie ihm trotzdem den Namen des Maueropfers, mit einem schönen Gruß von mir. Falls ich Ihnen weiter behilflich sein kann, demnächst im* Paparazzi.«

Als er den Computer ausschaltete, surrte sein Handy. Peter simste, er habe die schönste Versuchung seit Jesus in Jericho erlebt und sorge sich jetzt erst recht um seine Hoden. Johns Antwort per stiller Post lautete: *Eier gerettet. Frohe Pfingsten!*

Den Feiertag zu retten war schon schwieriger. Zum Flanieren war es noch zu früh, und im Büro würde er nur an eines denken – an Gesine Gramzows Hände. Also schaltete er den Fernseher an. Auf 3sat Kultur lief ein Beitrag über die Medienkünstlerin Pipilotti Rist. Womit die Botschaft seines Traums hinreichend erklärt war – nicht nach Freuds libidinöser Deutung, aber nach Koestlers Idee von den Wurzeln des Zufalls. Demnach sind Déjà-vu-Erfahrungen das Produkt des Informationstransfers von Neutrinos, die als kleinste Teilchen Weltall, Erde, Mensch mit Lichtgeschwindigkeit durchdringen und sich sowohl vorwärts wie rückwärts in der Zeit bewegen. So jedenfalls hatte John es in Erinnerung. Da er alles, was er nur einmal gelesen hatte, sofort wieder vergaß, sein Interesse an unpraktischen Dingen mit dem Alter aber zunahm, suchte er das Buch im Regal und las es erneut. Hinterher war er kein bisschen klüger, weil er nichts von Teilchenphysik verstand.

Inzwischen war das Universum vier Stunden älter geworden, und es wurde Zeit, beim Kollwitz-Bäcker die Ausschüttung des Heiligen Geistes mit irdischen Reden zu feiern.

* * *

Hauptkommissar Schwitters hielt es für ratsam, trotz des gesetzlichen Feiertags in der Keithstraße nach dem Rechten zu sehen. Niemand sollte ihm mangelnden Diensteifer vorwerfen, auch wenn er in Wahrheit ins Büro fuhr, um dem Gefühl der Leere zu entgehen, das ihn nach zwei Tagen ungestörten Familienglücks abwechselnd in Apathie und Panik versetzte. Diesen Zustand hatte er nicht gekannt, als sie noch zu zweit gewesen waren und Neubürger in der Hauptstadt. Fünf Jahre hatten er und seine Frau jede freie Minute genossen, hatten Wochenendausflüge ins Berliner Umland unternommen, waren in Ausstellungen gegangen, ins Konzert, ab und zu ins Theater, oder den ganzen Sonntag im Bett geblieben. Die gemeinsamen Stunden wurden weniger, je mehr Anerkennung sie in ihren Berufen fanden, er als Aufsteiger im LKA, sie als Büroleiterin des Berliner CDU-Vorsitzenden. Seit der Geburt ihrer Tochter drehte sich die Schwitters-Welt nur noch ums Kind. Anfangs hielt er jeden Moment des stolzen Elternglücks mit der Kamera fest, vergaß vor Rührung schon mal, den Auslöser zu drücken, wenn Simone das Baby stillte.

Im Bett blieben sie sonntags nur noch, um mit der Kleinen zu spielen. Wenn er vorm Einschlafen Entspannung in den Armen seiner Frau suchte, schob sie ihn weg, weil sie das neueste Buch über nachhaltige Kindererziehung lesen wollte. Seine Mord- und Totschlaggeschichten wollte sie schon gar nicht hören, um ihr mütterliches Karma nicht mit negativen Schwingungen zu belasten. Er war abgemeldet und praktisch überflüssig, seit sie zu dritt waren, und er fing an zu zweifeln, ob die Frucht ihrer Liebe als Dünger im Garten der Lust taugte.

Am Vormittag hatten sie gestritten. Sie wollte zur Pfingstmesse, er schlug stattdessen vor, in den Bürgerpark Pankow zu gehen und die Steinböcke im Freigehege anzusehen. Beim Kaffee im Rosengarten fing Simone wieder damit an, dass Berenice in ihrer Entwicklung hinterherhinke, weil sie mit zehn Monaten noch nicht Mama und Papa sagen konnte. Kann sie ja nicht, wenn du sie nicht zu Wort kommen lässt, hätte er am liebsten geantwortet, sagte aber nichts. Die Frage, ob das Kind in den internationalen Kindergarten gehen solle, wo es mit drei Jahren spielend Englisch und Chinesisch lernte, beantwortete er nur mit einem Nicken. Simone sah sich in dem Verdacht bestärkt, dass er sich nicht genug für die Zukunftsplanung der Tochter interessiere, nur an seine Karriere denke. Weil er die Diskussion für kindisch hielt, war er aufgestanden und ins Büro gegangen.

Er genoss das Alleinsein. Hier hatte er das Sagen und traf Entscheidungen, zwar nicht, ohne die Meinung aller seiner Mitarbeiter einzuholen, aber ohne Endlosdiskussionen. Streitfragen löste er mit souveräner Entschlossenheit, private Probleme klärte er, wenn sie die Dienstausübung belasteten, unter vier Augen. Dass mancher seiner Mitarbeiter ihn für einen Ehrgeizling hielt, störte ihn weniger als die Gewissheit, dass sie alle nur darauf warteten, dass er einen Fehler macht.

Auf seinem Schreibtisch fand Schwitters den von Scholz unterschriebenen Bericht über einen Brand mit Todesfolge in der Stargarder Straße. Als sei der Selbstmord des einen nicht Pfingstüberraschung genug, hatte nun auch der zweite Mauerschütze das Zeitliche gesegnet. An einen Zufall glaubte der Hauptkommissar ebenso wenig wie daran, dass

Scholz den Fall lösen würde. Er wählte die Nummer der Gerichtsmedizin und bat um das Ergebnis der Obduktion des Toten aus der Autowerkstatt. Die Pathologin am Telefon meinte, es handle sich mit hoher Wahrscheinlichkeit um den Besitzer der Werkstatt. Ob ein Verbrechen vorliege oder ein Unfall, könne man erst sagen, wenn die Brandursache geklärt sei. Das konnte noch Tage dauern. Schwitters hasste diesen Teil seiner Arbeit, das ständige Warten auf Ergebnisse, deren Verifizierung er nicht beschleunigen konnte, weil sie undurchschaubaren, angeblich komplizierten Sachabläufen mit größtmöglichem bürokratischem Aufwand gehorchten. Manchmal beneidete er Privatdetektive, die sich über Arbeitszeitregelung, Einsatzplanung, Zuständigkeiten, Sicherheitsregeln hinwegsetzen konnten und dem schwerfälligen Beamtenapparat oft eine Nasenlänge voraus waren. Wohl deshalb nannten sich Kriminalbeamte in Amerika *detectives* und nur der Polizeichef hieß *commissioner*. Er konnte das nicht ändern, aber so viel Druck machen, dass die Igel gegen die Hasen keine Chance hatten. Drei von ihnen würde er zusätzlich auf den Fall ansetzen, ob es Scholz passte oder nicht.

Während er so vor sich hingrübelte, fiel sein Blick auf das Foto, das ihm Scholz zwei Tage zuvor gezeigt hatte. Schwitters nahm eine Lupe und sah sich die NVA-Visagen genauer an. Das Gesicht des Feldwebels erinnerte ihn an jemanden, den er kannte. Die Ähnlichkeit war nicht eben verblüffend, aber trotz der in die Stirn gezogenen Mütze glaubte Schwitters, ihn an den eng stehenden kalten Augen und dem leicht vorgeschobenen Kinn zu erkennen. Mit Hilfe der elektronischen Gesichtserkennung könnte man das über zwanzig Jahre alte Foto mit einem aktuellen vergleichen und Gewissheit schaffen. Aber auch das würde wieder Tage dauern, einen Haufen Papier verschwenden und die Beschaffung neuer Fotos nötig machen. Ein Foto seines Bekannten gab es jedoch auf einer amtlichen Seite im Internet. Schwitters sah es sich an, vergrößerte das Bild im Photoshop und druckte es aus. Nebeneinandergelegt war die Ähnlichkeit nicht zu übersehen. Aber noch kein Beweis. Dazu brauchte es ein Geständnis und einen Ermittler, der ein Meister im Verhören war. Einen wie ihn.

Schwitters griff zum Telefon und wählte die Nummer seines Bekannten.

* * *

Seit Monaten hatten sie kein Match zusammen gespielt, obwohl sie sich im Tennis-Club des Öfteren über den Weg liefen. Diesmal würde das Treffen für beide nicht angenehm werden, egal wie lange die Partie dauerte und wer als Sieger vom Platz ging, dachte Schwitters, während er sich umzog.

Er mochte den anderen seit der ersten Begegnung vor zwei Jahren. Er war kein gleichwertiger Gegner, nicht reaktionsschnell und schwach im Aufschlag, aber ein guter Verlierer. Die DDR merkte man ihm nicht an, weder an der Sprache, die nicht kaffeesächsisch oder berlinisch-großmäulig war, sondern geschliffen norddeutsch, noch an seinem Auftreten, das ein gediegenes Selbstbewusstsein und grenzenlosen Optimismus zur Schau trug, etwas, wovon die meisten Ostdeutschen keinen Schimmer hatten. Über sie sprach der Sozialdemokrat meist nur im negativen Komparativ, hielt sie für die ewig gestrige, politisch unreife, undankbare Konkursmasse der Wiedervereinigung. Das muss wegsterben, hatte er gesagt, als er sich einmal in Rage geredet und ein höheres Strafmaß für Verfassungsfeinde und Sozialschmarotzer gefordert hatte. Schwitters hatte ihm zugestimmt, obgleich er als Kind Hamburger Kaufleute eher zu Pragmatismus neigte als zu Populismus und wusste, dass die Menschen überall mehr oder weniger gleich schlecht waren. Damals hatte er sich über den preußischen Offizierston seines Spielpartners gewundert, jetzt wurde ihm klar, dass der politische Aufsteiger aus dem Osten ein Wendehals mit einer Leiche im Keller war. Selbst wenn er einen leicht zu schlagenden Tennisgegner verlor – bei der Aufklärung des spektakulären Falles Mauerpark konnte es keine privaten oder parteipolitischen Rücksichten geben. So dachte Schwitters jedenfalls, als er die Umkleidekabine verließ und mit seinem BLX-Schläger »Roger Federer« den Platz betrat.

Der andere spielte sich schon warm, übte seinen Aufschlag und war entschlossen, das Match zu gewinnen. Die Männer gaben sich am Netz wortlos die Hand, dann nahmen sie an der Schlaglinie Aufstellung, und Schwitters begann das Spiel.

Nach siebzig Minuten hatte sein Gegner in fünf Sätzen knapp gewonnen. Schwitters spielte unkonzentriert, dachte mehr darüber nach, was wohl im Kopf des anderen vor sich ging, als dessen Bälle vorherzusehen. Entscheidend für den Kommissar war das Spiel danach, das er auf jeden Fall gewinnen würde.

Nachdem sie geduscht und sich umgezogen hatten, wollten sie im Vereinslokal zusammen ein Bier trinken. Weil sie nicht die einzigen Gäste waren und zudem einem Parteifreund seines Partners in die Arme liefen, beschlossen sie, bei einem Italiener um die Ecke zu essen. Der perfekte Ort, dachte Schwitters, als sie das Lokal erreichten. Hinter den Häusern der anderen Straßenseite hatte früher die Berliner Mauer die Stadtteile Reinickendorf und Pankow getrennt.

Im Restaurant waren sie die einzigen Gäste und konnten in Ruhe reden. Der Verlierer des Matches orderte zwei Berliner Weiße.

»Hab keinen Hunger«, sagte Schwitters, nachdem er einen Blick in die Speisekarte geworfen hatte und die mit vergilbten Fotos von San Marino dekorierte Klappkarte beiseiteschob. »Mit vollem Mund lässt sich nicht gut reden.«

Er wartete, dass sein Gegenüber anfing, doch der schwieg eisern. Der Kellner brachte die Weiße und nahm beleidigt die Speisekarte mit. Sie hoben ihre Gläser. Schwitters' Hand zitterte, als sie sich zuprosteten. »Nach dem Tennis würde ich nur Fahrkarten schießen beim Pistolentraining«, sagte er.

»Geht mir auch so. Könnte nicht mal das Handy halten.« Vorsichtshalber schaltete es der Politiker aus. »Wie geht's der Familie?«

»Danke. Das Baby wächst und gedeiht.«

»Habt ihr einen Kindergartenplatz in Aussicht?«

Schwitters nickte unwillig. Er betrachtete das Glas mit dem Mix aus obergärigem Bier und grüner Limonade.

»Berliner Weiße ... hab ich ewig nicht getrunken«, sagte Ziesche ohne Begeisterung.

»Eigentlich heißt es Berliner Weiße mit Schuss ... So haben manche Leute früher auch die Berliner Mauer genannt. Ziemlich treffend, was?«

Ziesche nippte an seinem Glas, als wäre es ein Schierlingsbecher. Der grüne Schaum sah aus wie Gift und schmeckte genauso bitter.

»Ich will nicht um den heißen Brei herumreden ...«, begann Schwitters.

»Ich weiß. Sie wollen mir Fragen stellen, und ich soll sie wahrheitsgemäß beantworten. Wie bei einem Verhör.«

Die Stimme des Kommissars wurde förmlich. »Wenn ich Sie verhören wollte, müssten Sie in der Keithstraße erscheinen. Ich betrachte es als Gespräch unter Freunden. Aber falls Sie meine Fragen nicht beantworten wollen, schicke ich Ihnen gern eine Vorladung.«

»Also fragen Sie. Ist ja Ihr Beruf.«

Schwitters nahm eine bequeme Sitzhaltung ein, was nicht einfach war auf den kippligen Korbstühlen. »Sie haben sicher von dem Toten im Mauerpark erfahren.«

»Stand ja in allen Zeitungen«, sagte der Politiker.

»Obwohl wir noch nicht wissen, wer der Tote ist, steht fest, dass er erschossen und vergraben wurde. Und zwar mit hoher Wahrscheinlichkeit in der Nacht vom 9. zum 10. November 1989. Wenige Stunden, bevor die Mauer aufging.«

»Was macht Sie so sicher?«

»Die Tatsache, dass man den Flüchtling verscharrt hat. Normalerweise wurden die Opfer abtransportiert und in Baumschulenweg anonym beerdigt. Aber in dieser Nacht war wohl nichts normal an der innerdeutschen Grenze ...« Schwitters zog die Hand aus der Tasche und knallte das Foto aus Geschkes Nachlass wie eine Trumpfkarte auf den Tisch. »Oder irre ich mich, Feldwebel Ziesche?«

Der andere gab sich keine Mühe, das Bild in Augenschein zu nehmen. »Damals hieß ich Becher. Meine Frau bestand darauf, dass ich ihren Namen annehme ... Aber Becher-Ziesche klingt nicht gut, oder?«

Der Hauptkommissar zweifelte, ob das der Grund für den Namenswechsel gewesen war. »Mich interessiert, ob Sie in besagter Nacht an diesem Grenzabschnitt Dienst hatten ... als Postenführer der Soldaten Geschke und Knapp.«

Das Gesicht des Politikers zuckte. »Im Prinzip ja ... Es war das reinste Chaos. Ein Wunder, dass es nicht noch mehr Tote gab.«

»Sie meinen, der Junge hatte Pech, dass er in dieser Nacht fliehen wollte ... Oder war einfach dumm, weil er nicht etwas länger wartete?«

»Nennen Sie's, wie Sie wollen. An dem Abschnitt gab es seit 1961 zwei Fluchtversuche. Beide endeten tödlich. Er hätte wissen müssen, dass es glatter Selbstmord war.«

»Nachdem Hunderte DDR-Bürger von Ungarn aus über die österreichische Grenze spaziert waren, dachte er vermutlich, man würde auch in Berlin nicht mehr schießen«, warf Schwitters ein.

Ziesche schob seine Weiße von sich, winkte dem Kellner und bestellte zwei Peroni-Bier. Er sah Schwitters mit kalten Augen an.

»Das war leichtsinnig. Oder einfach dumm, wie Sie bereits sagten.«

»Und deshalb wurde der Tote verscharrt?«

»Ich habe keine Ahnung. Ich war nicht dabei.«

Schwitters kreuzte Zeige- und Mittelfinger der rechten Hand. »Denken Sie nach! Ein Postenführer schläft doch nicht im Dienst. Sie müssen die Schüsse wenigstens gehört haben.«

»Eben nicht«, beteuerte Ziesche. »Ich musste zur dringenden Lagebesprechung in die Kommandostelle am Grenzübergang Bornholmer Straße, wegen der Ereignisse am Brandenburger Tor ... Das muss so gegen einundzwanzig Uhr gewesen sein.«

»Das ist einen Kilometer weg vom Cantian-Stadion. Nahe genug, um die Schüsse zu hören ...«

Ziesche fasste sich an den Kopf. »Sie haben keine Ahnung, was auf der Bornholmer los war ... Hunderte Bürger grölten ›Wir wollen raus!‹, ›Keine Gewalt!‹ und was weiß ich. Können Sie sich vorstellen, was passiert wäre, hätte irgendjemand Schüsse gehört?«

Schwitters konnte es sich ausmalen. Da jeder wusste, dass es keine Panik gegeben hatte, als die Grenzübergänge geöffnet wurden, hatte sein Gegenüber ein Alibi mit Hunderten Zeugen.

»Aber bei Dienstschluss haben Sie von dem Fluchtversuch erfahren. Geschke hat mindestens vier Schüsse abgegeben, Knapp womöglich auch, aber wenn, dann hat er daneben geschossen. Konnten Sie das als ›keine besonderen Vorkommnisse‹ ins Dienstbuch eintragen?«

Dieser Erbsenzähler, dachte Ziesche, hatte die passende Antwort aber schon parat. »Geschke behauptete, die Schüsse hätten sich aus seiner MP gelöst, als er aus dem Kübelwagen sprang. So was kam vor. Zog einen Verweis nach sich, normalerweise.«

»In dieser Nacht war eben nichts normal«, sagte Schwitters. »Was war mit Knapps Waffe?«

»Er hatte ein volles Magazin und bestätigte Geschkes Missgeschick.«

Schwitters musste sich beherrschen. »Die beiden haben also einen Flüchtling erschossen und verscharrt und Ihnen nichts davon erzählt. Ich bitte Sie!«

»Ich war nicht ihr Beichtvater«, reagierte Ziesche gereizt. »Wir mochten uns nicht übermäßig … Weil ab Mitte November die Grenzanlagen abmontiert wurden, hat man uns in der Kaserne auf andere Kompanien aufgeteilt. Ich schied kurz darauf aus dem Militärdienst aus, ging in die Politik und wurde Sprecher der SPD am Runden Tisch. Den Rest kennen Sie ja.«

Der Kommissar leerte sein Glas. »Was mich interessiert«, sagte er, »warum haben Geschke und Knapp den Toten vergraben?«

Ziesche dachte nach. »Aus Angst. Sie fürchteten, nach Schwedt zu kommen in den berüchtigten Armeeknast.«

»Weil sie ihr sozialistisches Vaterland mit der Waffe verteidigt hatten?«

»Ihre Ironie hindert Sie am logischen Denken«, fiel ihm Ziesche ins Wort.

Schwitters fühlte sich getroffen. Er hatte lange über die Ereignisse an jenem Abend nachgedacht, war aber zu keiner befriedigenden Antwort gekommen. »Selbst wenn Geschke und Knapp erst nach ihrer Tat erfuhren, dass der Schießbefehl aufgehoben war, hätten sie sich damit verteidigen können, dass sie nicht von ihrem Postenführer informiert wurden.«

Jetzt war der Ball wieder bei Ziesche. Er nahm ihn auf und warf ihn geschickt zurück. »Das habe ich Knapp auch gefragt – warum er und Geschke keine Meldung gemacht haben.«

Schwitters glaubte sich verhört zu haben. »Sie haben was?«

»Mich mit Knapp getroffen. Er rief mich an, nachdem es in der Zeitung stand.«

»Und, was hat er gewollt?«

»Beistand. Ich sollte bezeugen, dass aus seinem Magazin keine Kugel fehlte, falls er vor Gericht käme.«

»Mehr nicht?«

»Knapp hat mir alles erzählt. Geschke und er waren damals kurz nach acht auf Streifengang und erreichten Punkt halb neun den vorgesehenen Meldepunkt, von dem aus telefoniert werden sollte. Doch die Leitung war tot. Während sie die Anschlüsse kontrollierten, sprang jemand von der ersten Mauer und lief auf die zweite zu. Vor Schreck ballerte Geschke los. Weil das Telefon defekt war, konnten sie nicht Meldung machen und erfuhren nichts von der Aufhebung des Schießbefehls, die etwa zur selben Zeit an alle Grenzbrigaden durchgegeben wurde ... Alles nur wegen der Deutschen Post mit ihrer verrotteten Fernmeldetechnik.«

Schwitters fand den Bericht erstaunlich bildhaft. Als wäre der Feldwebel dabei gewesen. Er beugte sich vor und spitzte den Mund. »Knapp ist tot. Verbrannt in seiner Werkstatt.«

Ziesche wirkte schockiert. »Wann?«

»Freitagabend. Darf ich fragen, wo Sie da waren?«

»Auf meiner Datsche in Rheinsberg, mit der ganzen Familie. Mein Jüngster hatte Geburtstag.«

Schwitters fürchtete, auch dieses Match zu verlieren. Aber so leicht wollte er nicht aufgeben. »Geschke ist auch tot. Hat sich erhängt.« Ziesche sah ihn ungläubig an. »Damit sind Sie aus dem Schneider. Keine Zeugen, keine Mittäterschaft.«

Ziesche begriff, dass er sich einen neuen Tennispartner suchen musste. »Sie glauben mir nicht. Das ist beschämend, aber verständlich. Ich schwöre, ich habe mit dem Tod des Jungen nichts zu tun. Ebenso wenig mit Geschkes und Knapps Ableben.«

»Die Presse wird das vermutlich anders sehen.«

»Habt ihr es etwa schon rausgegeben?«, fragte Ziesche entsetzt.

Schwitters wusste, mit der Pressekeule konnte er den Mann in die Enge treiben. Vielleicht sogar matt setzen. »Wir ermitteln noch. Wir gehen davon aus, dass der Brand die Spuren eines Verbrechens verwischen sollte.«

»Mord! Wer würde so etwas tun? Norbert Knapp war ... ein Wendeverlierer. So einer hat doch keine Feinde.«

Schwitters wischte sich den Bierschaum vom Mund. »Im Gegensatz zu Ihnen. Als Stadtrat für Öffentliche Ordnung sind Sie der Lokalpresse liebster Feind.«

»Tagespolitik ist nun mal nichts für Dünnhäutige«, sagte Ziesche knapp und sah Schwitters in die Augen. »Doch gegen Spekulationen in einem Mordfall kann auch der Abgebrühteste sich nicht zur Wehr setzen. Da bleibt immer was hängen, auch wenn man unschuldig ist.«

Schwitters wusste, in drei Monaten waren Kommunalwahlen und Ziesche kandidierte für das Amt des Bürgermeisters von Pankow. Der Hauptkommissar und seine Familie wohnten in diesem Stadtteil. Ein Kind braucht einen bezahlbaren Krippenplatz, eine gute Vorschulerziehung und die bestmögliche Schule. Dafür und für vieles mehr würde Ziesche sich stark machen.

»Lassen Sie mich nicht untergehen, Schwitters«, sagte der erregt. »Ich gebe alles zu Protokoll.«

»Hat Knapp gesagt, wer der Tote im Mauerpark war? Seine Papiere sind nicht gefunden worden.«

Ziesche sah den Kommissar abwesend an, dann schüttelte er den Kopf. Schwitters zog die Stirn in Falten. Ein Vater dreier Kinder, der keinen Gedanken an die Eltern des Erschossenen verschwendete, die ihren Sohn seit zwanzig Jahren vermissten?

»Mir fiel erst später ein, dass ich vergessen hatte, danach zu fragen. Darum habe ich Knapp noch mal angerufen, aber er war nicht zu erreichen. Als er zurückrief, war ich in einer Besprechung, aber meine Sekretärin hat den Namen notiert ... Irgendwas mit Berg.«

»Wir brauchen diese Information dringend, um den Fall abzuschließen.«

Ziesche spielte seinen letzten Trumpf aus. »Sie bekommen den Namen ... wenn Sie meinen dafür aus den Ermittlungen raushalten.«

Schwitters verlor die Geduld. Wenn er etwas nicht leiden konnte, dann, wenn man ihn unter Druck setzte. »Ich gebe Ihnen einen freundschaftlichen Rat ... Versuchen Sie nicht, mit einem Hamburger Kaufmannssohn zu handeln. Ich brauche diesen Namen, und wenn Sie sich weigern, buchte ich Sie wegen Unterschlagung von Beweismaterial ein.«

»Ich möchte Ihnen ja helfen«, versicherte Ziesche weinerlich. »Aber verstehen Sie, was für Konsequenzen es für mich hat, wenn die Presse ... Wollen Sie, dass Pankow wieder einen linken Bürgermeister bekommt?«

»Hier geht es nicht um Politik, sondern um ein Tötungsdelikt ... nein, um zwei«, sagte der Kommissar scharf. Er sah Ziesche nachdenklich an. »Warum haben Sie eigentlich als Offizier gedient?«

Der andere schaute auf, als hätte er die Frage erwartet.
»Ich wurde gezwungen ... Um studieren zu können.«
»Was, wenn ich fragen darf?«
»Kriminologie.«
Schwitters stutzte. »Und warum sind Sie in die Politik gegangen?«
»Was verdienen Sie im Monat?«
»Zu wenig für zu viel Arbeit und Verantwortung«, seufzte Schwitters.
»Sehen Sie ... Ich habe drei Kinder, die alle studieren wollen.«
»Liebe zum Beruf ist auch ein Mehrwert.«
Ziesche lachte. »Alle Achtung! Sie haben Marx gelesen.«
»Sie haben ihn nicht nur gelesen, sondern auch verstanden«, konterte Schwitters. Er hatte die Lust an dem Gespräch verloren.
»In der DDR gab es einen Witz: Der Westen hat von Karl Marx das Kapital geerbt, der Osten das Kommunistische Manifest.«
»Als Student habe ich nur Carl Schmitt und Karl Popper gelesen.«
»Dann wissen Sie, worauf es ankommt.« Ziesche lächelte. »Alles Leben ist Problemlösung, und die Staatsordnung steht über der privaten ... Wir beide sind nicht so wichtig. Trotzdem würde ich es bedauern, einen Tennispartner wie Sie zu verlieren.«
Schwitters schaute auf die Uhr. Zwei Stunden waren vergangen, und er war nicht sehr viel weiter gekommen. Im Gegenteil, er hatte ein neues Problem, das einen gefährlichen Konflikt barg – den zwischen beruflicher und privater Loyalität.

* * *

Er hatte sich in der Zeit vertan, erschien zu früh in der Praxis und ging wieder. Warteräume deprimierten ihn, darum schlenderte er lieber die Christburger Straße auf und ab, was kaum weniger erbaulich war. Oben an der Prenzlauer hatte es mal das *Übereck*, unten auf der Winsstraße das *Titanic* gegeben. Die preiswerten Seelenverkäufer waren durch explodierende Gewerbemieten und verschärfte Hygieneauflagen des Ordnungsamtes ebenso untergegangen wie das *Lampion* und die *Kommandantur* unweit des Kollwitzplatzes. Wer diese neuzeitlichen Plagen überstand, dem gaben endlose Tiefbauarbeiten den Rest. Seit Jahren buddelten Arbeiter, die so gut wie nie zu sehen waren, auf der Kreuzung Christburger-/Winstraße, um sie für Fußgänger sicherer zu machen. Auf den klapprigen Brettern, die über die Baugrube führten, wollte sich John nicht auch noch den Hals brechen. Also verzichtete er darauf, einen Kaffee beim Bäcker gegenüber zu trinken, bevor er sich auf Gesine Gramzows himmlische Folterbank legte.

Ihm war mulmig, als er halb ausgezogen auf sie wartete. Fast eine Woche war es her, dass sie aus *Clärchens Ballhaus* geradewegs in ihr Bett getanzt waren, und seitdem hatten sie kein Wort gewechselt. Fast hoffte er, sie würde nicht kommen, weil es alles komplizierte ... doch das Einfache ist die Einstiegsdroge zu tödlicher Routine, die Beziehung zu einer komplizierten Frau das Gegengift. In diesem Fall könnte es der Beginn einer wunderbaren Beziehung sein, oder die schöne Erinnerung seinerseits an ein peinliches Versehen ihrerseits.

»Wie geht's uns heute?«, fragte Gesine und schloss die Tür. Er lag auf dem Bauch und sah sie nicht an. »Zwei bis drei. Und Ihnen?«

»Es hat mich stärker mitgenommen, als ich gedacht hätte.«

John war nicht sicher, wovon sie sprach, entschied sich jedoch für das andere.

»Gewissheit ist schmerzlich. Endlose Hoffnung macht einen kaputt.« Gesine massierte ihm den Rücken. Sie verlor kein Wort über die Kratzspuren, die ihre Fingernägel auf seiner Haut hinterlassen hatten.

»Haben Sie schon mit der Polizei gesprochen?«

»Noch nicht. Ich war ein paar Tage verreist ... Ich dachte, Sie hätten das für mich getan.«

»Dazu müsste ich Ihren Auftrag haben«, sagte John. Sie berührte seinen Hinterkopf. »Wenigstens pro forma ... ah, ah ... aua!«

»Um Gottes willen! Was haben Sie da? Ein Hämatom?«

»Ein Geschenk meines Geschäftspartners. Er neigt zu Gewalt, wenn er lange keinen Sex hat.«

Gesine lachte. »Und Sie? Neigen Sie zu Gewalt?«

»Das sollten Sie so gut wie ich wissen ... Oder habe ich es nur geträumt?«

»Ich kann mich an nichts erinnern«, behauptete sie. Das klang nicht sehr glaubhaft, doch im Feilschen um alles, was Gefühle anging, war er eine Niete, gab schnell auf und zahlte den geforderten Preis.

»Dann schlage ich vor, wir tun so, als wäre nichts passiert.«

»Einverstanden«, sagte sie mit einer Sachlichkeit, die alles Private ausschloss.

Während John sich anzog und Gesine ihre Hände wusch, spürte er knisternde Spannung im Raum. Offenbar wollte sie ihm noch etwas sagen. Doch es war nicht das, was er erwartete.

»Mir ist eingefallen, Jan hatte eine Freundin im Westen. Sie haben sich Silvester '88 in Prag kennengelernt und sich seitdem regelmäßig geschrieben. Zwei Tage vorher haben sie sogar miteinander telefoniert ... Ich meine, zwei Tage bevor er ...«

John nickte. »Haben Sie das Gespräch mitgehört?«

»I wo! Ich weiß aber, dass sie Jans Flucht geplant hatten.«
»Das vermuten Sie«, unterbrach John.
»Nein. Ruth, so hieß das Mädchen, rief am 10. November an und fragte, was mit Jan sei. Am nächsten Tag stand sie vor unserer Tür, weil sie mir nicht glaubte, dass er verschwunden ist. Sie dachte, wir hätten ihn überredet, nicht nach drüben abzuhauen. Da die Grenze inzwischen offen war und er sich nicht bei ihr gemeldet hatte, war sie sicher, dass ihm etwas zugestoßen sein musste.«
»Was wurde aus Ruth?«
»Sie wollte studieren. Irgendwas mit Kunst. An der UdK, glaube ich.«
John überlegte. »Wie hieß sie mit Nachnamen?«
»Hübner. Ich habe ein altes Foto von ihr.«
Sie zog es aus ihrer Kitteltasche, und John erhaschte einen tiefen Einblick, weil sie diesmal unterm Kittel nichts trug als einen Slip.
»Hübsch«, sagte er, als er das Foto der Achtzehnjährigen betrachtete. Wegen dieser Frau wäre er auch über die Mauer geklettert. »Wie mag sie heute aussehen?«
Gesine öffnete die Tür. »Keine Ahnung. Wir haben uns seit damals nicht wiedergesehen.«
»Kann ich das Foto behalten?«
»Ihre Briefe habe ich auch aufgehoben.«
»Will ich nicht lesen«, wehrte er ab. »Die meiner Frau habe ich alle verbrannt.«
»Vergessen ist so viel schwerer als erinnern.« Sie schob ihn unsanft aus dem Behandlungszimmer und flüsterte ihm etwas ins Ohr. John verstand nur so viel wie: »Nächstes Mal kein Wort mehr von früher.«
»Einverstanden. Aber wie hieß es in der DDR? Vorwärts und nicht vergessen.«
»Was hat es der DDR genützt?« sagte Gesine, lächelte und verschwand.

Er ging ins Wartezimmer, um sich von der Sprechstundenhilfe einen neuen Termin geben zu lassen.

»Mensch, Klein!«, rief da jemand in seinem Rücken. John drehte sich um und sah Bernd-Ulrich Scholz im Warteraum sitzen.

»Bubi, was machst du denn hier? Rückenprobleme?«

»Das auch.«

John begriff schlagartig. Weil das Wartezimmer voller Patienten war, bat er Scholz, kurz mit nach draußen zu kommen. Der Kommissar folgte ihm widerwillig. »Was willste mir denn sagen? Hab wenig Zeit.«

John zündete sich eine Zigarette an. »Sie weiß es schon.«

»Was weiß sie schon?«, wiederholte Scholz ungläubig.

»Dass der Tote im Mauerpark ihr Sohn ist.«

»Kann nicht sein. Wir wissen es ja erst seit ... gestern.«

John blies Rauchringe in die Luft. »Ihr seid eben immer etwas hinterher. Ich weiß es längst.«

Scholz konnte es nicht fassen. »Und du hast uns nicht informiert!?«

»Die Staatsanwaltschaft hat mir untersagt, in dem Fall zu ermitteln«, erklärte John.

»Richtig so. Ist nämlich mein Fall.«

»Trotzdem solltest du Gesine jetzt nicht belästigen.«

»Gesine! Hat sie dich engagiert?«

»Das nicht, aber wir sind befreundet. Wenn du verstehst, was ich meine.«

Der Kommissar starrte den ehemaligen Kollegen ungläubig an. Was konnte eine Frau nur an dem unrasierten Säufer, der mindestens zwanzig Kilo zu viel auf die Waage brachte, finden? »Wie hast du den Namen rausgekriegt?«

»War eigentlich einfach. Habe alle Ostberliner Vermissten seit dem 10. November '89 überpüft ... Sind nur drei. Eins und zwei waren Luschen, aber Jan Felsberg war ein Treffer.«

Scholz fühlte sich wie ein dummer Junge. »Und wie bist du an die Vermisstendatei gekommen?«

»Wondra hat's mir erlaubt. Hat er dir das nicht gesagt?«

»D-doch, ja«, log der Kommissar.

»Was ist mit Knapp? War es ein Unfall oder Selbstmord wie bei Geschke?«

Jetzt fühlte sich Scholz wieder Herr der Lage. »Über laufende Ermittlungen kann ich nichts sagen ...«

»Also Mord«, unterbrach ihn John. »Hab ich mir schon gedacht. Der war nicht der Typ, sich umzubringen.«

»Wie? Kanntest du den auch?«

»War mein Kfz-Mechniker, als ich noch ein Auto hatte.«

Der Kommissar war bedient. Noch mehr Überraschungen an diesem Morgen konnte er nicht gebrauchen. Ohne Klein die Hand zu geben, ging er zu seinem Auto, wartete, bis der Detektiv außer Sichtweite war, und drückte die Klingel der Praxis. Von seinem Ex-Kollegen wollte er sich nicht die Butter vom Brot nehmen lassen. Selbst wenn die Mutter von Jan Felsberg tatsächlich Bescheid wusste – es war immer noch sein Job, ihr die traurige Nachricht zu überbringen.

13

Gunnar Ziesche studierte wie jeden Morgen in seinem Büro die Tagespresse.

»Steht nichts über Sie in der Zeitung heute«, rief die neue Sekretärin durch die offene Tür. Die Urlaubsvertretung für Frau Engel war seit einer Woche im Dienst.

Ziesche fiel ein Stein vom Herzen. »Nicht mal die Linken pissen mir ans Bein? Die leiden auch schon an Harnverstopfung.«

Die Sekretärin lächelte. Auf dem ungeschminkten Gesicht der Vierzigjährigen hatte das Leben zwar Spuren hinterlassen, doch die trug sie mit Würde wie Schmisse einer schlagenden Verbindung. »Der Tote aus dem Mauerpark wurde identifiziert.«

»Ach, wirklich?« Ziesche schlug den Berlinteil der *Morgenpost* auf und suchte den Artikel.

»Ein DDR-Flüchtling, den man erschossen und vergraben hat.«

Ziesche überflog hastig den Text. »Der Name steht hier aber nicht.«

Als er aufschaute, lächelte sie nicht mehr. Im Sekretariat klingelte das Telefon. »Jan Felsberg«, sagte sie und ging hinaus.

Ziesche fand den Namen des Toten in allen Zeitungen. Und die der beiden mutmaßlichen Mauerschützen, die nicht mehr belangt werden konnten. Er wischte sich die Schweißperlen von der Stirn. Also hatte er Schwitters überzeugen können, dass er am Tod von Knapp unschuldig war. Vielleicht wollte der Kommissar ihn auch nur als Tennispartner behalten? Es spielte keine Rolle. Hauptsache, das

Thema war durch. Bei der Vielzahl der Tötungsdelikte in Berlin seit Mauerfall eine berechtigte Hoffnung. Sorgen machte ihm jedoch, dass Norbert Knapp möglicherweise einen Komplizen hatte, der versuchen könnte, die Erpressung allein durchzuziehen. Er schlug die Postmappe auf und schob den Zeigefinger in die Rubrik »Eingaben und Beschwerden«. Außer den üblichen bösartigen Schreiben, die seine Verantwortung für Ordnung und Sicherheit im Stadtbezirk betrafen, fand er nichts, was ihn privat kompromittieren könnte.

»Ihre Frau hat angerufen, Ihr Ältester hat Ärger in der Schule«, sagte die Sekretärin, als Ziesche seinen Mantel aus dem Schrank nahm.

»Was hat er angestellt?«

»Das wollte sie nicht sagen. Klang aber einigermaßen aufgelöst.«

»Das ist sie immer, wenn's um die Schule geht ... Ich rufe sie von unterwegs an.« Er verhedderte sich im Mantel und nahm ihn kurzerhand unter den Arm. Der Sekretärin entging nicht, dass ihr Chef etwas durcheinander war. »Ich verlasse Sie bald wieder.«

»Sehr bedauerlich. Sie sind eine ... Wie soll ich sagen ...«

»Unersetzliche Urlaubsvertretung.«

»Genau. Ich wünschte, Frau Engel hätte ihre Kreuzfahrt auf der *Andrea Doria* gebucht.«

Die Sekretärin verdrehte die Augen. »Herr Ziesche! So was denkt man nicht mal.«

»Behalten Sie's für sich. Außerdem hätte sie das Unglück garantiert überlebt.«

»Wie können Sie sich da so sicher sein?«

Ziesche stöhnte. »Weil mir der Teufel diese Frau für alle meine Sünden geschickt hat.«

Die Sekretärin lächelte, doch ihr Lächeln war weder freundlich noch devot. Gewohnt, Frauen nur als Mitarbeiter zu betrachten, entging dem Amtsleiter, dass der Teufel Prada trug und nicht Engel hieß.

* * *

»Ich entziehe Ihnen den Fall Mauerpark mit sofortiger Wirkung«, sagte Schwitters.

Scholz fiel aus allen Wolken. »Aber wieso? Ich stehe unmittelbar vor Abschluss der Ermittlungen.«

Schwitters hatte nicht die geringste Lust auf lange Diskussionen. Nur aus Mitleid mit dem alten Trottel erklärte er Scholz die Entscheidung. »Die Sache wurde oben entschieden. Nehmen Sie's nicht persönlich. Bummeln Sie Überstunden ab und genießen Sie den Frühling in Ihrem Kleingarten.«

»Bin Pollenallergiker«, antwortete Scholz trotzig.

»Dann fahren Sie mit Ihrer Frau ans Meer oder in die Berge. Wann haben Sie das letzte Mal Urlaub gemacht?«

»Das habe ich John Klein zu verdanken, oder? Der Kerl will mir eine reinwürgen.«

Klein? Schwitters erinnerte sich des Namens aus dem Gespräch mit Wondra, dem Leiter der Vermisstenabteilung. »Was hat dieser Klein damit zu tun?«

»Er kannte angeblich die Identität des Mauertoten seit Langem. Und war Kunde bei Norbert Knapp.«

Schwitters zerbrach seinen Mont-Blanc-Bleistift. »Dann treten wir diesem Klein mal auf die Füße, wenn er Beweismittel zurückgehalten hat.«

Scholz fasste wieder Mut. »Ich bin dabei, Chef.«

»Wobei?«

»Na, Little John fertigzumachen.«

Schwitters hasste Zutraulichkeiten. Noch mehr hasste er den Berliner Humor, der Verballhornungen von Namen liebt. Der Hauptkommissar griff zum Telefon und wählte eine Nummer. »Die Sache ist eine Nummer zu groß für Sie, Scholz … Schwitters am Apparat. Ich bin in fünf Minuten bei Ihnen … Ich will die komplette Ermittlungsakte Mauerpark auf meinem Tisch haben, wenn ich zurück bin.«

Scholz nickte. Sein Kopf sank auf die Brust, als der Chef das Zimmer verließ. Dabei fiel sein Blick auf den Abreißkalender auf dem Schreibtisch. Heute war Freitag, der 13.

* * *

Es dauerte einen ganzen Bürotag mit etlichen Telefonaten, bis der Detektiv eine Handvoll greifbarer Fakten über Jan Felsbergs Westfreundin herausgefunden hatte. Ruth Hübner hatte ab 1990 an der UdK studiert und ihr Diplom im Fach künstlerische Fotografie mit einer Arbeit über die Berliner Mauer abgelegt. Nach dem Studium wurde sie Assistentin eines bekannten Werbefotografen, heiratete ihn und hieß fortan Ruth Pleska. Die Ehe ging in die Brüche und blieb kinderlos. Ruth nahm eine Stelle als Reprofotografin an und blieb, bis das Labor 2005 Konkurs ging. Da sie in kein anderes Profilabor der Stadt wechselte, verlor sich hier ihre Spur. John betrachte das Foto der Neunzehnjährigen und erinnerte sich, dass seine Braut Lea für die Hochzeit ein Bibelzitat aus dem Buch der Richter als Trauspruch ausgewählt hatte. Er musste in seinem Bücherschrank nachschauen, fand das Zitat nicht in der Luther-Bibel, aber im Verstext des hebräischen Buches Rut: *Dränge mich nicht, dich zu verlassen und umzukehren. Wohin du gehst, dahin gehe auch ich, und wo du bleibst, da bleibe auch ich. Wo du stirbst, da sterbe auch ich, da will ich begraben sein. Der Herr soll mir dies und das antun – nur der Tod wird mich von dir scheiden.*

Obwohl es eine Marotte von ihm war, die Bedeutung von Namen nach der Devise *nomen est omen* wörtlich zu nehmen, half ihm das nicht weiter. Jan Felsberg dürfte wohl kaum über Mädchennamen nachgedacht haben, als er in Prag Ruth kennenlernte und sich in sie verknallte. Aber er hatte sein Leben für sie aufs Spiel gesetzt. Falls der Junge aus dem Osten für die Schöne aus dem Westen die erste wahre Liebe gewesen war, musste sein spurloses Verschwinden eine tiefe Wunde geschlagen haben. John kannte eine geheime Studie von DDR-Soziologen aus den frühen Achtzigerjahren, die besagte, dass westdeutsche Jugendliche früher Sex hatten als ostdeutsche und sich länger daran freuten, während die freie deutsche Jugend Honeckers im Durchschnitt später damit anfing, aber eher die Lust verlor, weil sie bereits mit zwanzig heiratete, Kinder bekam und mit aller Kraft den Sozialismus aufbauen musste. Diesem trostlosen Dasein hatte Jan Felsberg um jeden Preis entgehen und mit Ruth aus Westdeutschland ein nicht vorherbestimmtes Leben führen wollen.

Wenn Ruth noch in Berlin lebte und Zeitung las, wusste sie jetzt, dass Jan seit 1989 tot war. Wenn sie so ausgeschlafen war, wie sie auf dem Foto aussah, musste sie es seit Langem geahnt haben. Den Tod eines Menschen zu betrauern, der kein Grab hat, war ebenso schrecklich wie die quälende Hoffnung, er könne noch leben. Unzählige Male hatte John als Ermittler der Vermisstenabteilung erlebt, wie Angehörige von Verschwundenen von der Ungewissheit ausgehöhlt wurden.

Seltsam, dachte er, je länger man das Foto eines fremden Menschen anschaut, desto vertrauter erscheint er dem Betrachter. Ruth Hübners strenger Gesichtsausdruck passte nicht zu ihrer strahlenden Schönheit, der schmale Mund und die markante Nase hatten etwas Entschlossenes. Mit langem dunklem Haar und Augen wie geröstete Kastanien sah sie nicht aus wie ein sanftes Mannequin, eher wie eine rachsüchtige Kriemhild.

John unterbrach seinen Gedankenfluss, fischte das Wort Rache heraus und schrieb es auf ein leeres Blatt seines Notizbuches. Rache – ein Wort älter als die Bibel und eines der häufigsten im Alten Testament. Jeder kannte den Satz »Auge um Auge, Zahn um Zahn«. Nach Gier und Eifersucht war Rache das dritthäufigste Motiv für ein Verbrechen. Rache hat einen langen Atem, wenn die Zeit die Wunden nicht heilt. Aus Opfern können Täter werden und bleiben doch Opfer einer Tat, die nicht gesühnt werden kann.

War Ruth ein Michael Kohlhaas der deutschen Teilung? John hatte nicht den geringsten Anhaltspunkt dafür, nur das Foto einer jungen Frau, die Fotografin, geworden und vor Jahren aus dem kreativen Gruppenbild der Stadt verschwunden war. Wie sollte er ihre Spur finden ohne Zugang zu POLAS, dem Großen Bruder des Erkennungsdienstes? Alle Einwohnermeldeämter Berlins abzugrasen und zu erfahren, ob Ruth wieder Hübner hieß oder ob sie sie erneut geheiratet hatte, würde Wochen dauern.

Wie immer, wenn John nicht weiterwusste, ging er erst einmal mit seinem Hund spazieren. Am Märchenbrunnen im Volkspark Friedrichshain sprach ihn die Besitzerin eines Rhodesian Ridgeback an. John bewunderte die Rasse wegen ihrer furchteinflößenden Größe, Kraft und Schnelligkeit. Weil sie von britischen Kolonisten zur Löwenjagd und zum Aufspüren entlaufener Sklaven gezüchtet worden war, galt der Ridgeback dem Berliner Ordnungsamt als gefährliche Rasse. Auf der Liste angezeigter Beißattacken stand er weit unter dem Schäferhund, besaß aber keine Lobby wie der Deutschen liebster Leibwächter. Seneca versuchte verzweifelt, die hochbeinige Hündin zu besteigen. Sie ließ ihn gewähren, doch John war es peinlich vor der jungen Frau.

»Isser kastriert?«, fragte sie besorgt.

»Nö. Aber der tut nur so, als wenn er was davon versteht«, sagte John.

Die Frau lachte. »Hunde sin' die bessere Mensche«, sagte sie. »Nur schad, dass se ned spreche könne, gell.«

»Bloß nicht! Möchten Sie den ganzen Tag über Gerüche, Futter oder Flöhe reden?«

Die Frau schüttelte ihre Louise-Brooks-Frisur. »Apropos Fudder. 'S wurde hier im Park vergifdede Bulette g'funne. Vier Hunde solle schon tot sein.«

»Ich weiß nur von zweien«, sagte John. »Trotzdem danke für die Warnung.«

»Isch glaab, isch würd dem Schwein die Eier abschneide tun …«

John war des Themas überdrüssig. »Vergessen Sie's. Wir können nichts tun, nur uns gegenseitig informieren und wachsam sein. Alles andere ist Sache der Polizei.«

»Dass isch ned lach! Isch abbeit für die Bulle. Für die sinn Hunde Gescheständ wie Handtasche oder Handys. Hunde töte läuft bei dene unner Sachbeschädischung un fällt unner Haftpflichtschutz.«

»Stimmt. Aber auch Kinder sind gefährdet, und deshalb müssen sie in diesem Fall ermitteln.«

»Tun sie aber net. Jedenfalls net, wo ich Urlaubsvertretung mach.«

Johns Neugier war geweckt. »Als was, wenn ich fragen darf?«

»Sekredärin. Isch bin inner Agentur für Bürokräfte beschäfdischd. Wo immer Not an de Fraa is, schpring isch ei.«

»Wusste nicht, dass es so was gibt.«

Die Frau reichte ihm eine Visitenkarte. »Falls Se ma ne Sekredärin benödische. Mir sin eschd billisch.«

»Ich kann mir auch keine billige Sekretärin leisten. Trotzdem vielen Dank!«, sagte John und trottete mit seinem Hund weiter.

* * *

Hauptkommissar Schwitters hielt sich ein Taschentuch vors Gesicht, als er den Sektionssaal der Gerichtsmedizin betrat. Er blieb an der Tür stehen und spürte, wie sein Magen rumorte, als er sah, dass Lorenz Straub mit beiden Händen in eine geöffnete Leiche fasste. Der Pathologe trennte mit dem Skalpell die venösen und arteriellen Gefäße vom Herzmuskel und legte das Organ in eine Schale. Es hatte die Form eines unförmigen Kegels.

Straub hielt die Schale hoch und sagte: »Was sehen Sie, Herr Hauptkommissar?«

»Ein menschliches Herz«, hüstelte Schwitters in das Taschentuch und steckte es weg, um nicht als Schwächling dazustehen.

»Und was ist das Besondere daran?«

»Es schlägt nicht mehr ... Keine Ahnung.«

»Da heißt es nun, der Berliner hat das Herz am rechten Fleck. Bei neunundneunzig Prozent aller Menschen schlägt das Herz links. Nicht bei diesem Mann.«

Schwitters holte tief Luft, um den ansteigenden Brechreiz zu unterdrücken. »Sie meinen, sein Herz saß rechts?«

Straub nickte. »Schauen Sie. Apex cordis, die Herzspitze, zeigt nach links, Lungenarterie und obere Hohlvene sind vertauscht. Das Organ ist seitenverkehrt. Ein Wunder der Symmetrie.«

»Tschuldigung, ich muss zur Toilette«, röchelte Schwitters.

»Nicht links! Rechts und dann geradeaus.«

Als der Hauptkommissar zurückkehrte, saß der Pathologe im Büro, betrachtete die forensischen Fotos vom Fundort einer Wasserleiche und aß mit Genuss ein Lachsbrötchen. Schwitters fühlte sich besser, konnte aber nicht hinsehen.

»Sie haben nicht mortale Anatomie studiert«, mutmaßte Straub.

«Ist nicht mein Lieblingsfach. Was hat die DNA-Analyse ergeben?«

»Also, Geschke hatte Körperkontakt mit der Kleidung des Fluchtopfers. Das ergab der DNA-Abgleich zweifelsfrei. Bei Knapp sind wir nicht fündig geworden, weder mit seiner noch mit der Täter-DNA. Der Nachweis bei Brandleichen ist zwar generell möglich, aber schwierig. Die Frage ist, ob sich der Aufwand lohnt. Die Kosten wären auf jeden Fall erheblich.«

Schwitters stimmte dem Pathologen insofern zu, als die Mauerschützen nicht mehr vor Gericht gestellt werden konnten. Ungeklärt blieb aber, wer Knapp ermordet hatte.

»Was ist mit dem Offizier, der die Befehlsgewalt hatte?«, bemerkte Straub. »Die beiden Soldaten haben den Flüchtling doch nicht aus eigenem Antrieb vergraben.«

Dem Kommissar war die Frage unangenehm. »Wir können ihm keine Mitschuld nachweisen. Für den Todeszeitpunkt des Kfz-Fritzen hat er ein wasserdichtes Alibi.«

»Wasser ist nicht so dick wie Öl oder Blut«, sagte Straub mit vollem Mund.

Schwitters Mobiltelefon klingelte. Er drückte den Anruf weg und schaltete das Gerät aus. »Der Mann droht mit Unterlassungsklage. Ohne gerichtsrelevante Gegenbeweise können wir da nichts machen.«

»Muss ja ein hohes Tier sein.«

»Mittelhoch. Aber hoch genug, um alles zu tun, um eine Vorverurteilung um jeden Preis zu vermeiden.«

»Um welchen Preis?«, fragte Straub amüsiert.

Schwitters lachte. »Ich bitte Sie! Was hätte ich davon ... Ein größeres Auto? Bei den Benzinpreisen?«

»Die hohe Kunst der Korruption kennt viele Spielarten.«

»Chef in der Keithstraße wird man nicht durch kleine Gefälligkeiten. Man muss nicht nur Führungsqualitäten mitbringen, sondern absolut unbestechlich sein.«

»Geht mich auch nichts an«, sagte Straub. »Ich kann nur versichern, dass Knapp nicht durch Feuer starb. In seinen Lungen befindet sich kein Kohlendioxid.«

»Und die Todesursache?«

Straub demonstrierte es am lebenden Beispiel, indem er den Daumen an seinen Hals hielt. »Hirntod mangels Blutzufuhr. Die einfachste Methode ist Abdrücken der Halsschlagader im Zustand der Ohnmacht. Man haut dem Opfer eins übern Schädel und sorgt dafür, dass er nie wieder aufwacht ... Vielleicht war der Täter Humanist und wollte dem Opfer ein schmerzvolles Ende ersparen.«

Schwitters hörte aufmerksam zu. »Durch das Feuer gibt es keinen Fingerabdruck, keine Faser- oder Fußspuren. Damit ist unser einziger Verdächtiger eine Niete.«

Straub gab sich nicht geschlagen. »Finden Sie? Das macht ihn doch nur noch verdächtiger ... Auftragskiller sind nicht teuer.«

Schwitters mochte es nicht, wenn Laien ihm Ratschläge erteilten. Doch weil der Pathologe schon mehr Leichen gesehen hatte als er, nahm er es hin und erklärte ihm, dass zunächst im gesamten Umfeld des Toten ermittelt wurde. »Außerdem prüfen wir, ob Knapp eine Lebensversicherung hatte, Schulden, einen unkündbaren Mietvertrag, für den er eine hohe Ablösesumme vom Vermieter forderte. Die Autowerkstatt soll nämlich abgerissen werden.«

»Jedenfalls kann die Leiche zur Bestattung freigegeben werden«, sagte der Pathologe und erhob sich vom Stuhl. »Ich muss weitermachen. Das Herz, das ich Ihnen gezeigt habe, soll präpariert werden für die Sammlung der Charité.«

»Woran starb der Mann?«, fragte Schwitters.

»An Herzinfarkt. Ist beim Berlin-Marathon zusammengebrochen. Die Sanitäter vom DRK haben den Defibrillator links am Brustkorb aufgesetzt. Aber da war kein Herz.«

Als sie sich zum Abschied die Hand gaben, erinnerte sich der Holländer an einen Satz, den er gelesen hatte. »Sport ist eine feine Sache. Wenn man's überlebt.«

»Wie recht Sie haben«, sagte Schwitters und lächelte matt.

14

An diesem Freitag war er schon nach dem Frühstück kaputt. Sonst fühlte er sich erst am Nachmittag müde und abends völlig leer im Kopf. Schuld war ein kräftiges Tiefdruckgebiet, das mit gelb-grauen Haufenwolken über der Stadt lag und nicht wegzog. Das Tief hieß Gesine. Um nicht den ganzen Tag an die Wechselhaftigkeit dieser Dame zu denken, hatte er den Massagetermin am Vormittag abgesagt und sich für zwölf im Mauermuseum am Checkpoint Charlie angemeldet. Vorher schaute er in seinen Computer nach aktuellen E-Mails. Neben Angeboten für Hundefutter, Viagra, Schlankheitspillen und Spionagetechnik für Privatdetektive fand er eine Nachricht von Lorenz Straub.

Der Pathologe bedankte sich für die Identifizierung des Mauertoten und ließ ihn wissen, dass das der Kripo inzwischen auch gelungen war. Im Mordfall Norbert Knapp tappten die Kollegen angeblich noch im Dunkeln, obwohl es einen Hauptverdächtigen gab, den NVA-Offizier, der mit Geschke und Knapp am 9. November '89 Streife gegangen war. Schwitters wollte seinen Namen nicht nennen, weil er ein mittelhohes Tier sei, vermutlich Politiker. Straub hegte den Verdacht, dass die Beteiligung des Mannes am Tod von Jan Felsberg vertuscht werden sollte. Er überließ es Klein, die Sache zu Ende zu bringen. Drei Menschen seien gestorben und jemand müsse dafür die Verantwortung tragen, damit diese Toten nicht bis zum Jüngsten Tag in seinem Leichenschauhaus herumgeisterten. Es waren schon zu viele, die ihm vorwurfsvoll bei der Arbeit zuschauten, weil die Verbrechen an ihnen nicht gesühnt wurden.

John dankte Straub für die Information und den tiefen Einblick in den Alltag eines Gerichtsmediziners. Als Postskriptum merkte er an: »Sie wären ein guter Detektiv geworden, wenn Sie sich nicht auf Störung der Totenruhe verlegt hätten.«

* * *

Als er am Senefelder Platz auf die U-Bahn wartete, wurde unregelmäßiger Zugverkehr angezeigt wegen eines Feuerwehreinsatzes. Hinter der prosaischen Umschreibung vermutete John, dass wieder jemand vor die U-Bahn gesprungen oder gestoßen worden war. Er benutzte öffentliche Verkehrsmittel nur ungern, wegen des Maulkorbzwanges für Hunde, ständiger Fahrpreiserhöhungen und weil jedes Mal, wenn er mitfuhr, etwas Unvorhergesehenes passierte. Noch mehr hasste er es, zu spät zu kommen. Darum hielt er das erstbeste Taxi an und ließ sich für schmerzhafte fünfzehn Euro zur Kochstraße chauffieren. Als sie an einer Ampel am Alex hielten und bei Grün nicht weiter konnten, weil vor ihnen das Auto mit Schweizer Kennzeichen nicht vom Fleck kam, rief der Taxifahrer: »Na los, Tell! Der Appel ist grün.« John fand, dass der original Berliner DADA-Humor die fünfzehn Euro wert war.

Die zwölf Euro fünfzig Eintritt fürs Mauermuseum wollte er jedoch nicht berappen, obwohl er die Dokumentation der deutschen Teilung noch nie besichtigt hatte. Aus dem kleinsten Museum Berlins war inzwischen eine Ladenstraße mit Café und zwei Museumsshops geworden, wo es von Mauer-Nippes bis Checkpoint-Charlie-Unterwäsche *made in China* allen möglichen Plunder zu kaufen gab. Er zog diese Abteilung den anderen vor, weil hier der Eintritt kostenlos war. Außerdem fand er manche Exponate origineller und zweckmäßiger als die Reden der Politiker zum

13. August. Obwohl er rein gar nichts gekauft hatte, schaute ein uniformierter Türsteher aufmerksam auf den Mann, der die Lichtschranke passierte, um zu sehen, was sich unter seinem Trenchcoat verbarg. John war es peinlich, dass sein Bauch so weit vorstand, als hätte er den halben Laden geklaut. Wenigstens beim Drängeln durch die Warteschlange vorm Museum kam ihm der Airbag unterm Hemd zustatten. Eine schwedische Schulklasse drückte sich rechts und links von ihm gegen die Hauswand, und er meinte etwas wie »Köttbullar on legs« gehört zu haben. John sprach die Frau hinterm Counter an.

»Mein Name ist John Klein. Ich habe einen Termin im Archiv.«

Die Studentin schaute auf einen Schmierzettel. »Tut mir sehr leid. Ich soll Ihnen ausrichten, dass die gewünschten Dokumente derzeit nicht verfügbar sind.«

»Warum hat man mir das nicht am Telefon gesagt?«

Eine neue Besuchergruppe, diesmal aus Austin/Texas, drängte sich an den Schalter. John zog es vor, vor dem Museum eine Zigarette zu rauchen. Als die Texaner ihren Gang durch das Gruselkabinett begonnen hatten, kehrte er zurück, um nach dem Grund für den geplatzten Termin zu fragen.

Die Frau druckste herum, doch John ließ sich nicht abwimmeln. Er zeigte seinen alten Kripoausweis, den er für solche Fälle aufbewahrte.

»Moment«, sagte die Frau und wählte die Nummer des Archivs. Inzwischen sah er sich die großformatigen Fotos der Berliner Mauer im Eingangsbereich an, kam aber nicht weit, weil die Frau ihn zu sich winkte.

»Die Dokumente sind von Ihrer Behörde beschlagnahmt worden. Wussten Sie das nicht?«

»Ist wieder typisch Keithstraße«, schimpfte der Detektiv. »Entschuldigen Sie die Aufdringlichkeit.«

»Keine Ursache. Möchten Sie unsere Ausstellung sehen? Für Beamte ist der Eintritt frei.«

»Danke. Vielleicht ein andermal. Aber ich hätte gern diese Postkarte.« John nahm eine Aufnahme der Berliner Mauer an der Bernauer Straße Ecke Oderberger aus dem Ständer.

»Ein Euro, bitte.«

Als er auf die Friedrichstraße trat, regnete es. Doch das war nicht so schlimm wie der Anblick des Checkpoint Charlie. Vor dem Nachbau des Kontrollhäuschens auf der Straßenmitte, das wie ein Gartenhaus von IKEA aussah, posierte ein arbeitsloser Schauspieler in GI-Uniform; ein paar Schritte weiter stempelte ein anderer für fünf Euro alliierte Visavermerke in die Pässe der Touristen; im *Café Adler*, das jetzt *Einstein* hieß, aßen die Gäste »Mauertörtchen«, während räudige Friedenstauben auf das Porträt des Sowjetsoldaten kackten. Der einst Tag und Nacht mit Scheinwerfern angestrahlte Nabel des geteilten Europa, Lieblingsmotiv zahlloser Agentenfilme, war jetzt ein für Touristen unverzichtbarer, für die Berliner deprimierender Ort missglückter deutscher Vergangenheitsbewältigung.

John fuhr mit dem Bus zum Moritzplatz, nahm die U 8 zum Alex und stieg in die Tram. Fast zwanzig Euro hatte ihn der Ausflug in die Friedrichstadt gekostet und nichts eingebracht als eine Postkarte der Berliner Mauer. Er steckte sie an den Spiegel im Flur. Sie fiel herunter. Als er sie aufhob, las er auf der Rückseite: Mauermuseum, Reproduktion Ruth Ferber.

* * *

Diesmal genügte ein Anruf bei der Geschäftsführung des Mauermuseums. Aus den Kaderakten ging hervor, dass Ruth Ferber, geborene Hübner, von 2008 an erst als Reprofotografin, dann als Chefsekretärin im Museum angestellt war, bis sie vor Kurzem überraschend gekündigt hatte. Obwohl die Geschäftsführerin sie regelrecht auf Knien gebeten habe, zu bleiben, ihr sogar ein höheres Gehalt in Aussicht stellte, hatte Ruth Ferber nicht mit sich reden lassen. John wollte wissen, wohin sie gewechselt war. Die Geschäftsführerin hatte keine Ahnung, weil die Ferber darüber keine Auskunft gegeben hatte. Immerhin erfuhr John, dass die schöne Ruth mit einem Berliner Galeristen verheiratet war und in der Linienstraße wohnte.

Ein weiterer Anruf in der Galerie Ferber ergab, dass auch die zweite Ehe nicht lange währte. Max Ferber war nicht gut zu sprechen auf seine Ex-Frau, weil die Scheidung ihn viel Geld gekostet hatte. Nach dem Verbleib der Geschiedenen fragte John den Galeristen erst gar nicht, um sich die Details des Rosenkrieges zu ersparen. Sein Gefühl sagte ihm, dass Ruth aus einem ganz bestimmten Grund im Mauermuseum aufgehört hatte.

Straub hatte geschrieben, dass der NVA-Offizier vom Abschnitt Bernauer-/Gleimstraße, heute vermutlich ein mittelhoher Politiker war. Den Namen konnte er nicht nennen, weil Hauptkommissar Schwitters ihn für sich behielt. Bubi Scholz, da war sich John sicher, wusste den Namen, würde ihn aber nach ihrem letzten Zusammentreffen in Gesine Gramzows Praxis nicht ums Verrecken nennen. Dass Erwachsene Stille Post spielen, fand er im Zeitalter von Facebook, Blogging und totaler Telefonüberwachung lächerlich. Wer dieser B-Promi war und warum der Leiter der 6. Mordkommission seinen Namen vor der Presse schützte, nachdem man den Namen des Mauertoten an alle Zeitungen gegeben hatte, sollte ein Privatdetektiv auch ohne Internet und Verfassungsschutz herausfinden.

Immer wenn er nicht weiter wusste, half ein Spaziergang mit seinem vierbeinigen Philosophen. Während Seneca die Enten im Märchenbrunnen ankläffte, die jedoch den wasserscheuen Bademeister nicht ernst nahmen, fiel John das Gespräch mit der hessischen Leihsekretärin ein. Im Dunst einer Zigarette suchte er nach der nebulösen Verbindung von Jan Felsbergs Freundin zu dem NVA-Offizier, der heute in Politik machte.

Als Sekretärin im Mauermuseum konnte die schöne Ruth erfahren haben, was ihr Chef Manfred Kunkel in seinem Archiv entdeckt hatte – die Namen jener Soldaten, die am 9. November '89 einen DDR-Flüchtling erschossen und vergraben hatten. In der Zeitung stand, dass Kunkel im Fahrstuhl des Springer-Hochhauses an Herzversagen gestorben war. Vermutlich wollte er sich und sein Museum in die Schlagzeilen bringen, war aber nicht mehr dazu gekommen. Wenn Ruth die Namen der Mauerschützen kannte und sie nicht an die Presse gab, hatte sie womöglich eine andere Auffassung von Wiedergutmachung als die Justiz? Aber war der Gedanke, dass eine Frau nach zwanzig Jahren den Tod des Geliebten rächt, nicht völlig abwegig? Zwei der Täter waren seit Ruths Weggang vom Museum auf unnatürliche Weise gestorben, der dritte erfreute sich, nahm John an, bester Gesundheit und wurde von Amts wegen geschützt. Falls Ruth noch immer eine so entschlossene Frau war, wie es auf dem Foto den Anschein hatte, war ihr der Gedanke an biblische Vergeltung vielleicht nicht fremd. Auge um Auge, Zahn um Zahn.

Vielleicht sollte er doch die Briefe lesen, die Gesine Gramzow ihm gegeben hatte. Um sich ein Bild von der Frau zu machen, die ihn zunehmend faszinierte. Wie hieß es im Buch Rut der Hebräer: *Wohin du gehst, dahin gehe auch ich, und wo du bleibst, da bleibe auch ich. Wo du stirbst, da sterbe auch ich, da will ich begraben sein. Der Herr soll mir dies und das antun – nur der Tod wird mich von dir scheiden.*

* * *

Obwohl er von Lorenz Straub schon alles wusste, las Hauptkommissar Schwitters den Abschlussbericht des Brandsachverständigen. Dort stand schwarz auf weiß, dass die Ursache des Feuers in der KfZ-Werkstatt ein ausgeglühter Kochtopf auf der elektrischen Herdplatte war. Die Hitzequelle allein hatte den verheerenden Brand nicht ausgelöst, vielmehr eine leicht brennbare Schnur, die vom Kochtopf im Büro bis zur Werkstatt führte. Die rasche Ausbreitung des Feuers und die Rußbildung an der Decke ließen vermuten, dass Benzin auf dem Boden verschüttet worden war. Was nur einen Schluss zuließ – Brandstiftung zur Verschleierung der zuvor begangenen Tötung des Werkstattbesitzers Norbert Knapp. Die Befragung der Anwohner des Garagenhofes erbrachte einen Zeugen, der gesehen haben wollte, dass etwa zwanzig Minuten, bevor die Flammen aus der Werkstatt schlugen, eine Person die Garage verlassen hatte. Der Zeuge war nicht sicher, ob es sich um einen Mann oder eine Frau handelte.

Schwitters heftete den Bericht ab und stellte den Ordner ins Regal. Er wusste, dass der Fall damit nicht erledigt war. Der Zusammenhang zwischen Jan Felsbergs Tod im Herbst '89 und dem der beiden Mauerschützen war zu offensichtlich, als dass man die Akte schließen konnte. Im Gegenteil: Wenn Knapp ermordet worden war, was selbst der bornierteste Staatsanwalt einsehen musste, dann war auch das Leben von Gunnar Ziesche bedroht. Zwar hatte die Sympathie des Kommissars für seinen Tennispartner Risse bekommen, trotzdem konnte er ihn nicht der Presse zum Fraß vorwerfen. Sollte Ziesche eine Mitschuld am Tod von Jan Felsberg nachgewiesen werden, was Sache der Staatsanwaltschaft war, riskierte er als Hauptkommissar günstigstenfalls eine Dienstaufsichtsbeschwerde, im schlimmsten Fall seine

Versetzung. Würde dem Pankower Stadtrat etwas zustoßen, wäre das eine schwere Ermittlungspanne in einer vorhersehbaren Mordserie, die er nicht aussitzen konnte. Seine Behörde war immerhin das LKA und nicht der Verfassungsschutz.

Schwitters wählte Zieches Nummer. Als die Mailbox ansprang, legte er auf, ohne eine Nachricht zu hinterlassen. Er wollte Zieche raten, den Staatsschutz zu informieren. Aber würde er damit seine vehement geleugnete Verstrickung in den Tod des Mauerflüchtlings nicht zugeben? Und konnte man wirklich sicher sein, dass er um seiner Karriere willen den letzten Mitwisser seiner DDR-Vergangenheit nicht hatte beseitigen lassen? Schwitters grübelte lange über das Für und Wider des Anrufs nach und entschied sich für Nichtanrufen. Es war schon nach 20 Uhr, und er hatte seiner Frau versprochen, zum Abendessen zu Hause zu sein. Doch er rief nicht sie an, sondern Scholz, und bat ihn, den Fall Mauerpark wieder zu übernehmen. Es lägen neue Erkenntnisse vor über Norbert Knapps Tod.

Scholz fühlte sich geschmeichelt und nahm das Angebot dankbar an. Schwitters fiel ein Stein vom Herzen. Wenn die Sache schiefging, sollte sie besser den Kopf eines verzichtbaren Mitarbeiters kosten und nicht seinen.

* * *

Zweiundzwanzig Agenturen für Aushilfssekretärinnen gab es allein in Berlin. Nach der zwölften, die keine Ruth Ferber in ihrer Vermittlungskartei führte, standen die Chancen auf ein Erfolgserlebnis 10:1. Durch Einnahme von zwei Bieren *Bei Biene* hoffte er, seine Gewinnchance auf den Wert 5:1 zu erhöhen. Um sicherzugehen, trank er auf dem Rückweg ins Büro noch einen Pastis im *Hilde*. Dabei las er die *BZ* wegen des Aufmachers *Totenstille im Mauerpark?* –

Anwohner klagt gegen Lärmbelästigung. Dass die Lärmklage eines Weddinger Rentners das Aus für die legendäre Karaoke-Show bedeuten würde, die jeden Sonntag Tausende Zuschauer anlockte, fand John empörend. Obwohl er nie hingegangen war. In dem Artikel stand auch, dass ein Unbekannter im Park ein Kreuz zum Gedenken an den letzten Mauertoten errichtet hatte, nachdem es der Kripo endlich gelungen war, die im ehemaligen Todesstreifen verscharrte Leiche als Jan Felsberg zu identifizieren. Obwohl das Aufstellen von Friedhofssymbolen in öffentlichen Parks der Genehmigung bedurfte, wollte sich Pankows Stadtrat für Öffentliche Ordnung nicht zu dem Vorgang äußern.

Weshalb nicht, fragte sich John, wo derselbe Stadtrat jeden Trauerflor für Opfer im Straßenverkehr abmontieren ließ, weil so etwas ein negatives Bild des Prenzlauer Bergs vermittelte. Vielleicht wollte er sich vor den Wahlen nicht noch unbeliebter machen und sich mit einer Gedenkstätte für einen Mauertoten schmücken, was im fünfzigsten Jahr des Mauerbaus sicher bei allen gut ankam, außer bei den Linken? Wählen würde John den Ordnungsfanatiker trotzdem nicht. Hätte er Kinder, könnte er immerhin mit dem bösen Wikinger Gunnar drohen, wenn sie nervten. Wie seine Mutter ihm als Kind mit der Volkspolizei.

Während er noch mit der in der *BZ* angekündigten Fahrpreiserhöhung der BVG um zehn Cent pro Einzelfahrt haderte, klingelte sein Telefon. Jene Agentur für Leihsekretärinnen, bei der zuvor der Anrufbeantworter angesprungen war, meldete sich zurück und fragte nach seinen Wünschen. John erkundigte sich, ob eine Sekretärin namens Ruth Ferber bei der Agentur vermittelt würde. Die Telefonistin wollte den Grund für die Frage wissen, da sie keine privaten Auskünfte erteilen dürfe. »Verzeihung! Ich vergaß, dass Frau Ferber geschieden ist und jetzt wieder Hübner heißt.«

Stille in der Leitung. »Ich suche dringend eine Sekretärin, und Ruth Ferber, ich meine Hübner, wurde mir wärmstens empfohlen ...«

»Dann sind Sie bei uns richtig«, erklärte die Frau am Telefon. John atmete auf. Die Frau von der Agentur wollte Näheres über seine Tätigkeit wissen und fragte, wann und wo Frau Hübner sich vorstellen solle. John versprach, umgehend zurückzurufen, da er gerade in einer wichtigen Besprechung sei. Während er in Ruhe seinen Pastis austrank, machte er sich die Konsequenz seiner Verlegenheitslüge klar und kam zu dem Schluss, dass es die dümmste Idee seit Langem war. Noch konnte er die Sache auf sich beruhen lassen. Aber er wollte die schöne Ruth kennenlernen, deren Briefe er noch immer nicht gelesen hatte. Koste es, was es wolle.

* * *

Er hatte noch nicht mal seinen Mantel aufgehängt, als sein Partner ins Büro kam. »Du hier? Ich war sicher, Johnny Hallyday hängt in der Kneipe rum.«

»Doch nicht schon mittags«, empörte sich Klein.

»Wie läuft's so?«

»Hab dich vermisst. Mein Sofa ist leer, ich wünsche mir den Schwarzen Peter her.«

Kurz fasste sich an den Kopf. »Ich bekomme graue Haare. Eine Katastrophe jagt die andere.«

»Sei froh, dass du deine Eier noch hast. Graue Haare kann man ausreißen. Die wachsen nach.«

»Ich war bei dir zu Hause. Im Briefkasten lag dieser Brief ohne Absender.« Peter warf das Kuvert auf die Zeitung und verzog sich an seinen Schreibtisch.

»Warst du mit Seneca draußen?«, fragte John, während er den unfrankierten Brief öffnete. Von nebenan kam die Antwort: »Keine Zeit.«

Als er das Blatt aus dem Kuvert nahm und auseinanderfaltete, verschlug es ihm die Sprache. Es war ein Bilderrätsel aus Symbolen und Schriftzeichen:

Die 400 Meter von der Metzer zur Diedenhofer Straße legte er in fünf Minuten zurück. Als Leichtathlet hatte er für eine solche Strecke knapp fünfzig Sekunden gebraucht, doch das war vierzig Jahre und dreißig Kilo her. Schwer atmend öffnete er die Wohnungstür, aber Seneca sprang ihm nicht wie sonst entgegen. Auf dem Sofa im Wohnzimmer lag er nicht, in Schlafzimmer und Küche auch nicht. In Panik riss der Detektiv die Tür zum Bad auf. Dort lag der Hund regungslos auf der vollgekotzten Fußmatte. John drehte ihn um und befühlte seinen Bauch. Seneca sah ihn gleichgültig an. Er schien keine Schmerzen zu haben.

»Mach mir keinen Kummer. Du bist das Einzige, was ich habe ... Los, wir gehen!« Seneca streckte die Glieder, schüttelte sich und gähnte. Danach war er wieder der Alte.

Auf dem Rückweg ins Büro sah John sich mehrmals um, doch niemand folgte oder beobachtete ihn. Den Brief als dummen Scherz abzutun, war noch dümmer. Dass der Erfinder des Bilderrätsels Humor besaß, machte die Drohung nicht harmloser, fast alle Soziopathen waren intelligenter als gewöhnliche Verbrecher. Der Drohbrief war an ihn persönlich gerichtet, deshalb musste er ihn auch persönlich beantworten. Und das so schnell wie möglich, bevor andere Hundebesitzer den Täter fassten.

Wutschnaubend stürzte John ins Büro. »Wenn du das nächste Mal im Bad deine Augenbrauen zupfst, achte bitte auf Seneca. Du hast ihn im Bad eingesperrt.«

Peter winkte ab. »Siehst du nicht, dass ich telefoniere?«

Wortlos zog sich John an seinen Schreibtisch zurück und wählte die Nummer der Agentur *Steno*. Dort erfuhr er, dass Frau Hübner zufällig ab kommender Woche frei sei und bereit zum Vorstellungsgespräch, falls der Kunde die Vertragsbedingungen akzeptierte.

John beschrieb sein Arbeitsgebiet und gab als Vertragszeit zwei Wochen an. Als ihm die Vermittlerin Kosten von 900 Euro pro Woche nannte, musste er schlucken, sagte aber dennoch zu.

Per E-Mail kam ein vorläufiger Arbeitsvertrag als PDF-Formular von siebzehn Seiten, den er sofort durchlas. Bei der Klausel »Die gewünschte Person kann ggf. ohne Anspruch auf Annullierung des Vertrages durch eine andere Schreibkraft ersetzt werden«, zögerte John und fragte seinen Partner, ob er das unterschreiben müsse. Peter, der sich mit Verträgen bestens auskannte, sagte: »Keinesfalls«, war aber entsetzt über die Idee, eine Sekretärin zu beschäftigen. John hatte keine Lust, ihm die Sache zu erklären, und versicherte, er würde die Kosten privat tragen.

»Wovon denn?«, wunderte sich Peter. »Du kannst dir nicht mal einen neuen Anzug leisten.«

»Hab ein bisschen Geld auf der Deutschen Bank in Stettin gebunkert«, behauptete John. »Das Finanzamt weiß nichts davon, weil es ein Złoty-Konto ist.«

Obwohl er ihm kein Wort glaubte, fragte Kurz nicht weiter und ließ John in Ruhe. Dass er seinen Partner manchmal erwürgen könnte, lag weniger an dessen völliger Geschäftsuntüchtigkeit, als vielmehr an der Unfähigkeit, dem Bild eines Mannes von Format zu entsprechen; eines Mannes, der gut riecht, keine Anzüge von der Stange trägt und keine albernen Krawatten; der das genaue Gegenteil von weicher Schale, weicher Kern ist. Aber vielleicht war dieses dreifache Manko eines der Geheimnisse ihrer harmonischen

Beziehung. Selbst eine frigide, potthässliche Sekretärin würde ihre Männerfreundschaft nur stören.

»Kannst du dich um Seneca kümmern? Ich muss zum Wellness«, rief John von nebenan, während Peter einen Brief in den Computer tippte.

»Endlich tust du mal was für deinen Body. Wird höchste Zeit.«

John brauchte nicht in den Spiegel zu sehen, um seinem Partner recht zu geben. Kommentarlos hinnehmen konnte er die Bemerkung allerdings auch nicht. »Ein kluger Geist gehört in einen perfekten Körper.«

»Da musst du dich schon unters Messer legen«, grinste Peter.

John steckte den Kopf in die Tür. »Findest du, dass ich das nötig habe?«

Peter schaute nicht auf, um sich nicht zu vertippen, und sang: »Bei mir bist du scheen ...«

»Woraus ist das gleich noch mal?«, fragte John begeistert.

Peter unterbrach sein Tippen, schlug die Beine übereinander und widmete sich seinem Lieblingsthema leichte Muse. »Aus dem Musical *Man könnte leben, aber sie lassen uns nicht*. Wurde 1933 im Jüdischen Theater in Brooklyn uraufgeführt und war ein Flop.«

»Aber das Lied ist doch mindestens so bekannt wie *Wenn ich einmal reich wär* aus *Tewje, der Milchmann*.«

»Erst nachdem Komponist und Texter das Lied für dreißig Dollar verkauft hatten, wurde es zum Hit. Ein Musikhändler hat Millionen damit verdient.«

»Und da heißt es, alle Juden seien geschäftstüchtig.«

»Sind ja auch nicht alle Schwulen Politiker oder Fußballer«, trat Peter nach.

John wurde feierlich. »Ich könnte mich an dich gewöhnen. Wenn du Petra heißen würdest.«

»Bloß nicht! Dein Hund haart, und du kriegst eine Glatze.«

»Hast recht. Es würde nicht funktionieren mit uns«, sagte John.
»Wieso nicht?«
John griff sich an den Hinterkopf. »Du bist gewalttätig.«
»Und du nachtragend ... Hau endlich ab!«

15

»Das tut weh!«, stöhnte John, als Gesine Gramzow seine verspannte Haut von den Rückenmuskeln löste.

Die Physiotherapeutin griff noch fester in sein Fleisch. »Wer nicht hören will, muss leiden.«

»Fühlen. Es heißt fühlen ... Das tue ich, sobald ich an Sie denke ... Darum bin ich so verspannt.«

»Dann hören Sie auf zu denken! Die Therapie ist sonst für die Katz.« Ihre Stimme klang gefühllos. Ihre Massage war es nicht. »Ich habe Ihnen gesagt, Sie sollen sich keine Hoffnungen machen ... weil ich schon vergeben bin.«

John hob den Kopf, konnte ihn aber nicht drehen, weil Gesine Gramzow ihn sanft auf die Liege drückte. »An wen?«

»Das geht Sie nichts an!«

»Für Sie mag es ja leicht sein, Beruf und Privatleben zu trennen. Viele meiner Klienten denken, ich müsse Tag und Nacht für sie da sein.«

»Weil Sie Privatdedektiv sind«, sagte Gesine. »Nennen Sie sich doch einfach Detektiv, ohne privat.«

»Gute Idee! Darf ich Sie dann meinen Bodyguard nennen?«

»Ich habe Sie ja nicht engagiert ... obwohl Sie mir einen unbezahlbaren Dienst erwiesen haben.«

John hielt es für besser, die Art des Dienstes nicht zu hinterfragen. Das Reden fiel ihm ohnehin schwer, weil seine Schnauze plattgedrückt auf der Matte lag wie die eines dösenden Hundes. Was Hunde denken, wenn sie auf dem Bauch liegen, blieb ihm ein Rätsel. Was *er* dachte, könnte Gesine Gramzow sehen, falls sie ihn zwang, sich auf den Rücken zu drehen. Zum Glück tat sie es nicht.

»Haben Sie das von dem Kreuz im Mauerpark gehört?«, fragte sie. John drehte den Kopf hin und her. »Ich wette, das war Ruth.«

Er hob den Kopf etwas an. »Kreuze ohne Grab sind Mahnungen für Lebende. Vielleicht will sie jemanden mahnen, der nicht an den Tod Ihres Sohnes erinnert werden will.«

Gesine griff noch fester zu. »Die Beerdigung ist nächsten Montag auf dem St. Nikolai-Friedhof. Würde mich freuen, wenn Sie kommen.«

»Dort liegt meine Frau Lea.«

»Dann können wir uns immer am Totensonntag auf dem Friedhof treffen. So, fertig!«

John quälte sich von der Liege. Diesmal fühlte er sich kein bisschen besser, er war nur froh, dass es vorbei war.

Als er sich anzog, reichte sie ihm eine Beileidskarte. »Das kam gestern. Ohne Absender.«

John überflog die mit Ruth unterzeichnete Trauerkarte und gab sie zurück. »Sie fängt demnächst bei mir als Sekretärin an.« Gesine Gramzow verstand nicht. »Der Fall ist noch nicht abgeschlossen ... Ich bin mir nicht sicher, aber ich glaube, diese Frau ist ein Racheengel.«

»Was meinen Sie damit?«, sagte Gesine und trocknete sich die Hände ab.

John verhedderte sich beim Überziehen seines Pullovers. »Vergessen Sie's ... Sollte Ruth Kontakt mit Ihnen aufnehmen, lassen Sie's mich wissen.«

»Weshalb?«

John antwortete nicht und ging zur Tür. »Seien Sie vorsichtig«, sagte er schließlich. »Frauen reagieren häufig irrational, wenn sie den Verlust eines ihnen nahestehenden Menschen nicht verwinden.«

»Männer ebenso«, erwiderte die Physiotherapeutin. Sie sprach aus Erfahrung.

* * *

Ein lauter Schrei drang durch das Gebüsch am Wasserturm, als John Klein mit dem Hund einen Abendspaziergang machte. Trotz seiner Rückenbeschwerden lief der Detektiv los. Auf dem Spielplatz versuchte eine etwa vierzigjährige Frau, ihrem Riesenpudel etwas zu entreißen, was er im Maul hatte und nicht mehr hergab.

»Was ist passiert?«, fragte John, völlig außer Puste.

»Er hat einen Giftköder gefressen«, jammerte die Frau und steckte die Hand ins Maul des Hundes. »Spuck es wieder aus, Heinrich! Bitte, bitte!«

»Geben Sie's auf!«, sagte John. »Hunde sind Schluckfresser. Sie kauen nur Dinge, die sie nicht im Stück runterschlingen können.«

Die Frau zitterte am ganzen Körper. »Rufen Sie die Feuerwehr!«

»Über die Straße ist eine Tierarztpraxis. Kommen Sie!«

»Da ist doch jetzt eh niemand mehr«, wusste die Frau.

»Dann rufen wir Dr. Tamm zu Hause an. Sie hat meinem Hund auch schon den Magen …« John bemerkte, dass Seneca verschwunden war. »Dicker! Wo bist du?« Keine Reaktion.

»Bringen Sie uns zum Tierarzt!«, befahl die Frau und stampfte mit dem Fuß auf.

»Warten Sie hier. Zuerst muss ich meinen Hund suchen«, sagte John und sprintete abermals los, wusste aber nicht, in welche Richtung Seneca gelaufen war. Zum Glück war Neumond, der Park am Wasserturm lag in silbernem Licht. John entdeckte Seneca auf der Wiese des Wasserspeichers.

»Maul auf!«, rief er und steckte seine Nase in den Rachen des Tieres. Es roch nicht nach gebratenem Fleisch, nur nach Zahnstein.

Als er zum Spielplatz zurückkehrte, war die Frau nicht mehr da. Herr und Hund überquerten die Kolmarer Straße, und John klingelte an der beleuchteten Praxis von Dr. Tamm. Es dauerte eine Weile, bis jemand die Tür öffnete. Dieser Jemand war nicht die Tierärztin, sondern ihr Sohn. Er trug eine schwarze Trainingsjacke mit Kapuze, als käme er gerade vom Joggen.

»Meine Mutter hat null Zeit. Sprechstunde wieder morgen ab neun.«

»Da muss ich zum Antigewalt-Training«, sagte John und schob den Jungen beiseite.

Als er das Behandlungszimmer betrat, tastete Dr. Tamm dem Riesenpudel den Bauch ab.

»Mama, der Mann hat mich geschubst«, jammerte der Vierzehnjährige und versetzte Seneca, der vor ihm durch die Tür wollte, einen Fußtritt.

John hob die Hand. »Mach das nicht noch mal. Sonst gibt's was hinter die Ohren.«

»Paul, geh nach Hause, wenn du hier Ärger machst«, sagte Dr. Tamm in scharfem Ton.

»Nö«, sagte der Junge aufsässig.

»Dann komm her und halt den Hund fest.« Die Ärztin leuchtete mit einer Lampe in Heinrichs Pupillen, dann in Nasenlöcher und Rachen.

»Wird er sterben?«, fragte die Besitzerin des Pudels mit Tränen in den Augen.

»Ich hoffe nicht. So ein hübscher Kerl«, sagte Dr. Tamm, nahm eine Speichelprobe und legte das Stäbchen unters Mikroskop. »Ich könnte ihm den Magen auspumpen. Aber erst muss ich sicher sein, um welche Art von Vergiftung es sich handelt. Ob überhaupt Gift im Futter war.«

Die Frau schien nicht beruhigt. »Es sah aus wie eine Bulette. In der Zeitung stand, dass sie Schneckengift oder so was Ähnliches enthalten.«

Die Ärztin nickte. »Bevor ich ihm den Magen auspumpe, muss ich ihn röntgen.«

John beobachtete den Jungen. Er zeigte keinerlei Reaktion. Hatte Paul Tamm ihm den kryptischen Drohbrief geschrieben? Ihm war schleierhaft, aus welchem Grund ein Junge Hunde vergiftete. Doch das Böse fragt nie nach dem Warum, gebraucht es höchstens als Ausrede. Wenn Paul der Gesuchte war, wusste er spätestens jetzt, dass er es wusste. Das machte die Sache zu einem Duell zweier ungleicher Gegner. Den Austragungsort und die Wahl der Waffen würde John bestimmen.

»Ich werd hier wohl nicht mehr gebraucht. Muss morgen früh raus«, sagte er und verließ mit Seneca die Praxis.

Er ging noch einmal zurück zum Spielplatz und suchte das Gelände ab, fand aber nicht die Spur eines Hinweises, die seiner Gewissheit juristische Beweiskraft verliehen hätte.

Nur eine Plastiktüte im Papierkorb, die nach Pizza und Bier roch.

* * *

Kurz vor zehn am Freitag ging John Klein ins Büro, um festzustellen, dass nichts auf ihn wartete, was nicht auch bis Montag Zeit gehabt hätte. Eine Stunde saß er, die Beine über Kreuz, am Schreibtisch und starrte die Wand an. Dort hing ein Korkbrett, auf dem Postkarten von fernen Ländern, Fotos aus seinem Leben, originelle Zeitungsausschnitte und kluge Sprüche angepinnt waren wie »*Natürlich sehen zwei Augen mehr als zehn*« und »*Erfahrung kann nur blind machen*«.

Er war gerade eingenickt, als es an der Haustür klingelte und Seneca mit einem reflexartigen »Wuff« aus der Tiefe des animalischen Universums aufsprang. John drückte die Taste der Wechselsprechanlage an seinem Bürotelefon.

»Ja bitte!«

»Ich komme von der Agentur *Steno* und möchte mich vorstellen.«

»Waren wir verabredet?«, fragte John höflich.

»Ich war nur gerade in der Nähe. Ich hoffe, ich störe nicht.«

»N-nein. Nicht im Geringsten. Wir sitzen im Seitenflügel, Hochparterre.«

Wie von der Tarantel gestochen sprang er vom Sessel auf, schob seine Krawatte zurecht und spuckte in die Hände, um sein wirres Haar zu glätten. Bevor er zur Tür eilte, legte er die Mappe mit dem Vermerk »Unerledigt« oben auf den Aktenstapel des Schreibtisches und ließ das Jugendfoto von Ruth Hübner ein Stück aus der Mappe herausschauen.

Ohne ein erneutes Klingeln abzuwarten, öffnete er die Tür und zuckte zusammen, weil die Frau schon im Treppenhaus stand. Sie trug eine Sonnenbrille, die das halbe Gesicht verdeckte, einen beigefarbenen Trenchcoat mit Schulterklappen und spitze, weiße Schuhe.

»Ich bin John Klein. Ich gehe vor, wegen der Stufen. Es ist ein bisschen beengt ...«

»Aber sehr gemütlich«, fiel ihm die Frau ins Wort. »Und so aufgeräumt.«

»Na ja. Ich bin selten im Büro, hab meist außerhalb zu tun.« John bot der Frau einen Stuhl an und setzte sich in den Sessel hinterm Schreibtisch. »Sie sind also Ruth Hübner«, sagte er freundlich. »Freut mich, Sie kennenzulernen.«

Die Frau nickte und nahm die Sonnenbrille ab. Ihre Augen waren braun, dunkler als die von Ruth auf dem Schwarz-Weiß-Foto. Auch die Haarfarbe entsprach nicht dem Bild von 1988, sie war hellblond statt tiefschwarz. Bis auf ein paar Falten um die Mundwinkel hatten die Jahre ihr nicht viel anhaben können.

Dass ihr Gegenüber sie wie ein Casting-Agent musterte,

missfiel der Frau. Sie wirkte zugeknöpft und steif. »Sie arbeiten hier zu zweit?«

»Mein Partner hat sein Büro nebenan. Ist aber gerade unterwegs. Was kann ich Ihnen anbieten, Kaffee oder Tee?«

Die Frau überlegte nicht lange. »Ein stilles Wasser.«

»Sie wundern sich sicher, dass ich nur Sie als Sekretärin haben wollte«, rief John, schon in der Küche.

»Hat das einen bestimmten Grund?«

John nahm eine Flasche Mineralwasser aus dem Kühlschrank und las das Etikett. »Ich fürchte, wir haben kein stilles Wasser. Nur medium.«

»Das macht nichts«, entgegnete die Frau von nebenan.

Er stolperte mit dem vollen Glas die Stufen hinauf und verschüttete einen Teil des Wassers. »Mir gefiel Ihr Name von allen am besten.«

Die Frau lachte verlegen. »Ich muss Sie enttäuschen. Mein Name ist Mangold. Meine Kollegin Ruth Hübner hat überraschend gekündigt.«

John ließ sich in seinen Sessel fallen und starrte sie an, als hätte er eine Ohrfeige bekommen.

»Die Agentur hat mich als Ersatz geschickt ... Weil ich die Beste bin, die Sie für Ihr Geld kriegen können.«

John überlegte, wie er aus der Situation herauskommen sollte. »Eigentlich brauche ich keine Sekretärin. Nur jemanden, der Telefondienst macht.«

»Seien Sie ehrlich! Ich gefalle Ihnen nicht«, konterte Frau Mangold.

»Im Gegenteil. Es ist nur ...«

»Wenn Sie eine Telefonistin suchen, es gibt Tausende Studentinnen, die steuerfrei was dazuverdienen wollen.« Die Frau erhob sich und setzte ihre Sonnenbrille auf. »Für wen ermitteln Sie eigentlich, wenn ich fragen darf?«

»Privatpersonen, Firmen, Behörden, Institutionen ...«

»Auch für die Polizei?«

John schüttelte den Kopf und begleitete die Frau zur Tür.
»War nett, Sie kennenzulernen.« Sie gab ihm die Hand, drehte sich auf dem Absatz um und trippelte die Treppe hinunter. Im Hof hallten ihre Schritte, bis die Tür zum Vorderhaus ins Schloss fiel.

Der Detektiv nahm ein Bier aus dem Kühlschrank und zündete sich eine Zigarette an. Die glänzende Idee, Ruth Ferber alias Hübner als Sekretärin zu engagieren, hatte sich in Rauch aufgelöst, noch bevor er den ersten Zug machen konnte. Als er über die Pleite hinweggekommen war, rief er die Agentur *Steno* an. Noch während er in der Warteschleife hing, bemerkte er die Veränderung an der Mappe »Unerledigt«. Das Jugendfoto von Ruth schaute zwar noch oben aus dem Ordner heraus, aber es lag verkehrt herum auf den Bildern der Forensiker vom Fundort der Leiche Jan Felsbergs im Mauerpark.

Eine Minute später stand John Klein auf der Metzer Straße und sah sich nach Frau Mangold alias Hübner um. Die Straße war menschenleer, nur vor *Myer's Hotel* wartete ein Taxifahrer auf Kundschaft. Wie konnte er so naiv sein, die Maskerade nicht zu bemerken? Zehn Männeraugen sehen nicht mehr als zwei, wenn eine Frau vor ihnen sitzt und die Beine kreuzt.

* * *

Was fängt man an mit einem Wochenende, wenn der Freitag mit einem Desaster endete und der Montag mit einer Beerdigung beginnt? Ans Meer fahren wäre eine Möglichkeit, die andere, im Bett zu bleiben und sich gedankenlos zwischen Gestern und Morgen treiben zu lassen. Wenn er sich zwischen zwei Möglichkeiten entscheiden musste, die ihm nicht zusagten, dann wählte er eine dritte. Auch wenn sie ebenso untauglich schien, seine Laune zu heben, nahm er das Bündel Briefe zur Hand, das ihm Gesine Gramzow gegen seinen Willen in die Tasche gesteckt hatte, streifte die Schnur ab und las sie in chronologischer Reihenfolge. Die mit roter Tinte auf rosa Papier gekritzelte Handschrift war schon ziemlich verblasst. Nach anfänglicher Unlust, sich mit den emotionalen Irrungen und Wirrungen junger Leute zu beschäftigen, plus Schamgefühl, das ihn beim Lesen fremder Briefe befiehl, versank er in der Korrespondenz, die im Januar '89 mit einem langen Brief begann und im Oktober '89 mit einer Postkarte endete. Jan Felsbergs Briefe an seine Westfreundin fehlten natürlich, bis auf einen vom Mai '89, den Ruth ihm mit einer kurzen Antwort zurückgeschickt hatte. John studierte die intimen Dokumente einer deutsch-deutschen Beziehung, überflog manches, anderes las er zweimal.

21.1.89 Lieber Jan!
Prag ist vorbei – aber es war kein Traum. Prag war Wirklichkeit – es war wirklich, es war schön, es war Leben – ich werde es nicht so schnell vergessen. In manchen Momenten habe ich ganz intensiv noch einmal die Situationen durchlebt, die mich am tiefsten berührt haben – danach musste ich jedes Mal weinen. Nicht aus Sentimentalität, sondern weil ich empfunden habe, dass ein Stück Leben einfach zur Vergangenheit wurde – es ist vorbei, zu Ende, nicht mehr zu wiederholen. Es ist das erste Mal, dass ich Vergangenheit wirklich als solche empfinde – und es tut mir weh. Alles, was jetzt folgt, ist nicht mehr das Gleiche, das weiß ich jetzt. Zuerst dachte ich, das sei schrecklich, aber in jeder Fortsetzung liegt Gewöhnung und Langeweile. Ich liebe Neues, etwas, das man formen kann. Ich möchte etwas mit mir, mit Dir, von mir und uns formen!
  Du, hoffentlich bist Du nicht allzu unzufrieden mit meinem Brief, weil ich nicht direkt auf Dein Schreiben ant-

worte. Übrigens, nächstes Mal musst Du Deine Briefe besser zukleben – der letzte war nämlich offen!? Deine Ruth

15.2.89 Lieber Jan!
Ich wollte Dir keinen distanziert-kühlen Brief schreiben. Ich habe versucht auszudrücken, dass ich Dich verstehen möchte, mir das auch von Dir wünsche, dass ich Dich gern habe, aber keinen Wert darauf lege, als Antwortkasten für Deine unendlich komplizierten, manchmal auch kindischen Fragen zu dienen. Über die Dinge in Deinem Land weiß ich nur aus unseren Zeitungen, und Euer Fernsehen ist nicht zum Aushalten, total unverständlich wie Die Marx-Brothers in der Oper *mit tschechischen Untertiteln – der Film, den wir in Prag im Kino gesehen haben. Ach Jan! Ich denke sooo oft an Dich, möchte Dich umarmen und den ganzen Stress vergessen. Wo ist mein Joint, der mir hilft, mich zu entspannen?*

Ich muss so viel lernen fürs Abitur, so viel lesen, dass ich den Inhalt der verschiedenen Bücher dauernd miteinander verwechsle. Ich will nach Berlin, näher zu Dir. Dann kann ich Dich jeden Tag besuchen, bis null Uhr, und danach wieder einreisen. Wie findest Du das? Wir sind doch keine Königskinder, die nicht zusammenkommen können, weil das Wasser so tief ist und die Mauer zu hoch. Für uns ist der »antifaschistische Schutzwall« doch nicht gebaut, oder?

Du sagst, Du hasst Deinen Vater, weil er als Arzt im Regierungskrankenhaus die Greise vom Politbüro künstlich am Leben hält, die euch DDR-Kindern keine Luft zum Atmen lassen. Mein Vater ist Bundeswehrgeneral, ein kalter Krieger und Sandkastenstratege nicht nur in der Kaserne, auch zu Hause. Trotzdem ist er mein Vater, und es wäre mir nicht egal, wenn er wegen mir seine Stellung verliert, wenn ich zu Dir in die DDR ziehen würde.

Ich werde Dich besuchen, sobald ich Zeit und Geld habe.

An Ostern könnte ich mit Freunden nach Westberlin mitfahren. Jan, ich freue mich drauf! Bin wahnsinnig gespannt, ob wir uns noch mögen oder uns prügeln, oder uns gegenseitig auf den Wecker fallen – egal, ich freue mich! Deine Ruth

17.3.89 Lieber Jan!
Warum schreibst Du mir nicht? Ich warte auf einen Brief von Dir. Hast Du mich schon vergessen?
Ich bin umgezogen, wohne jetzt mit drei Freunden in einem alten Haus am Stadtrand, sehr spießig, aber wunderschön. Monatelang habe ich eine Wohnung gesucht. Du kannst Dir nicht vorstellen, was es bedeutet, von Vermietern abgewiesen zu werden, weil man zu jung ist, nicht genug verdient und nicht mit ihnen ins Bett will. Du hast geschrieben, das Wichtigste ist die Freiheit, tun und lassen zu können, was man will – aber soziale Sicherheit ist auch wichtig. Alles, was Menschen umsonst bekommen, das schätzen sie gering. Du wärst vermutlich schockiert, wenn Du sehen würdest, wie viel Elend es in der dummen, geldstrotzenden Bundesrepublik gibt. Trotzdem wünsche ich mir, Du könntest bei mir sein. Aber bitte nicht in Kleve, sondern in Kreuzberg – meinem Sehnsuchtsort.
Schreib mir bitte! Ich möchte Dich nicht abhaken wie andere vor Dir. Deine Ruth

5.4.89 Lieber Jan!
Es tut mir weh, Dir diesen Brief zu schreiben. Ich kann Ostern nicht kommen! Meine Freunde fahren nicht nach Westberlin, und mein alter R4 ist kaputt – technischer Totalschaden. Ich habe überlegt, ob ich mit dem Zug fahre, doch dann wäre ich ganz allein in W-Berlin und wüsste nicht, wo ich pennen soll. Aber diese Überlegung war umsonst, meine Mutter hat, weil sie dringend Urlaub braucht, einen Flug für uns nach Gomera gebucht. Deshalb können wir uns

nicht sehen. Lieber Jan, das ist wirklich scheiße – wir sind doch zwei Königskinder ...

Aber ich werde Dich besuchen – Pionierehrenwort! Ich warte auf einen Brief von Dir. Es wäre unbegreiflich für mich, wenn Du mir nicht mehr schreiben würdest, weil Du enttäuscht bist oder einfach Deine Ruhe haben willst. Das fände ich nicht gerechtfertigt. Ruth

14.5.89
Jan, ich verstehe Dich nicht – verstehe Dich nicht – verstehe Dich nicht – verstehe Dich nicht – verstehe Dich nicht.

Was Du schreibst, klingt, als hätte jemand anderes den Brief aufgesetzt oder Dir befohlen, mir weh zu tun. Kann das möglich sein? Haben sie Dich in der Hand?

Dass Du eine Freundin hast, sie heiraten willst, weil Du bald Vater wirst, ist ein harter Schlag für mich. Doch Deine Bitte, Dir nicht mehr zu schreiben, um keinen Ärger zu bekommen wegen Deiner Verpflichtung zum Berufssoldaten, schockiert mich. Waren wir in Prag etwa nicht beide der Meinung, dass Soldaten Mörder sind und man den Wehrdienst verweigern muss? Du hast gesagt, bald ändert sich auch in der DDR alles durch Gorbatschows Perestroika. Dass Du aktiv in der Friedensbewegung der Kirche bist und auch schon mal verhaftet wurdest. Ich weiß nicht mehr, was ich denken soll, bin völlig deprimiert. Darum schicke ich diesen unmöglich von meinem Jan stammenden Brief an Dich zurück. Lass mich wissen, ob Du ihn geschrieben hast, und wenn ja, scher Dich zum Teufel! Ruth

5.6.89
Jan, ich bin so froh, dass der Brief nicht von Dir war. Eure Stasi-Typen sind so mies .... Aber warum wollen sie uns auseinanderbringen? Ein Mädchen aus Kleve und ein Junge aus Pankow. Haben die nichts Besseres zu tun? Du meinst,

es ist wegen unserer Väter, die wir beide nicht mögen? Scheiß Deutschland! Wir sollten nach Australien auswandern und Kängurus züchten.

Ich vermisse Dich so sehr. Wir müssen uns wiedersehen, so bald wie möglich. Was hältst Du davon, wenn wir noch mal von vorn anfangen? Wenn wir uns wieder in der Snackbar am Wenzelsplatz treffen, ein Zimmer im Hotel Slavia nehmen und so lange im Bett bleiben, bis der Kalte Krieg zu Ende ist? Mitte Juni ist die letzte Abiprüfung, meine Eltern wollen mir eine Reise nach Paris schenken, wenn ich das Abi mit Eins bestehe. Für Prag reicht die Note befriedigend. Am 25. Juni kann ich hier weg. Schreib mir, wann Du da sein wirst, aber schreib mir nicht, dass Du nicht kommen kannst. Deine Ruth

30.6.89
Jan, ich war da und habe zwei Tage vergeblich auf Dich gewartet. Zum Glück war ich nicht allein. Micha, mein Exfreund, hatte so eine Ahnung und wollte nicht, dass ich mutterseelenallein in Prag herumspaziere. Was ist bloß passiert? Ist mein letzter Brief nicht angekommen? Du hast mir nicht geschrieben. Ich mache mir Sorgen, dass Dir etwas zugestoßen ist. Bitte melde Dich! Wenn Du nicht schreiben kannst, ruf mal an. So teuer kann es doch nicht sein. Und wenn, geschieht es Dir recht – es ist teuer, eine verliebte Frau zu versetzen! Falls Du Dir vorgenommen hast zu schweigen, es wird Dir nicht gelingen, mich zu vergessen! Ruth

P.S. Ihr Herren von der Stasi! Als Tochter eines Bundeswehrgenerals erkläre ich Euch den Krieg, wenn Ihr weiterhin versucht, mich und meinen Liebsten auseinanderzubringen. Stein schleift Schere, Schere schneidet Papier und Plastiksprengstoff reißt die Hand ab, die fremde Briefe öffnet. Das ist eine Warnung! Lest die Bibel statt Marx und

Lenin. Dort steht: Die Liebe ist stärker als alle Mauern und der Hass einer betrogenen Frau schrecklicher als der Tod.

Den Brief von Jan Felsberg, den Ruth für eine Fälschung gehalten hatte, las John zweimal und kam zu dem Schluss, dass sie recht hatte. Mit Schreibmaschine geschrieben, erinnerte der jugendtümelnde Ausdruck an die Leserpost von DT 64, dem ideologischen Gegensender zum RIAS. Nicht ungeschickt von Jans Briefen abgeschrieben, aber eine Spur zu dick aufgetragen in seinem Bekenntnis zur DDR.

Obwohl das Bündel noch vier Briefe und fünf Postkarten umfasste, las John nicht weiter. Es nahm ihn zu sehr mit, traf ihn wie der Schuss eines Scharfschützen mitten ins Herz und weckte tief vergrabene Erinnerungen. Mit siebzehn hatte er sich beim internationalen Leichtathletik-Sportfest in Dresden in eine Hochspringerin aus Österreich verliebt. Sie hieß Hermi, und ihre Beine reichten vom Bett bis an die Decke des Hotelzimmers in der Prager Straße. Auch Hermi und er schrieben sich heiße Liebesbriefe, bis sein Trainer ihn vor die Wahl stellte, damit aufzuhören oder von der Sportschule zu fliegen. Er entschied sich für das Letztere, hörte und sah jedoch nie wieder etwas von Hermi aus Linz. Nur ihre Briefe bewahrte er auf, sie dufteten nach Maiglöckchen. Ruths Briefe atmeten Cannabis und Dynamit. Wut + Trauer = Rache?

Dutzende Mörder und Totschläger hatten ihm im Verhör davon berichtet, welch befreiendes Gefühl in der Rache lag, auch von der entsetzlichen Leere nach der Tat, wenn sie zu spät erkannten, dass die Gleichung unauflösbar ist. Ruths Gleichung war noch nicht gelöst, spekulierte John. Einer der Verantwortlichen für ihren Schmerz würde noch dafür bezahlen müssen – der diensthabende Offizier, der den Grenzsoldaten befohlen hatte, die Leiche Jan Felsbergs zu vergraben. Wenn er den Namen dieses Hagen von Tronje wüsste, dann könnte er vielleicht Kriemhild aus Kleve hindern, das letzte Kapitel dieses neuen deutschen Nibelungendramas zu schreiben. Doch er wusste so wenig, wer das nächste Opfer war, wie er vorhersehen konnte, wann der Hundemörder wieder zuschlagen würde.

16

Nachdem er sich den ganzen Abend im Internet über ungeklärte Giftanschläge auf Hunde ergötzt hatte, schaltete er den Computer aus und ging zu Bett. Mehr aus Gewohnheit denn aus Lust massierte er sein steifes Glied und hörte auf, bevor der klebrige Saft die Bettwäsche versaute. Er war kaum eingeschlafen, als ihn ein nicht für fremde Ohren bestimmtes Live-Konzert aus Stöhnen, Gurgeln, anfeuernden Rufen und Quietschen des Lattenrostes von nebenan weckte. Mutters neuer Liebhaber schien seine Sache gut zu machen, hielt länger durch als sein Vorgänger und brüllte wie ein Löwe, als er kam. Aber sie bekam nie genug, bettelte hysterisch, er solle es noch mal machen, und kreischte verzückt, als er ihr den Gefallen tat. Erwachsene waren Raubtiere, die so taten, als wären sie Menschen, dachte er. Man sollte sie töten wie räudige Hunde.

Er zog sich an und schlich auf Zehenspitzen aus der Wohnung. Aus dem Keller holte er eine Tüte mit Buletten, die im Regal zwischen seinen alten Spielsachen versteckt waren. Nur drei der mit Rattengift und Pflanzenschutzmittel gewürzten Fleischbällchen waren übrig. Wenn er sie in sechs gleiche Teile zerlegte, konnte er noch den Kollwitzplatz unsicher machen und zwei Häppchen gegenüber dem Haus des Fettsacks mit dem unangeleinten Köter auslegen.

Er wartete, bis die Kellner vom *Santiago* und *Kollberger* die Stühle vorm Lokal angekettet hatten und die Wörther Straße im Dunkeln lag. Danach ging er in die Grünanlage auf dem Kollwitzplatz, umrundete im Schatten der Bäume die große Wiese. Sie zu betreten traute er sich nicht, weil man ihn von den Balkonen der umliegenden Häuser sehen könnte. Es gab noch einen anderen Grund, weshalb er sich nachts vor diesem Ort fürchtete. Ein Nachbar behauptete, dass hier im Krieg die Bombenopfer in einem Massengrab verscharrt worden waren, über zweihundert Menschen. Später wurden sie vergessen und bis heute nicht umgebettet. Keine zehn Pferde würden ihn auf dieses Knochenfeld jagen, das zudem für Hunde verboten war. Darum platzierte er vier halbe Buletten im Gebüsch unweit der Straße. Als er damit fertig war, überquerte er die Kollwitzstraße und schlenderte zum Wasserturm. Vor der Synagoge in der Rykestraße schoben zwei Polizisten Wache. Sie waren abgestellt wie Pappfiguren, würden sich nicht mal wegbewegen, wenn man auf der anderen Straßenseite einer alten Oma die Handtasche klaute. Die Bullenwannen kamen erst früh um sechs, um Falschparker vorm *Gugelhof* abzukassieren. So bog er pfeifend in die Diedenhofer ein, sah sich kurz um und warf die beiden letzten Fleischstücke ins Gebüsch der Grünanlage. Schade, dachte er, dass sein Vorrat aufgebraucht war. Sonst könnte er beim Wasserspeicher, wo es abends vor Hunden wimmelte, wenigstens ein, zwei von ihnen töten.

Er sammelte die ausgelegten Fleischstücke wieder ein. Nachdem er die Holztreppe zum Wasserturm hinaufgehastet war, atmete er tief durch. Die Sterne schienen zum Greifen nah, und die wenigen Fenster auf der Kolmarer Straße, hinter denen noch Licht brannte, sahen aus wie Fenster eines Weihnachtskalenders. Er war allein mit sich und dem Universum. Das Gefühl von Verlassenheit quälte ihn nicht wie sonst, es verlieh ihm eine ungeheure Macht, die er mit niemandem teilen musste. Er zog die Papiertüte aus der Tasche und ließ die Fleischstücke in seine Hand fallen. Einen Köder legte er vor der Rotunde ab, den anderen wollte er hinter dem Klinkerbau auslegen. Zu spät bemerkte er, dass er nicht allein auf dem Platz war, und lief geradewegs in die

Arme eines korpulenten Mannes. Der packte ihn an der Kapuze und zog sie ihm vom Kopf.

»Wurde ja Zeit«, sagte John. »Ich schlage hier schon Wurzeln.« Erst jetzt erkannte der Detektiv, dass der Junge nicht der war, den er erwartet hatte. Es war ein Junge aus seinem Haus, dem er fast täglich begegnete. Der Sohn seiner Nachbarin, einer Yoga-Lehrerin, die ihn nie grüßte.

»Du bist der Sohn von der Holtz. Ist deine Mutter nicht da?«

»Lassen Sie mich los! Oder ich schreie.« Der Junge versuchte sich loszureißen, doch John hatte ihn fest im Griff.

»Das würde ich nicht tun an deiner Stelle. Die Besitzer der toten Hunde gehen nämlich nachts Streife und haben eine Stinkwut auf dich.«

»Ich will zu meiner Mutter«, jammerte der schmächtige Junge. Er wehrte sich nicht mehr.

John nahm ihm die Tüte mit der vergifteten Bulette aus der Hand. »Das wirst du jetzt essen. Hier auf der Stelle.«

»Nein, das mach ich nicht!«

»Ich bring dich danach ins Krankenhaus. Ehrenwort!«

Der Junge begann zu heulen. »Bitte! Lassen Sie mich gehen.«

»Du wolltest meinen Hund töten. Wieso? Er hat dir nichts getan.«

»Weiß nicht ... Bitte! Ich will nach Hause.«

John lockerte den Griff, damit der Jungen sich nicht mit seiner Kapuze erwürgte, ließ ihn aber nicht los.

»Du hast gar nichts gegen Hunde, was? Du hast was gegen Menschen.«

Der Bursche sah ihn erstaunt an. »Ja! Nein! ... Nur meine Mutter.«

In die vom Ritalin geröteten Pupillen des Jungen fiel ein tanzender Lichtschein. John hörte Schritte und lautes Atmen. Er ließ den Jungen los und zischte: »Los, hau ab!«

Bevor die drei Männer die Rotunde erreichten, war Jonathan Holtz im Dunkel der Wiese verschwunden.

»War er das?«, fragte einer der Männer, der Tatort-Kommissar vom Thälmann-Park. John nickte.

«Scheiße! Warum haben Sie ihn laufen lassen?«

»Ich weiß, wo er wohnt«, sagte John und zündete sich eine Zigarette an.

Ein kleiner Dicker, den John nicht kannte, fuchtelte mit seiner Stabtaschenlampe herum, als wäre es ein Laserschwert und er Luke Skywalker. »Wir hätten ihm eine Tracht Prügel versetzt und dann der Polizei übergeben.«

»Los! Den kriegen wir noch«, sagte der Dritte, ein langer Kerl im Trainingsanzug. Das Trio machte kehrt und rannte den Weg zum Spielplatz hinunter. John trat seine Zigarette aus und ging ihnen hinterher, um einzuschreiten, falls sie den Jungen erwischten.

Auf halber Strecke nach unten vernahm er einen kurzen, durchdringenden Schrei. John beschleunigte seine Schritte, gewann ob seiner Masse an Tempo auf dem abschüssigen Weg und landete kopfüber im Sandkasten. Als er sich fluchend hochgerappelt hatte, sah er die drei Männer in der Grünanlage. Sie rührten sich nicht, schauten schweigend auf das Gebüsch. John zwängte sich zwischen ihnen durch und fand den Jungen regungslos am Boden liegend. Der Detektiv versuchte, ihn auf die Seite zu drehen, doch er lag wie angenagelt da und stöhnte leise.

»Schnell, rufen Sie den Notarzt!«

»Was ist mit ihm? Hat er sich was gebrochen?«

John begriff, dass es ernst war. Die Augen des Jungen flimmerten, sein Puls war schwach. »Was habt ihr Idioten mit ihm gemacht?«

»Nichts«, sagte der Schauspieler, zückte sein Handy und wählte den Notruf. »Er lag schon da, als wir ihn gefunden haben.«

Während der Mann Grund und Ort des Notrufs angab, suchte John die Grünanlage ab. Ein paar Schritte weiter entdeckte er eine mit dem Hals in die Erde gerammte Glasflasche. Der Boden war abgeschlagen, die Seitenwand zu einer scharfkantigen, lanzenförmigen Spitze geformt. Jemand hatte die Grünfläche damit bestückt, um Hunde zu verletzen. Oder Menschen.

Der Rettungswagen war innerhalb weniger Minuten zur Stelle. »Wer macht denn so was«, fragte der Notarzt und verabreichte dem Jungen eine Infusion, um seinen Puls zu stabilisieren. Dann gab er ihm eine Betäubungsspritze. Vorsichtig hoben die Rettungskräfte ihn auf die Trage.

John fühlte sich hundselend. Hätte er den Jungen nicht losgelassen, wäre er nicht über den Eisenrand der Grünanlage gestolpert und in die Scherbe gestürzt. Er hörte die Sirene einer Polizeistreife. Weil er keine Lust hatte, die halbe Nacht zu erklären, weshalb er hier und was passiert war, überließ er die Aufgabe den drei Blockwarten, verschwand in der Dunkelheit des Parks und wusste, dass er in dieser Nacht trotz des abnehmenden Mondes keinen Schlaf finden würde.

* * *

Zwei Gedanken beschäftigten John den halben Sonntag: Wie sollte man das Leben lieben und immerfort an ihm verzweifeln? Konnte man die Menschen lieben, ohne zu vergessen, wozu sie fähig sind?

Ein dritter Gedanke schlich sich hinzu: Konnte man als Alteingesessener den Prenzlauer Berg noch lieben, wo nichts mehr an früher erinnerte; die vornehm verputzten Häuser darüber hinwegtäuschten, was für Leute darin wohnten; Straßen und Gehwege fortwährend ausgebessert wurden, um nachher genauso auszusehen wie zuvor, und niemand dieser idiotischen, wenn nicht kriminellen Verschwendung öffentlicher Gelder Einhalt gebot? Sollte er aufgeben und wegziehen, um denen, die seine Anwesenheit als störend empfanden, das Feld zu überlassen? Jene, die seiner Hilfe bedurften, im Stich lassen?

John sah ein, dass er pauschal und selbstgerecht urteilte. Ein Privatdetektiv war ein Detektiv, war ein Detektiv ... kein Super- oder Spiderman, der Gotham City Berlin retten musste. So las er den Rest des Tages die übrigen Briefe von Ruth Hübner an Jan Felsberg, fand aber keine neuen Beweise für seine mathematische Formel Wut + Trauer = Rache. Nur den Hinweis, dass Ruth im September '89 nach Westberlin gezogen war und mehrmals versucht hatte, eine Einreisegenehmigung in die DDR zu bekommen, was ohne Begründung abgelehnt worden war. Kein Wunder, dachte John, wenn die Stasi die Briefe mitlas und die Affäre des Chefarztsohnes im Regierungskrankenhaus mit der Tochter eines Bundeswehrgenerals nicht gutheißen konnte. So dumm, ihre Briefe der Deutschen Post anzuvertrauen, waren nur Jungverliebte. Gäbe es eine Gauck-Behörde zur Akteneinsicht beim Verfassungsschutz, fände er den Briefwechsel dieser harmlosen Romeo-und-Julia-Geschichte als Verdachtsfall gezielter HVA-Agententätigkeit dokumentiert, war John sich sicher.

Oder war die Sache doch nicht so harmlos? Dass Jan Felsberg sich im Auftrag der Staatssicherheit an Ruth herangemacht hatte, um die Tochter eines hohen Bundeswehrgenerals als Spionin anzuwerben, sich aber in sie verliebte und in den Westen türmen wollte – könnte das den mysteriösen Tod des Jungen erklären? Der von der Stasi gefälschte Brief wäre dann echt, ein Versuch Jans, seine Freundin zu warnen. Genauso gut aber könnte Ruth der Lockvogel gewesen sein, um Jans Papa als BND-Quelle abzuschöpfen – immerhin hatte der als Chef-Kardiologe im DDR-Regierungskrankenhaus seine Hände am Herzen der Macht. Je mehr John die Sache durch die Dechiffriermaschine in seinem Kopf laufen ließ, desto verworrener wurde sie. Ein perfekter Stoff für John le Carré, nicht aber für einen kleinen Privatdetektiv aus Prenzlauer Berg.

Am Abend ging er ins *Pieper*. Er trank ein Bier zu viel auf die baldige Genesung von Jonathan Holtz und auf die späte Himmelfahrt von Jan Felsberg. Dabei hörte er ungewollt einem Gespräch am Nachbartisch zu. Der naive Maler Max Grün und der für seine linientreuen Filme mit dem Nationalpreis der DDR ausgezeichnete Regisseur Jens Schliemann beklagten sich über die bevorstehende Schließung des *Pieper* und machten dafür den Stadtrat für Öffentliche Ordnung verantwortlich, der mit strengen Hygienekontrollen die Gastronomie in Prenzlauer Berg platt machte.

»Det führt dazu, dass noch mehr von die Ekeltürken und Gomorra-Italiener hier offmachen«, lallte Grün. »Ich sach dir, det is ne Verschwörung. Wie Nein-Illäwen. Daroff kannste een lassen.«

»Mensch Max! Du siehst Gespenster. Delirium tremens ersten Grades ... Dass das *Pieper* zumacht, haben wir nicht al-Quaida zu verdanken, sondern Feldwebel Ziesche.«

»Kenn ick nich, mal ick nich!«, polterte Grün.

Schliemann nippte an seiner Weinschorle und lächelte überlegen. »Spitzname Heulboje.« Der Maler schaute ihn aus trüben Augen an. Er verstand nur bildlich Gesprochenes, keine seriellen Substantivismen der Beamtensprache. »Hab mal einen Film über die Grenztruppen gemacht. Das Verteidigungsministerium hat die Kompanie ausgewählt, die den antifaschistischen Schutzwall am Cantian-Stadion bewachte. Ziesche sollte als Vorbild für Mut und Einsatzbereitschaft dienen. Gedreht hab ich aber mit einem anderen.«

»Wieso? Hatte der Knackarsch keen schaupielerisches Talent?« Grün lachte und zeigte seine verrotteten Zähne.

»Das war ein Dokfilm, du Pinselheinrich! Ich weiß nicht mehr, was der Grund war ... Ist ja auch egal. Jedenfalls ist Ziesche heute stellvertretender Bürgermeister.«

»Die rote Socke jibt den Hauptmann von Köpenick. Det jlob ick nich!«

Schliemann rückte seine Brille gerade. »Vom Paulus zum Saulus. Das haben wir nicht geschafft.«

»Wat sachst du dazu?«, fragte der Maler und schaute zum Nebentisch.

Weil Grün schon etliche Nordhäuser Doppelkorn intus hatte, verfehlte sein Blick den Detektiv. John fühlte sich trotzdem angesprochen. »Max, du schielst wie die Mona Lisa.«

»Ick seh vielleicht nich so jut aus. Bin aber mehr wert.«

»Kennen Sie den Stadtrat etwa?«, wollte Schliemann wissen und lud John an den Nebentisch ein.

»Nicht persönlich, hab aber was gegen ihn ... wegen seines übertriebenen Ordnungsfimmels.«

»Haben wir doch alle«, sagte der Regisseur. »Dieser Wendehals ist eine Schande für uns anständige Ostdeutsche. Er ließ Leute abknallen, die in den Westen wollten, und lässt uns heute nicht leben, wie es uns gefällt.«

»Er tut einfach das, was er schon immer getan hat – für Ordnung und Sicherheit sorgen.«

»Raus aus die Kartoffeln, rin in die Kartoffeln«, bemerkte Grün in seiner bildhaft-poetischen Art und bestellte noch zwei doppelte Nordhäuser.

John winkte ab. » Muss morgen früh raus ... zu einer Beerdigung.«

»Da fängt die Woche ja gut an«, sagte Schliemann.

»Jibst da Schäpsgen für alle? Denn komm ick da jerne mit.«

John winkte dem Kellner. »Lass mal, Max. Ist nur im kleinen Familienkreis. Ohne Schnaps.«

»Schade. Ick liebe Beerdigungen. Weil ick meene nich erleben werde.«

»Wir werden bis zum Umfallen auf dich trinken und dir eine Flasche Schnaps ins Grab legen«, versprach Schliemann.

Grün gefiel der Vorschlag, doch zum Sterben war er noch nicht bereit. »Kann ick die Flasche schon mal probieren? Ob se och jut jenuch is für die Ewichkeit?«

Fast bedauerte John, die beiden zu verlassen. Als Wladimir und Estragon könnten sie Becketts Stück zu neuem Glanz verhelfen. Doch er musste ins Bett, um bei der Trauerfeier nicht einzuschlafen.

17

Im Gegensatz zu Max Grün mochte er keine Trauerfeiern. Seit Leas Tod hatte er beharrlich jede Einladung zum Begräbnis ignoriert. Nur noch im Fernsehen, wenn zum soundsovielten Mal *Der Dritte Mann* lief mit der unsentimentalsten Friedhofsszene der Filmgeschichte, hatte er Beerdigungen miterlebt. Die Einladung von Gesine Gramzow auszuschlagen schien ihm nach allem, was zwischen ihnen war, nicht pietätvoll. So kaufte er beim vietnamesischen Blumenhändler auf der Prenzlauer einen Strauß Pfingstrosen *Feng Dan Bai* (rot-weißer Phönix). Für die Grabbeilage eines vor zwanzig Jahren Verstorbenen war der Name unpassend, aber als Hoffnung auf Wiederauferstehung seiner kurzen Beziehung zur Mutter des Toten eignete er sich allemal.

Die Trauerfeier begann um elf. Um sich die Zeremonie zu ersparen, machte er auf dem Weg zur Kapelle an der Greifswalder Straße einen Abstecher zu Leas Grab. Es befand sich am entgegengesetzten Ende des Friedhofs, ein Urnengrab mit schlichter Granitstele. Eigentlich hätte Lea auf dem Jüdischen Friedhof liegen können, doch sie hatte dort keine Verwandtschaft, fühlte sich religiös ungebunden, und nach Weißensee zu fahren kam John vor wie eine Reise nach Jerusalem. Außerdem wollte er für immer in seinem Kiez bleiben, auch wenn er eines Tages als Häufchen Asche neben ihr lag. Sein Name stand schon auf dem Grabstein: *John Klein, geb. 17.1.1951 gest.*

Am Anfang hatte er im Schatten der Bäume mit Lea geredet, fand es sogar entspannend, weil sie zuhören musste, ohne ihm widersprechen zu können. Später hielt er es für überflüssig, sie mit Problemen zu belasten, die sie nichts mehr angingen, saß einfach nur da, in Gedanken woanders, aber nah bei ihr. Jetzt schaute er mehrmals auf die Uhr, als würde die Zeit schneller vergehen, wenn man ihren Minutentakt zählte.

Er fürchtete, den Ereignissen hinterherzuhinken, hatte Angst, dass ihm die Zeit davonlief. Am Morgen hatte er im Rathaus angerufen, um sich mit dem Stadtrat für Öffentliche Ordnung verbinden zu lassen. In seinem Vorzimmer hatte sich eine Frau Engel gemeldet, die ziemlich gesprächig war und ihm erzählte, dass eine Ruth Hübner von der Agentur *Steno* bis letzte Woche ihre Urlaubsvertretung übernommen habe. Demnach war Ruth täglich mit Gunnar Ziesche zusammen gewesen, hatte seine Termine gemacht, seine Korrespondenz getippt und für ihn Kaffee gekocht. Wenn sie auf Rache aus war, warum schüttete sie ihm dann kein Strychnin in den Kaffee? Ruth war ein Rätsel, das zu lösen nicht Johns Aufgabe war. Und was ging ihn der Ex-Feldwebel Ziesche an, der frei nach dem DDR-Slogan *Schöner unsere Städte und Gemeinden* den Prenzlauer Berg verschandelte? Außer dass sein Rücken bei jedem Fehltritt in ein Bauloch noch mehr schmerzte ... John schaute erneut auf die Uhr. Elf Uhr fünfundvierzig. Jetzt sollte die Trauerfeier zu Ende sein.

Als er den Ausgang Greifswalder Straße erreichte, kamen die Trauergäste aus der Kapelle. Vorneweg Gesine Gramzow im kleinen Schwarzen mit Hut und Schleier. John bewunderte die Frau, die nach zwanzig Jahren ungewisser Gewissheit noch um ihren Sohn trauern konnte. Der Mann neben ihr, vermutlich Prof. Dr. hc. Felsberg, konnte es offenbar nicht. Wie zwei Fremde gingen die beiden nebeneinander, jeder mit seinen Gedanken beschäftigt. Eine stattliche Trauergesellschaft aus Vertretern von Politik, Staat, Kirche, Fernsehleuten, Journalisten und Schaulustigen folgte der Urne mit den sterblichen Überresten des letzten Opfers der deutschen Teilung. John reihte sich am Ende der Prozession ein und hoffte, die Beisetzung würde ohne geschwollene Reden abgehen.

»Hallo Johnny! Wieso bist du nicht vorn bei der Mutter?«

Er drehte sich um und starrte in das grinsende Gesicht von Bubi Scholz. »Ich gehöre nicht zur Familie. Ist Schwitters auch hier?«

»Warum sollte er? Ist immer noch mein Fall.«

Die beiden gingen nebeneinander her, vermieden aber, sich zu nahe zu kommen.

»Hast du Gunnar Ziesche entdeckt?«, fragte John.

Scholz sah ihn ahnungslos an, und Klein begriff, dass Bubi noch dümmer war, als die Polizei erlaubt.

»Du kennst unseren Stadtrat für Öffentliche Ordnung nicht?«

»Nee, kenn ich nicht. Sollte ich?«, fragte der Kommissar misstrauisch.

John trat ihm absichtlich auf den Fuß. »Lest ihr keine Zeitung? Die Sache mit dem Kreuz für Felsberg im Mauerpark ... Nein? Auf Zieches Anordnung wurde es doch noch entfernt.«

Scholz bückte sich, um den Abdruck von seinem Schuh zu wischen. »Wo kämen wir denn hin, wenn jeder irgendwo ein Kreuz aufstellt?«

Obwohl John lieber schweigen wollte, wie es sich in einem Trauerzug gehörte, nervte ihn Bubis Besserwisserei. »Kreuze sind Hinweiszeichen. Vielleicht wollte jemand weniger auf das Opfer hinweisen als auf den Täter.«

»Was soll denn das wieder«, wunderte sich der Kommissar. »Die beiden Mauerschützen sind tot. Liest du keine Zeitung?«

»Es waren drei. DDR-Grenzposten hatten immer einen Offizier als Aufpasser.«

»Was du nicht sagst! Warst wohl auch Scharfschütze bei Honecker?«

John hasste diesen Ton. »Schütze Arsch im letzten Glied. Deshalb hat die DDR auch gegen euch verloren.«

Scholz schwieg, sie hatten das Grab von Jan Felsberg erreicht. Dort standen sie und warteten, bis sie ihre Blumen ablegen konnten. John hielt die Stille nicht aus. »Habt ihr den Tod von Knapp aufgeklärt?«

»So gut wie«, log Scholz. »Hat nichts mit dem Jungen in der Urne zu tun.«

»Im *Berliner Kurier* hab ich was anderes gelesen. Da stand was von Stasi-Mord, weil Knapp auspacken wollte.«

»Ich glaube nicht an Mielke-Märchen, und du doch bestimmt auch nicht.«

»Wenn zwei mit derselben Vergangenheit sterben, gibt es meist einen Dritten, der seine Vergangenheit loswerden will.«

Scholz hatte genug von Kleins Weisheiten. »Wenn du was verheimlichst, das wir wissen müssen, kriege ich dich wegen Behinderung polizeilicher Ermittlungen dran.«

»Ist Ziesche hier oder nicht?«, fragte John. Deutlicher wollte er nicht werden.

»Bestimmt. Ist ja jeder hier, der was zu sagen hat in dieser Stadt … So nen großen Bahnhof wünscht man sich zu seiner eigenen Beerdigung.«

»Ich komme auf jeden Fall, wenn sie dich unter die Erde bringen«, sagte John böse.

Scholz war das Thema unangenehm. Darum schwieg er.

Sie ließen eine kurze Ansprache des Regierenden Bürgermeisters über sich ergehen. Sie handelte davon, dass Jan Felsberg sein junges Leben für die Freiheit gegeben hatte und tragischerweise in derselben Nacht gestorben war, in der die Bürger Ostdeutschlands sich die Freiheit nahmen, die ihnen lange verwehrt worden war. Darum, schlug der

Bürgermeister vor, sollte der Mauerpark in Jan-Felsberg-Park umbenannt werden, damit sein Tod für alle Zeiten Mahnung bliebe, dass die deutsche Einheit teuer erkauft wurde.

»Schön hat Wowi das gesagt«, meinte Scholz. Er musterte die Trauergäste, während die Schlange sich langsam vorwärts bewegte.

Johns Augen suchten nach der Frau, die neulich in seinem Büro gesessen hatte. Er hatte keine Ahnung, in welcher Verkleidung sie diesmal erschienen war, zudem trugen mehrere Frauen in Ruth Ferbers Alter schwarze Sonnenbrillen. Und würde sie riskieren, Gunnar Ziesche auf dem Friedhof zu begegnen?

John merkte, dass Scholz ihn beobachtete. »Zeig mir doch mal diesen Ziesche.«

Scholz reagierte unwirsch. »Was weiß ich, wie er im schwarzen Anzug aussieht. Kenne nur sein Foto auf der Internetseite des Rathauses ... im Tennis-Shirt des TSC Pankow.«

»Wusstest du, dass Jan Felsberg eine Geliebte im Westen hatte?«

Der Kommissar wiegte den Kopf, als hätte er's im Nacken. Zähneknirschend fragte er: »Ist das noch von Belang?«

John genoss das Spiel. »Ruf mal im Rathaus an. In Ziesches Vorzimmer saß bis vor Kurzem eine Sekretärin ... Name fällt mir grad nicht ein ... Sie war die Geliebte von Jan Felsberg. Und Kunkels Sekretärin im Mauermuseum.«

»Verarsch mich nicht, Kollege!«, stammelte Scholz und kramte sein Handy aus der Tasche.

»Steck das Ding weg, Bubi. Wir sind auf einer Beerdigung.«

Scholz behielt das Telefon in der Hand. »Ich warne dich! Sag mir, was du weißt.«

»Ich weiß so wenig wie du ... denke nur etwas schneller.«
Jetzt waren sie an der Reihe, dem Toten die letzte Ehre zu erweisen. Scholz verzichtete darauf, der Familie zu kondolieren, und schlug sich in die Büsche. John legte seine Blumen an der Urne ab und gab Gesine Gramzow die Hand. Sie dankte ihm mit einem Nicken. Auch dem Mann an ihrer Seite, Jans Vater, gab er die Hand. Dann ging er davon, ohne sich umzusehen.

* * *

Zu Beginn seiner Laufbahn, wenn ihn jemand fragte, weshalb er unbedingt zur Kriminalpolizei wollte, antwortete Hauptkommissar Schwitters ohne zu zögern: aus Menschenliebe. Mit zweiundzwanzig Jahren hatte er sein Soziologiestudium an der FU Berlin aufgegeben, obwohl sein Lehrer Urs Jaeggi ihm eine glänzende Karriere als Wissenschaftler voraussagte, und sich kurzerhand bei der Kripo beworben. Nachdem er jüngster Leiter einer Berliner Mordkommission geworden war, fragte niemand mehr nach dem Grund seiner Berufswahl. Der jugendliche Überschwang seiner von der Frankfurter Schule geprägten Liebe zu den Mitmenschen war längst getrübt von der Erkenntnis Lichtenbergs, dass tätige Menschenliebe ohne Verstand ihren nämlichen Zweck so gut verfehlt wie Menschenhass ohne Macht. Nichts aber zehrte mehr an seinem Verstand als die Leitungstätigkeit und Mitarbeiter, denen reziprok zu ihrer beruflichen Erfahrung das Denken abhanden kam.

Wie Scholz, diesem Kleingärtner mit saisonalen Auswüchsen von Größenwahn. Obwohl er genau wusste, dass sein Chef sich um sein krankes Kind kümmern musste, hatte er ihn zu Hause angerufen und behauptet, das Leben von Gunnar Ziesche sei in Gefahr. Zuerst hielt Schwitters das für den verzweifelten Versuch des Alten, sich im Fall

Mauerpark zu profilieren, und verbat sich die Störung. Während er den köchelnden Haferschleim umrührte, hörte der Hauptkommissar sich dann doch an, was Scholz herausgefunden hatte und ihm jetzt übermittelte: Eine gewisse Ruth Hübner, Jugendliebe von Jan Felsberg, war Aushilfstippse des Amtsleiters, zuvor unter dem Namen Ferber Kunkels rechte Hand im Mauermuseum und möglicherweise die Letzte, die Norbert Knapp lebend gesehen hatte. Wie er das herausbekommen habe, wunderte sich Schwitters. Scholz nannte es routinemäßige Ermittlungsarbeit in alle Richtungen. Sein Chef lobte ihn dafür, obwohl er den Anrufer am liebsten in den sofortigen Ruhestand versetzt hätte. Als Scholz fragte, ob der Hautkommissar den Stadtrat nicht aus dem TSC Pankow kenne, wiegelte Schwitters ab, vergaß aber vor Schreck, den Haferschleim umzurühren, der prompt anbrannte. Grund genug, sich das Gequassel seines Mitarbeiters nicht länger anzuhören.

Nachdem er aufgelegt hatte, füllte er den Haferschleim in eine Schüssel und ließ sich die Sache durch den Kopf gehen. Die Lösung seines Dilemmas hieß Ruth Ferber. Wenn sie den Tod Knapps verschuldet hatte und es auch Ziesche heimzahlen wollte, schien das die bessere Lösung. War Ziesche der Auftraggeber für den Mord an Knapp, wäre seine Bewerbung für das Amt des Polizeipräsidenten so angebrannt wie der Haferschleim. Würde seinem Tennispartner etwas zustoßen, ebenfalls.

Auf der Stelle rief Schwitters den Chef des Staatsschutzes an und bat um verstärkten Personenschutz für den Politiker Gunnar Ziesche. Der Kollege versprach, sein Bestes zu tun, und lud zu einer schnellen Krisensitzung am Abend. Das hieß, Schwitters musste ein Kindermädchen bestellen, weil seine Frau auf Dienstreise war. Diesem Scholz würde er zur Strafe auch den Feierabend versauen, indem er ihn zu der Sitzung hinzuzog. Schwitters war froh, dass er dem Alten den Fall Mauerpark wieder übertragen hatte. Eine Lehre des Peter-Prinzips: Der Unfähigste muss auf der Leiter der Zuständigkeit nach oben steigen, um als Prellbock die Macht der Fähigen zu sichern. Zwar hatte der Hauptkommissar die Macht, seinen Ermittler jederzeit zu feuern, doch sein Verstand sagte ihm, dass es falsch war, diese Macht jetzt zu gebrauchen. In ein paar Monaten ging Scholz ohnehin in Rente. Sollte er einen letzten Erfolg für sich verbuchen. Für ihn als Chef der 6. Mordkommission würde der Fall Mauerpark die Fahrkarte in die oberste Etage des Polizeipräsidiums werden. Aber besser wäre es, wenn Feldwebel Ziesche dabei unter die Räder kam.

Aus dem Kinderzimmer vernahm Schwitters ein Greinen. »Ja, Schätzchen! Bin gleich fertig.«

Wurde nicht die Menschenliebe, die in vierzehn Berufsjahren immer mehr von ihm abgefallen war, durch die Liebe der Tochter mehr als aufgewogen? Außerdem war sein Beruf nicht Pfarrer oder Dichter, sondern Kriminalpolizist – ein Beruf, in dem man die Menschen weniger für das Gute schätzt, das sie einem geben, als vielmehr für das Böse, das sie tun. Die Gesellschaft dagegen schätzt die Gerechtigkeit, die man ihnen widerfahren lässt, wenn sie unschuldig oder tot waren. Gunnar Ziesche war definitiv nicht unschuldig, aber auch noch nicht tot.

18

Er erkannte sie schon von Weitem und fragte sich, ob sie ihn hier erwartete oder er sie. Ruth Ferber saß im Schatten der Bäume auf einer Bank und starrte auf die Blumen und Kränze, die das Urnengrab ihres Geliebten bedeckten. Als er sich zu ihr setzte, drehte sie den Kopf und sah ihn an. Sie schwiegen lange. Doch John war sicher, dass sie nicht gekommen war, um allein zu sein. Sie wollte reden, mit ihm.

»Stört es Sie, wenn ich rauche?«

»Von mir aus. Den Toten kann's ja egal sein«, sagte sie und nahm die dunkle Sonnenbrille ab. Ihre Augen waren so kalt und dunkel wie auf dem zwanzig Jahre alten Foto.

»Sie waren nicht bei der Beisetzung«, sagte John und zündete sich einen Zigarillo an. Und weil sie keine Antwort gab: »Sie wollten Gunnar Ziesche nicht begegnen.«

Ruth rang um Fassung. »Hatte er etwa die Unverfrorenheit, hier aufzutauchen?«

John schüttelte den Kopf. »Sie haben zwei Wochen für ihn gearbeitet. Wie ist er denn so, als Amtsleiter und Mensch?«

Ruth überlegte. »Wie Männer als Staatsdiener eben sind. Unterwürfig nach oben, herrschsüchtig nach unten.«

»Ich frage mich, warum Sie für ihn gearbeitet haben?«

Ruth sah ihn an, als hätte sie ihn nicht verstanden. »Was für eine dumme Frage! Es ist mein Job, für jeden zu arbeiten, der mich bucht.«

»Ach, kommen Sie. Ich weiß nicht, wie Sie es geschafft haben, Aushilfskraft im Rathaus zu werden. Bei der Auswahl an Sekretärinnen und Agenturen ...«

»Zufall. Vorsehung ... Nein. Ich wollte den Mann kennenlernen, der Jan auf dem Gewissen hat.«

»Das können Sie nicht wissen. Das vermuten Sie nur.«

»Ich weiß es! Sie haben Jan erschossen, obwohl der Schießbefehl schon aufgehoben war. Deshalb haben sie ihn vergraben. Sonst wäre er abtransportiert und in einem namenlosen Grab beerdigt worden. Wie man es mit allen Mauertoten getan hat.«

»Der Ermittlungen haben ergeben, dass Geschke ihn erschossen hat.«

»Und Ziesche gab die Befehle. Sonst hätten sie die Leiche nicht verscharrt wie einen räudigen Hund.«

Der Vergleich traf mitten in Johns Hundeherz. Er wusste, dass sie vermutlich recht hatte. »Beweise für Ziesches Schuld gibt es nicht. Wird es nie geben, seit Geschke und Knapp nicht mehr aussagen können.«

»Es gibt Mittel und Wege, Ziesche zum Geständnis zu zwingen«, erwiderte Ruth kalt. »Dafür würde ich ein neues Guantanamo bauen.«

John drückte seinen Zigarillo aus. »Die Mauer war kein Spielplatz. Mich interessiert die Wahrheit. Auch wenn sie weh tut.«

»Welche Wahrheit meinen Sie?

»Die Wahrheit, wer Norbert Knapp ermordet hat.«

Ruth Ferbers Antwort kam so schnell, als hätte sie auf die Frage gewartet. »Gunnar Ziesche. Er wurde von Knapp erpresst. Ich habe gehört, wie sie sich am Telefon stritten.«

»Das kann nicht sein. Ziesche war in Urlaub, als Knapp in seiner Werkstatt verbrannte.«

»Für solche Dinge findet sich immer einer.«

»Der jemanden für Geld aus dem Weg räumt? Ist nicht billig. Da müsste Knapp sehr viel verlangt haben.«

»Schweigen kann teuer sein«, erwiderte Ruth und zog eine kleine Flasche Grappa und zwei Plastikbecher aus ihrer Handtasche. »Vielleicht war es doch ein Unfall. Oder Selbstmord, wie bei dem anderen ... Wie hieß er gleich?«

»Geschke. Wolfgang Geschke.«
»Möchten Sie auch einen Schluck?«
John nickte abwesend. Er nahm den Becher, stieß mit der Frau an und kippte den Grappa in einem Zug hinunter. Ruth stellte ihren Becher neben sich auf die Bank, ohne dass sie getrunken hatte.
»Ich sage Ihnen, wie es gewesen ist. Sie haben im Büro belauscht, dass Knapp Geld von Ziesche verlangte. Da kam Ihnen die Idee, zwei Fliegen mit einer Klappe zu erschlagen. Einer der Mauerschützen beging Selbstmord. Der andere erpresste den diensthabenden Offizier. Also beschlossen Sie, Knapp umzubringen und damit Ziesche in den Knast.«
»Sie haben eine blühende Fantasie, Monsieur Klein«, erwiderte sie und schenkte ihm noch einen Grappa ein.
»Schon möglich. Aber woher wissen Sie, dass Geschke sich umgebracht hat? Es stand in keiner Zeitung.«
Auf die Frage schien sie nicht vorbereitet. »Ich ... ich habe ihn angerufen. Seine Eltern haben mir erzählt, dass er ...« Sie beugte sich zu ihm und flüsterte ihm ins Ohr: »Hat er verdient. Knapp war zu feige. Da musste ich nachhelfen.«
John hörte die Stimme der Frau wie aus einem Trichter. Ihr Gesicht drohte zu verschwimmen. »Die Polizei kann das überprüfen«, sagte er mit schwerer Zunge und sank in ihre Arme. »Die Polizei-ei ...«
Ruth Ferber schaute sich um. Niemand zu sehen. Trotzdem war es Zeit, der Friedhof wurde um 16 Uhr abgeschlossen. Mit Mühe richtete sie den schweren Mann auf und schleppte ihn untergehakt zum Ausgang. John hielt sich schwankend aufrecht. Er konnte nicht klar denken und wunderte sich, dass zwei kleine Grappa ihm derart zu schaffen machten. »Das Zeug ist der reinste Dreck!«, lallte er, während sie Arm in Arm den Ausgang erreichten.

Ruth ächzte unter seinem Gewicht. »Kommt auf den Preis an. Und was drin ist.«

»W-w-was ist da drin? ... Schneckenkorn, Strychnin ...«

»Nur K.o.-Tropfen. Ich hoffe, Sie haben ein starkes Herz und machen mir nicht schlapp.«

»Geben Sie sich k-k-keine Mühe. Mein Herz gehört Ge-ge-sine Gramzow ... Ich liebe sie. Mit und ohne Grappa ...«

In der Friedhofseinfahrt parkte ein Mini Cooper. Ruth klappte den Beifahrersitz um und schob den halb Bewusstlosen auf den Rücksitz, wo er ächzend liegen blieb. Beim Ausparken auf die Prenzlauer Allee stieß der Mini um ein Haar mit einem Taxi zusammen, das viel zu schnell hinter einem Reisebus hervorschoss und auf die rechte Spur wechselte.

* * *

Kommissar Scholz fuhr mit Blaulicht über die Skalitzer Straße. Vor einer Stunde hatte er von der Forensik die ausgelesenen Anrufe vom Handy Norbert Knapps erhalten. Obwohl das Gerät nur noch ein geschmolzener Klumpen Plastik und Blech war, hatten die Kriminaltechniker es irgendwie geschafft, die SIM-Karte zu aktivieren. Der vorletzte Anruf kam von einer Nummer, die auf den Namen Ruth Ferber registriert war, doch der Netzbetreiber war nicht bereit, den Inhalt des Gesprächs ohne richterliche Anordnung herauszurücken. Das konnte dauern, würde aber bei einem Prozess wegen Mordes als Beweis gewertet. Ein halbes Jahr blieb das Telefonat gespeichert. Genug Zeit, um Ruth Ferber die Anklage zu verlesen. Wenn sie sich nicht vorher aus dem Staub machte.

Scholz parkte seinen Wagen in der Manteuffelstraße, bestellte sich einen Döner beim Türken gegenüber dem Haus, in dem Ruth Ferber gemeldet war, und rief ein zweites Mal in der Keithstraße an. HK Schwitters hatte sich noch nicht gemeldet. Man sollte Kriminalern verbieten, Kinder in die Welt zu setzen, dachte Scholz, schon wegen des Spruches »Na, Herr Schutzmann! Was machen die Kinderchen? Üben sie schon bissgen arretieren?« Zu gern würde er jetzt Ruth Ferber arretieren, doch ohne Unterstützung wagte er sich nicht in ihre Wohnung. Nach einem ungenießbaren Becher Filterkaffee entschloss er sich trotzdem, an ihrer Tür zu klingeln. Keine Reaktion.

Als er eine Ewigkeit im Auto gewartet hatte, musste er pinkeln und schiffte in den Plastikbecher, weil es weit und breit keine öffentliche Toilette gab, nicht mal ein Dixi-Klo. Typisch Kreuzberg. Vor zwanzig Jahren war er bei der Drogenfahndung im Wrangel-Kiez gewesen, seither hasste er die Gegend. Wie damals blieb er in Lauerstellung, hörte auf Hundert Komma sechs Musik, die in seinen Ohren gewalttätig klang, und nicht minder körperverletzende Werbung für die SKL-Glückslotterie und Allianz-Lebensversicherungen. Zwei Dinge, die für ihn bedeutungslos waren, seit er die Diagnose Hodenkrebs erhalten hatte.

Nach einer Stunde traf endlich der Bus mit der SEK-Einheit ein, zusätzlich zwei Kollegen der Mordkommission und ein Vertreter der Staatsanwaltschaft mit Haft- und Durchsuchungsbefehl. Der Einsatzleiter des SEK ließ die mit Gesichtsmasken, Schnellfeuerwaffen, Blendgranaten, Brechwerkzeug ausgerüstete Truppe antreten und erkundigte sich ohne Eile nach der Gefahrenlage: Zielperson, Zielort, Art der zu erwartenden Gegenwehr, Möglichkeit von Geiselnahme. Scholz winkte ab. Die weibliche Person, die es zu verhaften galt, war allem Anschein nach nicht zu Hause, und falls doch, höchstwahrscheinlich nur mit langen Fingernägeln und spitzen Schuhen bewaffnet. Der Einsatzleiter wollte keinerlei Risko eingehen und schickte seine in Kevlar-Westen und Schutzhelme verpackten Krieger los.

In drei Gruppen zu jeweils zwei, vier, zwei Männern stürmte das SEK Rücken an Rücken die Treppe hinauf. Scholz folgte mit den Kommissaren Kubicki und Vollmöller, nur der Vertreter der Staatsanwaltschaft blieb vorm Haus und beruhigte die Passanten: alte türkische Männer, die nervös ihre Masbahas zwischen den Fingern drehten, um mit jeder der dreiunddreißig Perlen Allah zu preisen; junge Frauen, die sich schützend über ihre Kinderwagen warfen; braun gebrannte Yoga-Lehrer, die den panischen Müttern Entspannungskurse anboten.

Da auch nach mehrmaligem Klingeln niemand öffnete, brachen zwei der SEKler die Tür zu Ruth Ferbers Wohnung mit einem Rammbock auf. Die anderen stürmten in perfekter Choreografie hinein, sicherten ein Zimmer nach dem anderen, zuletzt das Bad, wo sie effektvoll Öse um Öse des Duschvorhangs aus der Aufhängung rissen. Scholz ging durch den vorderen der zwei großen Räume, die durch weit offen stehende Flügeltüren miteinander verbunden waren. Er war fast völlig leer: keine Möbel, Regale, Pflanzen, keine Unterhaltungselektronik, keine Bilder an den Wänden, nur ein Tapeziertisch, Trittleiter und Malerzeug im hinteren Raum. Die Küche mit teuren Bulthaupt-Einbaumöbeln war offenbar nie benutzt worden, der Kühlschrank bis auf einen Karton Bio-Joghurt leer. Auf dem Küchentisch lag ein Stapel Einladungen zur Eröffnung einer Fotoausstellung über die Berliner Mauer am 1. Juni 2011 in Prenzlauer Berg Museum. Eröffnungsredner war der stellvertretende Bürgermeister von Pankow, Gunnar Ziesche.

»Kollege Scholz! Kommen Sie bitte mal?«, rief Vollmöller aus dem Flur.

Scholz traute seinen Augen nicht, als er durch die Tür des Schlafzimmers schaute. Vollmöller hatte seine Nickelbrille in die Stirn geschoben und zählte die Schuhe, die paarweise in einem Regal bis zur Decke standen. »Scheint, als hätten Sie diesmal ins Schwarze getroffen.«

»Für Ladendiebstahl sind wir nicht zuständig«, sagte Scholz grimmig. Es mussten mindesten hundert Paar Damenschuhe sein.

»Fuck, jetzt habe ich mich verzählt«, ärgerte sich Vollmöller und zeigte auf die Wand überm Bett. Scholz setzte sich auf den Futon und studierte die Pinnwand. Sie war gespickt mit Zeitungsausschnitten, Fotos, Briefen und Straßenkarten. Eine bunte Collage zum Thema Berliner Mauer, dem letzten Fluchtopfer und seinen Mördern. Um ein Polaroid mit dem Porträt von Jan Felsberg waren aus einem Gruppenbild herausvergrößerte Fotos von Geschke, Knapp, Ziesche in NVA-Uniform, außerdem die Visitenkarte der Autowerkstatt Knapps mit dem Werbespruch *Norbi et orbi* und Fotos, leicht unscharf, die den Politiker Ziesche auf dem Tennisplatz zeigten. Scholz unterdrückte einen Laut der Verwunderung, als er auf den Bildern seinen Chef erkannte. Ohne dass Vollmöller, der sich wieder dem Schuhregal zugewandt hatte, es merkte, nahm er die drei Foto von der Wand und steckte sie in die Jackentasche.

»Was würden Sie sagen«, fragte Scholz seinen jungen Kollegen. »Ist unser Vogel für immer ausgeflogen oder noch gar nicht eingezogen?«

Vollmöller war mit Zählen beschäftigt und merkte sich die Farbe des fünfzigsten Paars. »Ich wette, die Dame hat sich nur vorübergehend absentiert. Wer einen Schuhtick wie Imelda Marcos hat, lässt seine Babys nicht im Stich.«

In dem Moment trat Kommissar Kubicki ins Zimmer. »Das SEK wurde abgezogen. Banküberfall mit Geiselnahme in Friedenau.« Scholz nickte. »Der Einsatzleiter meint, das wird teuer. Das nächste Mal sollen wir den Schlüsseldienst rufen.«

»Jaja«, sagte Scholz abwesend und fotografierte mit seinem Handy die Pinnwand.

Vollmöller nahm die Nickelbrille ab und kaute am Bügel. »Ich würde doch sagen, der Vogel ist ausgeflogen.«

»Und was lässt unser Superhirn zu diesem Schluss kommen?«, erwiderte Scholz gereizt, weil er kein gelungenes Foto hinbekam.

»Die Pinnwand. Wir sollten sie offenbar finden.«

Scholz kratzte sich am linken Ohr. »Sehe ich auch so. Entweder hat sie noch eine Wohnung in der Stadt oder ist über alle Berge.«

»Dann wollen wir mal die Fahndung rausgeben.« Vollmöller verzichtete auf das Zählen der restlichen Schuhe und rief die Zentrale in der Keithstraße an. Scholz gab es auf, die Pinnwand zu fotografieren, nahm das Beweisstück vom Haken und trug es zum Auto. Kubicki war nicht zu sehen. Als sie um den Dienstwagen herumgingen, hockte er am Bordstein und starrte auf die Vorderreifen. Sie waren platt.

»Elendes Kümmelkreuzberg!«, tobte Scholz. »Wo steht euer Wagen?«

»In der Werkstatt«, sagte Kubicki. »Sind mit dem Schlitten der Staatsanwaltschaft gekommen.«

Während der Kommissar, den sie berlinisch Kubiki statt Kubitzki nannten, den Abschleppdienst anrief, fragte Scholz in der Zentrale nach, ob man Ruth Ferbers Handy orten könnte. Weil der Navigator noch daran arbeitete, ließ Scholz sich die Nummer geben und tippte sie in sein zerkratztes Telefon.

* * *

Das Klingeln im Kopf weckte ihn aus der Ohnmacht. Doch alles, was er wahrnahm, blieb hinter einem undurchsichtigen Schleier verborgen. Vielleicht war er ja immer noch in dem gelben Unterseeboot, nur in einer anderen Kabine? Doch wo waren Paul, George und Ringo, mit denen er eben noch gegen die Blaumiesen gekämpft hatte?

Keine Musik, kein Mucks. Nur dieser seltsame Geruch, eine Mischung aus Ölfarbe, Verdünner, Klebstoff und Chanel No. 5. Ruths Parfüm. Also kein Traum, denn wenn sein Unterbewusstsein auf Reisen ging, nahm es gewöhnlich keine Gerüche wahr, begnügte sich mit Sehen, Hören, Schwerelosigkeit. Jetzt verließen ihn seine Sinne wieder, Arme und Beine waren wie gelähmt, die Augen trübe, die Ohren verstopft. In welcher Realität befand er sich, dass er trotz Knockouts fähig schien, über seinen Zustand nachzudenken?

Wenn es sein musste, konnte er auch die Augen schließen und weiterträumen. Aber wie sollte er fliegen wie der kleine Häwelmann, wenn seine Hände auf dem Rücken zusammengebunden waren, wie sollte er mit Gesine Gramzow tanzen, wenn seine Beine mit Klebeband an einen Stuhl gefesselt waren?

Bevor er sich entschließen konnte, sich aus dieser undurchsichtigen Realität zu verabschieden, zog eine Hand den Schleier beiseite, und eine Frauenstimme sagte: »Trinken Sie das.«

John erkannte, dass der Schleier ein Plastikvorhang war, hinter dem sich die Jupiterlampen eines Fotoateliers befanden.

»Los, trinken«, befahl Ruth Ferber und hielt ihm ein volles Glas mit farblosem Inhalt an die Lippen.

»Was ist das?«, murmelte er und biss auf das Glas.

»Leitungswasser.« Sie drückte seinen Kiefer auseinander und goss ihm die Flüssigkeit in den Mund.

John spuckte es aus und bekam einen Hustenanfall. »Das Berliner Wasser ist ungesund ... voller Keime und weiblicher Hormone ...«

»Körbchengröße D haben Sie ja schon. Aber wie Sie wollen.« Ruth Ferber warf das Glas auf den Betonboden, doch es zerbrach nicht, wie John gehofft hatte, sondern rollte ihm vor die Füße.

»Dann wird es weh tun. Ich wollte Ihnen das Sterben erleichtern.«

»Danke! Ist die einzige Erfahrung, die ich noch nicht gemacht habe.« Sie sah ihn mit ihren kalten Augen an. »Welche Todesart haben Sie für mich gewählt? Dieselbe wie für Norbert Knapp?«

»Seien Sie still! Ich habe zu tun.« Sie ging zu einem Stativ, schraubte die darauf montierte Canon E 4 Spiegelreflexkamera ab und verstaute sie im Metallkoffer. Danach packte sie eine Hasselblad mit Polaroidkassette in ihre Reisetasche, zuletzt alle Objektive.

»Was kann ich tun, um diese letzte Erfahrung noch nicht zu machen?«, fragte John, um Zeit zu gewinnen.

»Ich fürchte, nichts. Bedauerlicherweise haben die K.o.-Tropfen bei Ihnen nicht die erhoffte Wirkung.«

»Ich bin kein Polizist mehr. Niemand zwingt mich, Sie für das anzuzeigen, was Sie getan haben ... und noch tun werden.«

»Sie sind nicht der Typ, der freiwillig aufgibt. Ich habe mich über Sie erkundigt.«

»Ich gebe Ihnen mein Wort, dass ich mich dieses eine Mal dumm stelle.«

Die Frau nahm es schweigend zur Kenntnis und begann, einen Kanister Benzin auf den Atelierboden zu leeren.

John wusste, solange er weiterredete, war nicht alles verloren.

»Norbert Knapp hat nicht mehr gelebt, als er verbrannte. Hatten Sie Mitleid mit ihm?«

»Eine Sicherheitsvorkehrung. Für den Fall, dass die Brandfalle nicht funktioniert.«

»Das war dumm. Es hätte wie ein Unfall aussehen können. Jetzt haben Sie das LKA auf dem Hals.«

Ruth Ferber schüttelte den Kopf und goss weiter Benzin auf den Boden. »Habe ich Ihnen nicht gesagt, dass Ziesche von Knapp erpresst wurde?«

»Angst macht vergesslich«, sagte John und versuchte, die Hände in den Fesseln zu bewegen. Nicht aufhören, weiterreden, Zeit gewinnen. »Knapp war nicht der Typ, so was durchzuziehen. Er brachte jede Schrottkarre zum Fahren, aber seine Kunden hat er nie beschissen. Höchstens beim TÜV gemogelt ... auch bei meinem alten Mercedes ... War der DDR-Dienstwagen des Erzbischofs von Brandenburg ... Das Auto wurde angezündet ... letztes Jahr vor meinem Haus.«

Sie schien nicht zuzuhören, kam mit dem halb vollen Kanister auf ihn zu. »Das mit der Erpressung war meine Idee. Doch Knapp bekam kalte Füße ... Darum repariert er jetzt Autos im Jenseits.«

»Hat Ziesche etwa gezahlt?«

»Nicht so viel, wie ich wollte. Aber für einen längeren Urlaub reicht es.« Sie hob den Benzinkanister und wollte den restlichen Inhalt über ihm ausgießen.

»Bitte! Ich will nicht sterben wie mein Auto«, flehte John.

Sie wich seinem Blick aus und schüttete das Benzin über die Bilderrahmen, die hinter ihm an der Wand lehnten. »Ich dachte, Sie sind Buddhist.«

John schüttelte den Kopf, verstand aber, was sie meinte. »Ich werde sterben, ohne zu klagen, wenn meine Zeit gekommen ist ... Jetzt ist es grad ungünstig, weil ...«

Sie strich ihm fast zärtlich über den Kopf. Ihre Hand roch nach Benzin. »Der Zeitpunkt ist immer ungünstig. Aber für Buddhisten ist der Tod nicht das Ende.«

Sie sah ihn ein letztes Mal an, entfernte sich, zog den Plastikvorhang hinter sich zu. John erkannte nur noch eine verschwommene Silhouette, die Fotokoffer und Reisetasche auf einen Rollwagen legte.

»Sie werden nicht weit kommen. Die Polizei fahndet längst nach Ihnen und kann Ihr Handy orten ... Sie werden nicht weit kommen!«

Keine Antwort. Stattdessen schlitterte ein iPhone unterm Vorhang hindurch und blieb vor seinen Füßen liegen. Auch wenn er es schaffte, sich zu befreien, das Gerät war unbrauchbar. Die Rückklappe samt SIM-Karte fehlte. Dass er sein Telefon auf dem Rücksitz ihres Autos liegen ließ, nachdem er eine SMS an die Keithstraße abgeschickt hatte, wusste sie nicht.

Das Licht ging aus, eine Eisentür fiel ins Schloss. John Klein fiel nichts Besseres ein als Hamlets letzte Worte: *Das sagt ihm, samt den Fügungen des Zufalls, die es dahin gebracht. Der Rest ist Schweigen.*

Doch er wusste, das allerletzte Wort, bevor der Vorhang fällt, hat Fortinbras, Prinz von Norwegen.

* * *

In der Einsatzzentrale des LKA in Tiergarten herrschte hektische Betriebsamkeit. Die Kommissare Kubicki und Vollmöller telefonierten mit den Fluggesellschaften in Tegel und Schönefeld, ob eine Frau Ferber, Ruth, als Passagier gebucht war. Marschalleck informierte Bundesgrenzschutz und Zoll, einen grünen Mini Cooper mit Berliner Kennzeichen zu stoppen und die Fahrerin festzunehmen. Jutta Gericke saß am Computer und ließ sich per Konferenzschaltung mit Telecom und BKA-Abhörzentrale den Standort des letzten Anrufs von Ruth Ferbers Handy anzeigen. Die Ortung verwies auf das Gewerbegebiet zwischen Gleimtunnel und Bösebrücke im Wedding.

Scholz sah der jungen Kollegin über die Schulter und

staunte. »Das ist nur einen Steinwurf von der Stelle entfernt, wo man Felsberg gefunden hat. Was macht sie da?«

»Wohnen jedenfalls nicht. Dort gibt es nur eine Gerüstbaufirma, drei türkische Schrauberbuden und eine Kneipe für Privatpartys. Wird demnächst abgerissen.«

Er wählte erneut Ruth Ferbers Handynummer. Auch die Mailbox sprang nicht an.

»Sie scheint noch dort zu sein«, sagte Gericke.

»Oder längst über alle Berge.«

»Sollen wir hinfahren?«

Scholz konnte sich nicht entscheiden. Er war unkonzentriert. Die Schmerzen in der Leistengegend vom stundenlangen Sitzen im Auto erinnerten ihn daran, dass der Arzt ihm geraten hatte, viel zu liegen und dabei die Beine anzuwinkeln. In der Keithstraße gab es zwar einen Ruheraum, doch niemand sollte auf die Idee kommen, dass er fix und fertig war. Am wenigsten sein Chef, der wie auf Stichwort die Zentrale betrat.

»Mal herhören! Die Gesuchte hat eine Geisel. Wir haben seinen Notruf per SMS bekommen ...«

»Doch nicht etwa Ziesche?«, rief Kubicki.

Schwitters mochte es nicht, wenn man ihn unterbrach. »Ziesche wird rund um die Uhr bewacht. Es handelt sich um einen Ehemaligen von uns. Einige kennen ihn ...«

»John Klein!«, brach es aus Scholz heraus. »Das geschieht ihm recht.«

Wenn Schwitters ebenfalls Schadenfreude verspürte, ließ er sich nichts anmerken. Er bat Gericke, auch Kleins Handy orten zu lassen. »Auf keinen Fall anrufen. Vielleicht sitzt er in Ferbers Auto und wir können ihren Fluchtweg verfolgen.«

Zufrieden, dass alles wie am Schnürchen lief, atmete Schwitters durch. Er liebte es, wenn zur Jagd geblasen wurde und die Luft knisterte. »Ich fürchte, es wird eine lange Nacht. Aber wir kriegen sie«, ermunterte er seine Mitarbeiter.

»Chef, kann ich Sie mal sprechen?«, sagte Scholz.

Schwitters machte ein unwilliges Gesicht, verließ aber mit Scholz den Raum. »Was gibt's?«

»Ich wollte mich bedanken, dass Sie mir den Fall wieder übertragen haben. Es bedeutet mir sehr viel, weil es unter Umständen mein letzter ist.«

»Sie haben gute Arbeit geleistet. Falls Sie den Ruhestand noch etwas aufschieben möchten, lege ich ein Wort für Sie ein.«

Scholz zog einen Umschlag aus der Jackentasche. »Das habe ich in der Wohnung von der Ferber gefunden.«

Hauptkommissar Schwitters betrachte die Fotos. Der Mann, der Gunnar Ziesche auf dem Tennisplatz die Hand gab, war deutlich zu erkennen.

»Das Negativ haben Sie nicht gefunden?«

»Bedauerlicherweise nein«, versicherte Scholz und verbarg seine Häme. Er wusste, die Fotos konnten seinen Chef in die Bredouille bringen. »Ich bezweifle aber, dass die Ferber wusste, mit wem Ziesche da Tennis spielt.«

Ein schwacher Trost, dachte Schwitters. Scholz wusste es und konnte ihm mit einer Dienstbeschwerde wegen Befangenheit unter Druck setzen.

»Sind Sie mit diesem Klein verfeindet?«, fragte Schwitters und steckte die Fotos ein.

»Das gerade nicht«, behauptete Scholz. »Wir waren sogar mal zusammen auf Polizeisternfahrt in Norwegen.«

Schwitters wurde wieder förmlich. »Sollten Sie persönliche Antipathien gegen die Geisel hegen, schicke ich Sie sofort nach Hause. Haben Sie mich verstanden?«

»Verstanden. Ich fahre mit Kubicki und Vollmöller zum Gleimtunnel.«

»Rufen Sie die Feuerwehr. Die Frau ist eine Pyromanin.«

Scholz schaute auf die Uhr. Viertel vor sieben. Auch mit Blaulicht würde es ein Weilchen dauern, bis sie im Berliner Berufsverkehr vom Tiergarten in den Wedding kämen.

* * *

Um ihn herum war es stockdunkel. Nur zwei Kerzen flackerten hinter dem Vorhang. Obwohl John nicht sah, dass die Kerzen in einem Haufen zerknülltem und mit Benzin getränktem Papier standen, ahnte er, was passieren würde. Ihm blieb nur wenig Zeit, sich von dem Stuhl zu befreien, bevor die Hölle losbrach. Seine Hände konnten die Fesseln zwar lockern, aber nicht lösen. Deshalb kippelte er so lange mit dem schweren Stuhl, bis er nach hinten auf sein geschundenes Kreuz fiel. Da lag er nun auf dem Rücken wie eine Schildkröte, konnte nicht mal mit Händen und Füßen strampeln, weil sie mit Klebeband am Stuhl fixiert waren. Ende der Vorstellung, schoss es ihm durch den Kopf. Der Versuch, sich nicht in sein Schicksal nicht zu ergeben, hatte ihn in eine noch hoffnungslosere Lage gebracht. Der Rest war Schweigen.

Seit seiner Kindheit fürchtete er sich im Dunkeln und kannte nur ein Gegenmittel – reden mit sich selbst. Wenn die Angst die Kehle zuschnürt, ringen die Worte nach Luft und bekommen Flügel. Doch sie ergaben keinen Sinn, flogen wie schwarze Vögel in der Nacht davon. Denken, nicht sprechen, und nicht irgendwas. Das Richtige denken! Ihm fiel ein Satz aus der Erzählung *Der Gefesselte* von Ilse Aichinger ein: »Alle Möglichkeiten lagen in dem Spielraum der Fesselung.« Ein kluger Satz, der Schwung in die Sache brachte. Es klappte nicht sofort, doch nach drei Anläufen gelang es ihm, sich samt Stuhl auf die Seite zu drehen. Wo war das Glas, das nicht kaputt gegangen war, obwohl Ruth es vor Wut auf den Betonboden geschleudert hatte? Wer auch immer unkaputtbare Kneipengläser erfunden hatte, man müsste ihm damit den Schädel einschlagen. John wälzte sich mit dem Stuhl über den Fußboden, bis seine Schuhe das Glas ertasteten. In stabiler Seitenlage konnte er es mit den Füßen nicht zertrümmern. Deshalb drehte er sich so weit zur Seite, bis ein Stuhlbein überm Glas stand. Der erste Versuch, es zu zerquetschen, schlug fehl, es rollte weg. Der zweite ebenso, doch dann erwischte das Stuhlbein das Glas am oberen Rand und zerdrückte es mit einem Knall. Wie bei seiner Hochzeit, als Lea und er gleichzeitig ein in Papier gewickeltes Glas als Symbol für den zerstörten Tempel in Jerusalem zertraten. Damals hatten sie auch drei Versuche gebraucht, um ihr Glück in den Scherben zu finden. Jetzt musste er noch eine Pirouette drehen und sein Glücksversprechen zu fassen bekommen. Er schaffte es, ausgerechnet an der rasierklingenscharfen Bruchkante, die tief in seinen Mittelfinger schnitt.

Trotzdem gelang es ihm, das Klebeband einzuritzen und zu durchtrennen. Seine Hände waren frei. Der Rest war fast ein Kinderspiel: wieder auf den Rücken rollen, die Beine befreien und sich aufstellen. Doch weil sich vom langen Sitzen das Blut in den Adern gestaut hatte, versagte die Beinmuskulatur und er fiel vornüber, mit den Händen voran auf den Betonboden. Er spürte keinen Schmerz, richtete sich auf und hielt sich am Plastikvorhang fest. Durch den Vorhang sah er, wie die erste Kerze das Papier entzündete, in einer blau-gelben Stichflamme das Benzin anfachte und mit rasender Geschwindigkeit nach allem Brennbaren griff. Der Weg zur Tür führte mitten durchs Feuer.

Ohne zu überlegen hob der Detektiv den schweren Stuhl vom Boden auf und legte ihn so übers Feuer, dass die hohe Rückenlehne als Brücke diente. Doch die Brücke kippte unter der Last seines Übergewichtes nach vorn und warf ihn kopfüber gegen die Eisentür. Die letzten Worte der

Stimme in seinem Kopf lauteten: »Ich muss den Termin morgen bei Gesine Gramzow absagen.« Dann verlor er das Bewusstsein.

* * *

Eine halbe Stunde brauchten sie vom Tiergarten bis zum Wedding. Weitere zehn Minuten, um den Zufahrtsweg zum Gewerbegebiet hinterm Gleimtunnel zu finden. Als Scholz aus dem Auto stieg, war die Feuerwehr schon da, konnte aber an keinem der mit Mauern und Stacheldraht gesicherten Gebäude einen Brandherd ausmachen.

»Wer ist hier der Verantwortliche?«, fragte der Leiter des Löschzuges und sah sich mit finsterer Miene um.

Der Kommissar ging auf den Feuerwehrhauptmann zu. »Scholz, Mordkommission. Brennt es irgendwo?«

»Ick rieche nüscht. Sie etwa?«

»Wir suchen eine Frau um die vierzig und eine männliche Person, Ende fünfzig, zirka eins achtzig, stark übergewichtig ... Möglicherweise ist der Mann tot.«

Der Feuerwehrbeamte stand mit dem Rücken zu einer Garage, an deren Tor jemand *Deutschlandhalle* gesprüht hatte. »Wo sollen wir anfangen?«

Scholz überlegte. Wenn sie alle Werkstätten aufbrachen und am Ende die Geisel nicht fanden, würde es teuer werden. Alles auf eine Karte. »Mit der Garage.«

Zwei Feuerwehrmänner rückten mit Handschuhen, Brecheisen und Flex an. Kubicki und Marschalleck entsicherten ihre Waffen und gingen hinter dem Auto in Stellung.

»Nein, warten Sie!«, rief Scholz. »Da drüben, die blaue Stahltür.«

Die Männer machten kehrt und liefen zur Tür vis-à-vis. Überm Eingang hing ein Schild mit der Aufschrift *Ali's*

Autolackiererei. Die himmelblaue Eisentür ging nach außen auf. Das erleichterte das Aufbrechen. Mit der Flex legte einer der Männer das Schloss frei, der andere hebelte es mit einem kräftigen Ruck der Brechstange aus den Angeln. Als sie die Tür aufstießen, quoll dicker Rauch über ihre Köpfe; ohne Schutzmaske konnten sie nicht hinein, um die gesuchte männliche Person zu bergen. Aber das brauchten sie auch nicht, sie lag quasi auf der Schwelle.

Zu zweit zerrten sie den reglosen Körper ins Freie. Der Mann wies bis auf einen blutigen Finger und versengte Haare keine äußerlichen Verletzungen auf, atmete jedoch nicht mehr.

»Sauerstoff!« Zwei Notärzte eilten herbei. Während die Feuerwehrmänner mit Löschgerät, Äxten und Atemschutzmasken in die Werkstatt stürmten, Marschalleck mit der Zentrale telefonierte und Kubicki das Auto zurücksetzte, stand Scholz neben den Ärzten und schaute zu, wie sie sich abmühten, das Leben John Kleins zu retten. Dabei fühlte er so etwas wie Mitleid für seinen ungeliebten Kollegen, hoffte, er würde nicht vor seinen Augen abkratzen. Als die Reanimation keinen Erfolg zeigte, ging der Kommissar ein paar Schritte und telefonierte mit der Zentrale, um mitzuteilen, Ruth Ferber sei entweder verbrannt oder befinde sich auf der Flucht. Scholz tippte auf Letzteres. Die Fahndung nach der Frau liefe landesweit, hieß es aus der Keithstraße.

Am Drahtzaun neben der *Deutschlandhalle* stapelte sich ein Müllberg. Aus einem zerplatzten Umzugskarton quollen Schallplatten, Singles mit Schlagern der Sechzigerjahre, echte Raritäten wie *Vertrau auf mich* von Michael Maien; *An meiner Seite*, Edddie Freytag; *Glaub doch nicht, ich lauf dir hinterher*, Knut Kiesewetter; *Was ist das Ziel*, Alexandra; *Wer hat meinen Hund gebissen*, The Green Dogs; *Lass ihn geh'n* von Mano.

Schöne Zeit, dachte Scholz, als Schlagertexte noch das wahre Leben ausdrückten.

Als der Kommissar sich umblickte, wurde John Klein auf einer Bahre in den Rettungswagen geschoben. Die Hecktür fiel ins Schloss, und der rote Kasten fuhr mit Blaulicht los. »Goodbye, Johnny! Warst ein echter Feind«, murmelte der Alte.

19

Die Scheinwerfer der entgegenkommenden Autos tanzten paarweise im Takt der Scheibenwischer auf der Frontscheibe ihres Wagens. Der Regen war so stark, dass die Wischergummis ächzten. Das Radio lieferte die passende Geräuschkulisse, Georges Delerues Filmmusik für *Die Verachtung* von Jean Luc Godard. Kino braucht nur drei Dinge, dachte Ruth Ferber – Bewegung, Regen, Musik. Eine Person mit einer Tasche voller Geld auf der Flucht vor der Polizei war ein klassischer *Film noir*. Doch das Ende wollte sie selbst bestimmen. In fünf Stunden würde sie in Warschau Gunnar Zieschks Ersparnisse auf das Geschäftskonto eines deutschen Kunsthändlers einzahlen, der dafür zehn Prozent Provision verlangte. Dann würde sie in den Flieger steigen und morgen Mittag die Dominikanische Republik erreichen. Von dort lieferte man sie nicht aus.

Weil die Probleme des Drehbuchs bei der Realisierung selten gelöst werden, waren ihr Fehler unterlaufen. Knapp hatte die ihm übertragene Rolle nicht zu Ende spielen wollen, konnte aber nicht umbesetzt werden. Klein war die perfekte Besetzung und hatte die Rolle des neugierigen Privatschnüfflers perfekt gespielt. Nur schade, dass es seine letzte war. Kein Film fürs Familienprogramm, aber solches Zeug war nie nach ihrem Geschmack gewesen. Ein Leben wie eine *tragédie en musique* – keine glückliche Jugend, eine erfolglose Karriere als Fotografin, Hochzeiten ohne Happy End. Den Grund dafür hatte der servile Schnüffler ihr nicht von den Lippen ablesen können – SCHULD.

Weil er ihren letzten Brief nicht kannte. Jan Felsberg hatte ihn vor Wut verbrannt. Darin schrieb sie ihm, dass sie sich in einen anderen verliebt habe. Den Brief hatte ihr ein Mann vom MAD diktiert, um die Sicherheit der Bundesrepublik nicht zu gefährden, der sie als Tochter eines NATO-Generals ebenso verpflichtet war wie der Militärische Abschirmdienst. Jahre hatte sie darauf gewartet, ihren Liebsten um Verzeihung bitten zu können. Als sie erfuhr, dass Jan über die Mauer in den Tod gesprungen war, war sie unfähig zu trauern. Um die Schuld zu tilgen, die sonst nicht gesühnt werden konnte, blieb nur Rache – ein anderes Wort für Gerechtigkeit.

Sie schaute in den Rückspiegel. Baustellen, Umleitungen und Einwegampeln, zwischen Frankfurt/Oder und Słubice ging es im Schritttempo. Deutsche Zollfahnder auf der Oderbrücke hielten Ausschau nach gestohlenen Luxuskarossen und Tiefladern mit Baumaschinen, sie leuchteten ihr ins Gesicht, kontrollierten die Wagenpapiere und wünschten ihr gute Fahrt. Der Polski Fiat war ja nicht gestohlen, nur getauscht gegen ihren Mini Cooper, mit einer Polin an der letzten Tankstelle. Erst war die Frau misstrauisch gewesen wegen der haarsträubenden Story vom eifersüchtigen Ehemann, der sie verfolgte wegen ihres Liebhabers in Polen; doch dann hatte die Gier gesiegt, ein neues Auto ohne Zuzahlung gegen das alte tauschen zu können.

Eine halbe Stunde später war sie auf dem polnischen Teil der Europastraße 30, einer unbeleuchteten Chaussee voller Gefahren, auf der nachts besoffene Bauern mit Pferdefuhrwerken unterwegs waren. Kurz hinter Rzepin bog die Straße scharf nach links, dann wieder nach rechts ab. Sie schaltete in den zweiten Gang und gab Gas, als sie die S-Kurve mit elegantem Schwung genommen hatte. Auf der Geraden fuhr vor ihr ein Lkw Schlangenlinien. Der Fahrer döste im Sekundenschlaf.

Sie traute sich nicht zu überholen. Doch sie hatte es eilig und schaltete in den dritten Gang.

* * *

Als er die Augen aufschlug, sah er über sich eine blaue Plastikplane.

Er drehte den Kopf zur Seite, dasselbe Bild.

So also sieht es im Jenseits aus, war sein erster Gedanke. Genauso wie das letzte Bild, das er im Diesseits wahrgenommen hatte.

Nein, etwas war anders. Hinter dem Vorhang stand eine männliche Gestalt. Zu glatzköpfig, zu klein und zu gewöhnlich gekleidet, um der zu sein, den man Vater unser nannte.

Er versuchte zu sprechen, doch die wunden Stimmbänder brachten nur ein dumpfes Krächzen heraus. Da öffnete sich der Vorhang, und die Gestalt trat an sein Bett.

»Hallo, Johnny! Hätte nicht gedacht, dass du die Äuglein noch mal aufmachst.«

Obwohl seine Augen nicht scharf sahen, wusste er, wer vor ihm stand. »Mensch, Bubi! Biste ooch dot?«

»So gut wie. Aber ich freue mich über jeden Tag, den ich noch habe. Solltest du auch.«

»Ist meine Lebensmaxime«, krächzte John. »Hab leider einen Fehler gemacht.«

Scholz nahm seine verbundene Hand und drückte sie vorsichtig. »Passiert jedem von uns. Hauptsache, man überlebt ihn.«

»Hast du mich da rausgeholt?«

»Wer sonst«, sagte Scholz. »Kein Hahn hätte nach dir gekräht.«

John versuchte sich aufzurichten, schaffte es aber nicht, wegen der Schläuche und Infusionsnadeln, mit denen er verkabelt war wie ein Frühgeborenes. »Was ist mit der Frau? Habt ihr sie?«

Scholz schüttelte den Kopf. »Sie ist übern Jordan.«

John überlegte, ob der Kommissar es metaphorisch oder metaphysisch meinte. »Was für ein Weib! Wer sich mit der auf dem Friedhof trifft, sollte bereit zum Sterben sein.«

»Wir haben ihr Auto. Ein Haufen verbrannter Schrott mit einer Leiche. Verkohlt wie du fast.«

»Was! Wo?«, fragte John fassungslos.

»In Polen. Ein Tanklaster ist umgekippt und hat ein Feuerwerk entfacht.«

John schwieg lange. »Glaubst du an Vorsehung?«, fragte er schließlich. »Dass jemand stirbt, wie er gelebt hat?«

»Wer zum Schwert greift, kommt durch das Schwert um, steht in der Bibel. Oder so ähnlich. Lese nur noch Zeitung. Demnächst auch nicht mehr. Gehe nämlich in Rente und gucke mir noch eine Weile die Radieschen von oben an.«

John musste lachen, dann husten. »Ich habe Durst.«

Scholz wusste nicht, ob er dem Patienten etwas zu trinken geben durfte.

»Mach schon! Du hast mir das Leben gerettet. Also besorg mir jetzt auch ein Bier.«

Scholz drückte die Klingel überm Bett. »Was ich dich noch fragen wollte: Hat die Ferber den Mord an Knapp gestanden?«

John nickte. »Beide haben Ziesche erpresst, doch sie wollte nicht teilen.«

»Dann wäre der Fall wohl abgeschlossen.«

»Vielleicht wirst du jetzt noch Hauptkommissar«, krächzte Klein.

Die Tür ging auf und die Stationsschwester trat ins Zimmer. Beim Casting für eine Krankhausserie hätte sie kaum Chancen gehabt: viel zu alt, zu breithüftig, eine Stimme zum Weglaufen. »Schluss mit dem Verhör! Der Patient braucht absolute Ruhe.«

»Der Kollege hat Durst auf ein kühles Bier«, sagte Scholz kleinlaut.

»Sonst noch was? Wir sind hier kein Hotel«, raunzte die Schwester, stellte die Rückenlehne des Bettes auf und flößte dem Patienten warmes Wasser aus einer Schnabeltasse ein.

Scholz gab nicht auf und flüsterte Klein ins Ohr: »Haste nich auch was mit den Nieren? Dann musst du Bier trinken.«

»Schluss jetzt! Oder ich rufe den Stationsarzt.«

Der Kommissar drückte dem Detektiv die verbundene Hand. Das tat weh, John verschluckte sich beim Trinken und bekam einen Hustenanfall.

»Machet jut, Johnny! Ich komme morgen wieder vorbei.« Scholz setzte seine Schmidt-Mütze auf und trollte sich.

John hob die bandagierte Hand und fragte sich, wie man sich in einem Menschen so irren konnte. Auf dem Flur dachte Scholz etwa dasselbe. Aber für ihn kam die Erkenntnis, dass aus Feinden Freunde werden können, zu spät. Für solche Dinge war keine Zeit mehr. Er musste die Formalitäten seines Falles zu Ende bringen und die privaten Angelegenheiten regeln, um keine offenen Fragen zu hinterlassen.

* * *

Im Rollstuhl der SMH kehrte er nach Hause zurück. Die Brandwunden an den Beinen begannen zu verheilen, seine Atemwege waren zum Glück von der Rauchvergiftung nicht so stark geschädigt, dass er die paar Schritte vom Nordmark-Krankenhaus nicht hätte gehen können. Doch die Transportfirma bestand auf der Fahrt, die die Kasse des Patienten 350 Euro für fünf Minuten kostete.

Als die Fahrer ihn auf dem Trottoir der Diedenhofer Straße abstellten, seinen Wohnungsschlüssel verlangten und, als er sich weigerte, stur darauf bestanden, ihn in den dritten Stock zu tragen, unterschrieb John eine Erklärung, dass er auf eigene Verantwortung den Transport Tür zu Tür ablehnte. Er griff nach seinen Gehhilfen, humpelte zur Haustür und schloss auf.

Das Treppensteigen fiel ihm doch schwerer als erwartet. Sein Rücken erinnerte ihn daran, dass er noch zwei Massagen bei Gesine Gramzow gut hatte. An sie hatte er in den letzten Tagen nur einmal gedacht: Sie war ihm im Traum erschienen. Am Liepnitzsee lagen sie splitternackt übereinander im Gras. Danach sagte Gesine: »Aber in meinem Herzen ist für dich kein Platz.« Was für ein dämlicher Satz wie aus einem Heimatfilm, dachte er, als er aufwachte.

Auf halber Treppe kam ihm Seneca entgegen und wedelte wie verrückt mit dem Schwanz. »Mein Kleiner! Hab dich so vermisst.«

»Er dich überhaupt nicht«, behauptete Peter und hielt die Wohnungstür auf.

»Hättest mich ruhig mal im Krankenhaus besuchen können.«

»Ich denke, ich sollte auf den Hund aufpassen.«

John blieb im Türrahmen stehen und rang nach Luft. »Du hast ihn hoffentlich nicht ins *Stahlrohr* mitgeschleppt.«

»Und wenn! Es gibt auch schwule Hunde.«

John schmiss die Krücken in die Ecke. »Nicht Seneca. Er ist asexuell.«

»Wie der Hund, so sein Herr.« Peter hielt die Tür auf und half seinem Partner aus dem Mantel.

»Sonst irgendwelche Neuigkeiten?«

»Ich hab für dich gekocht. Dein Lieblingsgericht. Königsberger Klopse.«

John versuchte, sich zu freuen. »Oh! Gab's erst gestern Mittag im Krankenhaus ... Ist kein Bier da?«

»Sogar deine Lieblingsmarke, *Tyskie*.« Peter holte eine Flasche polnisches Bier aus dem Kühlschrank und reichte sie John.

»Willst du nicht wieder bei mir einziehen?«

Kurz nahm das als Kompliment für seine Fürsorglichkeit. »So schlecht geht es uns nun auch wieder nicht. Für dich sind sogar vier Anrufe im Büro.«

»Was Interessantes?«

»Zwei Eifersuchtsfälle, eine Erbschaftssache und ein versäumter Termin bei einer Gramzow. Hab dich bei ihr entschuldigt.«

»Wie hat sie reagiert?«

»Du sollst dir bloß nicht einfallen lassen, zu einer anderen Physiotherapeutin zu gehen.«

John zuckte zusammen. »Und kein Wort, wie's mir geht?«

Peter grinste. »Für mich hat sich's angehört wie eine Liebeserklärung.«

»Scher dich raus! Ich muss mich hinlegen.«

»Wollte sowieso gehen«, sagte Peter und suchte sein Handy im Wohnzimmer. »Auf dem Schreibtisch liegt Post für dich.«

Als John sein erstes Bier nach sieben Tagen getrunken hatte, legte er sich aufs Sofa und studierte die Absender der Briefe. Die von Finanzamt, Telekom, Krankenkasse, Hausverwaltung legte er ungeöffnet beiseite. Das Schreiben vom Prenzlauer Berg Museum riss er auf und fand darin eine Einladung zur Ausstellung »Mauerjahre«. Eröffnungsredner war Gunnar Ziesche, Bezirksamtsleiter für Öffentliche Ordnung.

20

Der Tag begann mit einer Ohrfeige. Am Morgen führte John seinen Hund aus und versuchte, in den gewohnten Alltag zu finden. Das war der Aggregatzustand, in dem er sich wohl fühlte – in der Ereignislosigkeit endloser Wiederholung des immer selben schwamm er wie ein Fisch im Wasser, ein Tintenfisch besser gesagt, denn dieses seltsame Wesen schätzte er vor allen anderen Meeresbewohnern. Nicht wegen des schnöden Genusses seines Fleisches, sondern wegen der Neugier und Zähigkeit dieses prähistorisch anmutenden Weichtieres. In Bari hatte er gesehen, wie die Fischer stoisch ihre Messer im Kopf der Pulpos drehten, bis alles Leben entwichen war. Nie würde er die entsetzten Augen der Tiere vergessen, die sich mit den Saugnäpfen an die Arme der Menschen klammerten. Seitdem hatte er den Impuls, Restaurantgäste zu ohrfeigen, die ohne einen Gedanken der Zuneigung die Detektive des Meeres in sich hineinschlangen.

Die Ohrfeige bekam er von der Mutter des Jungen, dem er am Wasserturm aufgelauert hatte. Sie kam ihm auf der Treppe entgegen, als er nach dem Spaziergang die Wohnungstür aufschloss.

»Das ist für meinen Sohn!«, erklärte die Frau mit eisiger Miene. »Ihretwegen liegt er immer noch im Krankenhaus.«

John sah die Yoga-Lehrerin ohne Hass an. »Es ist meine Schuld, dass ich ihn hab laufen lassen. Aber nicht, dass er mit Ritalin groß geworden und durchdreht ist.«

»Was wissen Sie schon von ADHS?«

Er hatte nicht die geringste Lust, mit der Frau über die Nebenwirkungen von Methylphenidat bei Pubertierenden zu diskutieren. Ihn plagte ein anderes Problem. »Warum wollte Ihr Sohn meinen Hund töten?«

»Weil er Angst vor Hunden hat«, behauptete die Frau.

»Kinder kennen keine Ängste. Nur solche, die man ihnen einredet.« John öffnete die Tür einen Spalt und ließ Seneca in die Wohnung.

Seine Nachbarin zeigte ihm den Vogel und ging die Treppe hinunter. »Sie müssen's ja wissen. Sie haben keine Kinder.«

»Ich hab einen Hund. Der ist auch hyperaktiv. Ist seine Natur. Wenn ich meine Ruhe haben wollte, würde ich mir eine Schildkröte zulegen.«

»Erstatten Sie ruhig Anzeige wegen Körperverletzung.«

»Das werde ich. Aber nicht wegen der Ohrfeige. Wegen Kindesmisshandlung.«

* * *

Das Prenzlauer Berg Museum befand sich in der Turnhalle der ehemaligen Müller-Oberschule. Der Schulhof hatte zwei Eingänge, von der Kolmarer Straße und der Prenzlauer Allee. John benutzte nicht den seiner Wohnung am nächsten liegenden, sondern den schräg gegenüber seines Stammlokals *Bei Biene*. Da er sich noch von seiner Wiederauferstehung erholen musste, trank er schnell noch zwei halbe Liter Bier, bevor er sich einen kulturvollen Abend zumutete.

Als er die Menschentraube vorm Museum sah, wäre er am liebsten gleich ins *Pieper* weitergezogen. Da betrat der Bezirksstadtrat für Öffentliche Ordnung mit zwei Personenschützern den Hof und erinnerte John daran, warum er der Einladung gefolgt war. Obwohl er von Gunnar Ziesche mehr wusste, als ihm lieb war, hatte er ihn nie live erlebt. So also sah er in Natura aus – untersetzt, durchtrainiert, zackiger Gang, Halbglatze. Ein deutscher Feldwebel in Nadelstreifen, ausgepfiffen von einer Gruppe Jugendlicher, die um die Bronzefigur des Bildhauers Rolf Bibl standen und demonstrativ einen Präser über das Glied des Mannes ohne Rückgrat, aber mit riesigem Wasserkopf schoben. Ziesche würdigte seine Gegner keines Blickes und verschwand in der Kassenhalle des Museums.

Weil er dumm rumstehen und klug reden auf Vernissagen peinlich fand, rauchte John noch eine Zigarette. Eine Stimme in seinem Rücken fragte: »Na, schon wieder auf den Beinen?« John wusste nicht, wo er das Gesicht hinstecken sollte. »Kubicki, Mordkommission. Ich war dabei, als ...«

John gab dem Kommissar die linke Hand, mit der rechten hielt er sich an seinem Stock fest. »Ist Bubi auch da?«

»Leider verhindert.«

»Ich denke, das ist sein Fall? Da kann er doch nicht fehlen«, wunderte sich John.

»Ich vertrete ihn, solange er in Buch ist.«

»Was macht er in Buch?«

Kubicki grinste verlegen. »Na, lesen bestimmt nicht. Er lässt sich behandeln. Irgendwas mit Krebs.«

»Lunge, Magen?« John wollte es gar nicht wissen.

»Prostata. Ich soll aber nicht darüber reden«, sagte Kubicki. Er nickte John zu, drehte sich um und ging in die Turnhalle.

Mensch Bubi, dachte John, wirst auf deine alten Tage noch umgänglich, und gleich kriegst du Krebs.

Irritiert humpelte er in die Ausstellung, stellte sich am Eingang der Halle auf und wartete auf die Eröffnungsrede. Jemand bot dem Detektiv einen Stuhl an, aber er lehnte dankend ab. Er wollte Gunnar Ziesche sehen und hören, was der frühere DDR-Grenzoffizier zu sagen hatte.

Ziesche sprach nicht frei. Er las vom Blatt ab, und es war kein Zittern seiner Hände zu bemerken. Er begrüßte die Vertreter aus Politik und Kultur namentlich, die Gäste und Künstler pauschal, und dankte artig dem Berliner Kultursenat, dem Springer-Konzern, dem Mauermuseum am Checkpoint Charlie mit seinem unlängst verstorbenen Gründer Manfred Kunkel, die diese Ausstellung ermöglicht hatten. Schon bei den ersten Sätzen über die künstlerische Auseinandersetzung mit der Berliner Mauer hörte John nicht mehr hin. In der Menge machte er das Profil von Gesine Gramzow aus. Er überlegte, ob er sich nähern sollte, fand es aber erregender, ihren Nacken mit Blicken zu streicheln. Gesine hörte aufmerksam zu, ohne den Redner anzusehen, schaute auf ihre kleinen Füße, die John Zeh um Zeh geküsst hatte.

Das Publikum ließ die belanglose Rede des Bezirksamtsleiters geduldig über sich ergehen. Der kann es noch weit bringen, dachte John, falls er ungeschoren aus der Sache Felsberg herauskommt. Die Chancen standen gut, für die Medien wuchs längst das Gras des Vergessens über den Fall. Nach Ziesches Worten »Hiermit eröffne ich die Ausstellung und wünsche allen Anwesenden einen interessanten Abend« stimmte John in den müden Applaus ein. Die Kunstwerke anzuschauen ersparte er sich und suchte stattdessen Gesine, konnte sie aber im Gedränge nicht finden. So ließ er sich missmutig durch das Labyrinth aus Ausstellungswänden und Videomonitoren schieben.

Am Ende der Halle hing ein Foto von der Größe eines Hausaltars. Es zeigte die Mauer Ecke Bernauer/Oderberger Straße im Frühjahr 1989. Zwei junge Frauen warteten, bis genügend Besucher davor versammelt waren, dann ergriff eine von ihnen das Wort.

»Die Künstlerin Ute Vermeer hat ihr Werk *Tod und Verdammnis* unlängst aktualisiert und es dem letzten Opfer der Berliner Teilung, Jan Felsberg, gwidmet«, sagte sie laut und deutlich. »Ute Vermeer klagt damit die juristisch nicht mehr zur Verantwortung zu ziehenden Täter an. Ich bitte Sie, näherzutreten.«

Es herrschte Totenstille im Raum, als das Bild in Gänze enthüllt war.

John bahnte sich einen Weg durch die Menge, in der er Gesine Gramzow ausgemacht hatte. Sie stand in der ersten Reihe und stieß einen kaum hörbaren Schrei aus. Auf dem Triptychon, einer Collage aus Fotos und Übermalungen im Stil von Robert Rauschenberg, sah man im Mittelteil die Grenzanlagen am Cantian-Stadion, im Vordergrund einen seltsam verdrehten Körper in einer Grube am Fuß der letzten Sperranlage, im Hintergrund Menschen auf der Bösebrücke, die lachend in den Westen liefen. Im rechten Flügel zwei Grenzsoldaten, einer mit der Waffe im Anschlag, der andere mit einem Spaten, hinter ihnen ein brüllender Feldwebel. Am Bildrand drei Wehrpässe von NVA-Soldaten. Im linken Flügel Fotos von Jan Felsberg als Kind, Junger Pionier, Abiturient, in Prag mit einem Mädchen im Arm.

Gunnar Ziesche plauderte am Eingang mit dem Landesvorsitzenden seiner Partei. Nachdem ihm jemand etwas ins Ohr flüsterte, näherte er sich jetzt dem Triptychon.

»Das ist der Mörder meines Sohnes«, rief Gesine Gramzow. »Er hat den Befehl gegeben, zu schießen und die Leiche zu vergraben.«

Ziesche erkannte sein Foto auf dem Wehrpass. Er stellte sich vor den rechten Flügel des Bildes, angespannt, nicht vorbereitet auf diesen Auftritt. Tu es nicht, sagte John, ohne die Lippen zu bewegen, jedes Wort ist hier überflüssig.

»Was Sie hier sehen, ist eine als Kunst getarnte Provokation der Linken! Sie hassen mich, weil ich dafür sorge, dass der Prenzlauer Berg kein zweites Kreuzberg wird. Ich bin Demokrat, und wie jedes Gemeinwesen braucht die Demokratie Menschen, die für Ordnung und Sicherheit sorgen.

Ja, ich war Grenzsoldat und habe auch am 9. November meinen Dienst verrichtet. Aber ich habe nichts mit diesen Ereignissen zu tun. Der Tod von Jan Felsberg ist umso tragischer, als in derselben Nacht die Bürger von Ostberlin die Öffnung der Mauer erzwangen. Die Grenzsoldaten, die geschossen haben, waren ebenfalls Opfer. Sie wurden gezwungen, einen unmenschlichen Schießbefehl auszuführen. Zwei von ihnen haben in Panik den Toten vergraben, als sie per Funk erfuhren, dass der Schießbefehl aufgehoben war. Ich war nicht dabei, sondern an die Bösebrücke abkommandiert ... um den ersten Grenzübergang für DDR-Bürger nach Westberlin zu öffnen. Mich trifft keine Schuld. Höchstens die, in der DDR geboren zu sein und dort meinen Wehrdienst geleistet zu haben. Wer das als Verbrechen ansieht und der Meinung ist, mein unermüdlicher Einsatz für das Wohl Berlins in den letzten zwanzig Jahren zähle nicht, der soll vortreten und mich anklagen.«

Erhobenen Hauptes stand Gunnar Ziesche vor der Menge. Es war totenstill im Raum, nur das Klicken von Fotoapparaten war zu hören. Der Landesvorsitzende der Sozialdemokraten schlug die Hände vors Gesicht, als wäre er soeben Zeuge eines schrecklichen Unfalls geworden. Die Personenschützer bahnten sich einen Weg durch die Menge. Überzeugt, dass er gesiegt hatte, ließ Ziesche sich von ihnen aus der Halle begleiten. Es sah aus, als würde er abgeführt.

John war sprachlos. Zeuge der öffentlichen Selbstdemontage eines Politikers geworden zu sein, der vermutlich ungeschoren davongekommen wäre, hätte er den Mund gehalten, obwohl Ruth Ferber alias Ute Vermeer ihn als Kunstwerk verewigt hatte – das entschädigte für das verpasste Spiel Hertha gegen HSV. Er fing an, die Frau, die ihn ins Jenseits befördern wollte, für die sture Durchsetzung ihrer Vorstellung von Gerechtigkeit zu bewundern. Ein Jammer, dass sie zum Opfer ihrer rigorosen Konsequenz geworden war; zu gern hätte er die Frage des Irrtumsvorbehalts jedes moralisch unzweifelhaften Tuns mit ihr diskutiert. Stattdessen fragte er die beiden jungen Frauen, wie es der Künstlerin gelungen war, ihr doppelbödiges Werk in der Ausstellung unterzubringen. Das Bild war auf Wunsch der Witwe von Manfred Kunkel nachgereicht worden, erfuhr er von den Mitarbeiterinnen des Mauermuseums.

Gesine Gramzow hatte, ohne ihn eines Blickes zu würdigen, die Ausstellung verlassen. Ihr hinterherzulaufen hatte in seiner körperlichen Verfassung wenig Sinn. Aber er musste sie noch einmal sehen, bevor sie für vier Wochen in Urlaub ging. Die Erfüllung seines Wunsches, sie erneut zum Tanz aufzufordern, buchte er als Illusion ab. Obwohl auch die Realität nur eine Erkenntnis mit Irrtumsvorbehalt ist.

21

Vor der Physiotherapie ging John ins Büro. Seneca blieb an jeder Straßenecke stehen und schaute sich nach ihm um, weil er so langsam war.

»Glotz nicht so blöd! Auch zwei Krücken machen aus einem Herrn noch keinen Hund. Das schafft nur eine Frau.«

Er hatte gerade den Computer eingeschaltet, als das Telefon klingelte. Ein Mann wollte, dass der Detektiv seine Frau beschattete. John fragte, ob er sicher sei, dass seine Frau ein Verhältnis habe, und wirklich wissen wolle, mit wem. Manchmal sei es besser, nicht alles zu wissen. Langes Schweigen, dann die Antwort, es sich noch mal überlegen zu wollen. Ein Glück, dass Peter Kurz nicht da war. Er würde ihm wieder einen Vortrag halten über zweckdienliches Geschäftsgebaren.

John öffnete sein digitales Postfach. Von sieben E-Mails waren vier Werbung für Observationstechnik, Lebensversicherungen, Schlankheitspillen, Viagra, außerdem ein Rundschreiben der Vereinigung niedergelassener Privatdetektive zur jüngsten Honorarordnung, die kurze Mitteilung der Staatsanwaltschaft zur Aufhebung des Ermittlungsverbots im Fall Mauerpark und eine Einladung zum Essen ins *Paparazzi* von Lorenz Straub.

Im Spam-Ordner fand er noch eine Mail. Sie hatte den Absender vermeer@web.do.

John zündete sich eine Zigarette an, bevor er die Post öffnete. Was er las, verschlug ihm den Atem, überraschte ihn aber nicht wirklich. Er hatte ihre letzten Worte in guter Erinnerung: »Der Tod ist nicht das Ende.«

Verehrter Freund!
Falls Sie Ihren zugegeben ungnädigen Tod überlebt haben, wovon ich ausgehe bei Ihrer Hartnäckigkeit, möchte ich mich ausdrücklich bei Ihnen entschuldigen. Es war weder Mordlust noch Verachtung, was mich veranlasst hat, mich Ihrer zu entledigen. Es war eine Kurzschlussreaktion, weil Sie mit Ihrer verdammten Neugier meinen Plan durcheinandergebracht haben. Es ist mir trotzdem gelungen, dorthin zu kommen, wo man mich nicht nach Deutschland ausliefert.

Auf dem Berliner Ring war die Polizei mir dicht auf den Fersen, doch in Frankfurt konnte ich meinen Mini mit einer Frau gegen einen Fiat Polski tauschen. Sie hielt mich für verrückt, dachte, ein besseres Auto verspräche ein besseres Leben. Im Radio hörte ich, dass sie ihre Dummheit teuer bezahlt hat.

Ich konnte Jans Mördern nicht vergeben. Sie haben auch mein Leben zerstört. Ich wäre vielleicht eine achtbare Künstlerin geworden, wenn diese Geschkes, Knapps, Zieches nicht gewesen wären. So bleibt nur ein Werk von mir der Nachwelt erhalten. Ich hoffe, es gefällt Ihnen. Von Vermeer gibt es auch nur eine Handvoll Bilder, und jeder kennt ihn. Ich versuche jetzt, das alles zu vergessen und neu anzufangen. Falls Sie mal in der Karibik Urlaub machen, besuchen Sie mich. Ruth

John schaltete die Alarmanlage ein und schloss die Bürotür ab. Als er auf die Metzer Straße hinaustrat, leuchtete der Himmel azurblau. Trotzdem verzichtete er auf einen Pastis im *Hilde*, schaute auch nicht kurz *Bei Biene* vorbei oder bei Lea auf dem Friedhof und nahm den kurzen Weg über die Prenzlauer Allee zur Christburger Straße. Er hatte so ein Gefühl, als wenn sein letzter Massagetermin bei Gesine Gramzow nicht das Ende ihrer handgreiflichen Beziehung war. Wie sie brauchte auch er dringend Urlaub.

© Tina Bara

Thomas Knauf, geboren 1951 in Schkopau, ist freier Schriftsteller, Drehbuchautor und Regisseur. Seit 1970 Berliner, arbeitete er am Theater sowie beim DDR-Fernsehen. Von 1981 bis 1990 war er festangestellter Szenarist bei der DEFA, für die er u. a. die Drehbücher zu den preisgekrönten Filmen »Treffen in Travers« von Michael Gwisdek und »Die Architekten« von Peter Kahane schrieb.
Nach der Wende zog Thomas Knauf nach New York, wo er als Fernsehmoderator und Auslandskorrespondent der Wochenzeitung »Freitag« tätig war. Ab Mitte der 1990er Jahre wohnte er abwechselnd in Rio, Paris und Jerusalem und widmete sich als Autor und Regisseur verschiedenen Film- und Fernsehprojekten. Seit über zehn Jahren lebt und arbeitet er inzwischen in Berlin-Prenzlauer Berg.
2011 veröffentlichte Thomas Knauf unter dem Titel »Babelsberg-Storys« den ersten Teil seiner autobiografischen Skizzen; zwei weitere Bände sind in Vorbereitung. Im berlin.krimi.verlag erschienen von ihm 2012 die Kriminalromane »Der Golem vom Prenzlauer Berg« und »Berliner Weiße mit Schuss«.

Besuchen Sie den Autor im Internet: www.tomassonegri.de

John Kleins erster Fall

John Klein sucht nach einem vermissten Mädchens aus seinem Kiez. Zur selben Zeit wird ein Rabbiner aus der Synagoge in der Rykestraße tot aufgefunden. Gibt es einen Zusammenhang zum Verschwinden des Kindes? Und welche Rolle spielt der mysteriöse Unbekannte, der Klein eines Nachts überfällt?

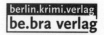

»Ungemein spannend.«
Financial Times Deutschland

Kommissar Max Talheim ist nicht leicht zu erschüttern. Doch dieser Fall führt ihn an seine Grenzen: Eine Leiche wird aus der Spree gezogen, den Kopf in einem schwarzen Müllsack verpackt. Talheims Ermittlungen führen auf eine unglaubliche Spur. Alle Fäden scheinen bei einem dubiosen Anlageberater namens Rotberg zusammenzulaufen. Doch hinter dem ist auch die russische Mafia her. Ein Wettlauf mit der Zeit beginnt …

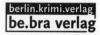

Gehirn auf Reserve, Reflexe auf Maximum ...

ISBN 978-3-8148-0195-7

14,95 € [D]

Gero von Sarnau hat ein dunkles Geheimnis: Bei Vollmond verwandelt er sich in einen Werwolf und geht auf blutige Jagd. Das verkompliziert seinen Plan, mit drei Freunden den berüchtigten Kreuzberger Wettpaten Yildiray auszurauben. Und dann verbindet ihn auch noch ausgerechnet mit dessen schöner Tochter eine heimliche Liaison ...

»**Ein wirklich packender Berlin-Roman.**« *Berliner Abendblatt*

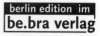